Amethyst

YVE MARY

Amethyst

Erwachen

Bibliografische Information der Deutschen Nationalbibliothek:
Die Deutsche Nationalbibliothek verzeichnet diese Publikation in der Deutschen Nationalbibliografie; detaillierte bibliografische Daten sind im Internet über dnb.d-nb.de abrufbar.

TWENTYSIX – der Self-Publishing-Verlag
Eine Kooperation zwischen der Verlagsgruppe Random House und BoD – Books on Demand

Satz, Herstellung und Verlag:
BoD – Books on Demand, Norderstedt

ISBN: 978-3-7407-8166-8

Kapitel 1

Dahlia saß unruhig auf der Fensterbank ihres Zimmers und schaute auf den Innenhof des Internats.

Sie freute sich riesig auf den Schulstart. Vor Aufregung hatte sie kaum geschlafen in dieser Nacht. Heute würde sie endlich ihre Freundinnen wiedersehen, die den Sommer bei ihren Familien verbracht hatten.

Dahlia musste schmunzeln, als sie an die lustigen Geschichten dachte, die Kira und Selina von zu Hause erzählen konnten. Selina erhielt von ihrer Großmutter an Weihnachten immer selbst gestrickte Socken, die zwar nicht besonders schick aussahen, aber dafür die Füße schön warmhielten. Und in Kiras Familie brach regelmäßig das Chaos aus, wenn die Verwandtschaft plötzlich unangekündigt vor der Türe stand.

Dahlia hatte leider keine Familie mehr. Ihre Eltern waren bei einem Autounfall ums Leben gekommen, als sie gerade mal zwei Jahre alt gewesen war. Da sie keine weiteren Verwandten hatte, wuchs sie bis zu ihrem sechsten Lebensjahr im Waisenhaus auf. Ab der ersten Klasse kam sie im Internat der Kleinstadt Alley Marbel unter, wo sie nun seit fast zehn Jahren wohnte.

Es war kein schlechtes Leben hier, nein. Sie mochte die weitläufigen Gärten auf dem Internatsgelände und den nahegelegenen Wald. Bei ihren Spaziergängen durch die Natur konnte sie sich entspannen und dem Trubel des Schulalltags entkommen. Trotzdem wünschte sie sich nichts sehnlicher, als zu erfahren, wie sich die Geborgenheit in einer richtigen Familie anfühlte.

Dahlia konnte nie verstehen, warum ihre Freundin Selina in den Ferien oft die Tage zählte, bis sie wieder ins Internat durfte. Sie selbst würde alles dafür geben, wenigstens noch einen Tag mit ihren Eltern zu verbringen.

Selinas Eltern waren Rechtsanwälte und ständig unterwegs, weshalb sie beschlossen hatten, ihre einzige Tochter aufs Internat zu schicken. Selina hatte seither verständlicherweise nicht das beste Verhältnis zu ihnen.

Bei Kira sah es zu Hause ganz anders aus, denn sie hatte wunderbare Eltern und zwei kleinere Zwillingsbrüder. Ihre liebevolle Mutter brachte immer selbstgebackene Brownies, sobald sie merkte, dass Kira Besuch hatte. Und ihr Vater schaute mit seinen Söhnen an den Wochenenden Fußball oder nahm sie sogar mit ins Stadion.

Kiras Brüder hießen Kevin und Kilian, ihre Eltern Keith und Kathrin. Sie hatten offensichtlich ein Faible für Vornamen mit dem Buchstaben K. Dahlia und Selina zogen Kira gerne damit auf, wann ihre Eltern sich wohl entschließen würden, ihren Nachnamen zu ändern, damit auch der mit K anfing.

Obwohl Kira ein tolles Zuhause hatte, musste sie aufs Internat, weil ihre komplette Familie mütterlicherseits bereits seit Generationen hier zur Schule gegangen war und es somit gewissermaßen Tradition hatte.

Nun dürfte es nicht mehr lange dauern, bis Kira und Selina vor ihrer Türe standen und sie lachend in die Arme schlossen. Die ganzen Ferien über hatte Dahlia diesem Moment entgegengefiebert.

Und es gab noch einen Grund, weshalb Dahlia den Beginn des neuen Schuljahres kaum erwarten konnte: Jonas.

Er war bereits 17, ging in die Oberstufe und konnte vor allem mit seinen Erfolgen in der Basketballmannschaft glänzen. Jonas hatte dunkelblondes, mittellanges Haar und tiefblaue Augen, in denen sich Dahlia regelmäßig verlor. Vor den Ferien hatte sie sich ein paarmal mit ihm getroffen, bevor er zu seinen Eltern nach Hause gefahren war.

Dahlia fühlte sich leicht und unbeschwert, wenn sie in seiner Nähe war. Mit ihm konnte sie über alles reden und sie hatte das Gefühl, dass er sie verstand. Bei ihren Treffen hatten sie sich sogar schon ein paarmal geküsst, aber Jonas hatte sie noch nicht gefragt, ob sie fest zusammen sein wollten. Vielleicht würde das bald geschehen?

Plötzlich klopfte es an der Tür. In Gedanken versunken, erhob sich Dahlia von der Fensterbank. Sie konnte schon an dem aufgeregten Gackern hören, dass es ihre beiden Freundinnen waren. Normalerweise klopften sie nie an, sondern stürmten einfach ins Zimmer. Dahlia hatte keine Zeit, um lange darüber nachzudenken, denn einen Moment später schlug bereits die Türe auf.

»Na, waren deine Ferien schön? Ist etwas Besonderes passiert? Ach ja, hallo übrigens!«, begrüßte sie Selina ausgelassen und umarmte ihre Freundin herzlich. Diese hatte ihre kurzen, schwarzen Haare mit einem roten Haarband zu einem kleinen Pferdeschwanz gebunden, welches perfekt mit ihrem knielangen, bunt geblümten Trägerkleid harmonierte. Ihre dunklen Augen blitzten vor Freude, als sie Dahlia wieder los lies.

»Von mir natürlich auch ein Hallo!«, sagte Kira lachend und stürmte auf Dahlia zu, um sie ebenfalls zu umarmen. Kira hatte sich wie immer nach den Ferien für bequeme Kleidung entschieden: Sie trug eine rote Jogginghose mit einem dazu passenden weißen Sportshirt. Ihre rötlichen, glatten Haare fielen ihr locker auf die Schulter. Auch sie strahlte Dahlia mit ihren braunen Augen an. Erst jetzt wurde ihr wieder bewusst, wie sehr sie die beiden doch tatsächlich vermisst hatte.

»Naja, eigentlich war es hier wie immer«, sagte Dahlia nach der Begrüßung. »Nichts Aufregendes. Wie denn auch – wenn ihr nicht da seid!« Sie grinste ihre Freundinnen an. »Und gibt's bei euch etwas Neues?«

Beide schüttelten einstimmig den Kopf, wie jedes Jahr nach den Sommerferien.

»Ich bin jedenfalls froh, wieder hier zu sein«, sagte Selina trocken.

Kira nickte zustimmend und wandte sich mit einem breiten Grinsen an Dahlia: »Und deinen 16. Geburtstag möchten wir natürlich um keinen Preis verpassen!«

Die schrille Schulglocke ertönte und ließ die Freundinnen kurz zusammenzucken.

»Jetzt aber los! Wir wollen doch nicht schon am ersten Schultag zu spät kommen, oder?«, meinte Dahlia und schob die beiden sachte aus ihrem Zimmer.

Die Mädchen mussten täglich viele Treppen hinter sich lassen, um vom dritten Stock ins Erdgeschoss zu gelangen, wo sich die Schulräume, die Aula und die Sporthalle befanden. Schon als sie an der Cafeteria im ersten Stock vorbeiliefen, waren sie außer Puste.

Vor allem im Sommer war das Treppensteigen eine Qual. Die Schülerinnen hatten bereits etliche Unterschriftenaktionen gestartet, mit denen sie für einen Aufzug plädierten. Der Direktor stellte sich jedoch dagegen, da im Moment leider das Geld dafür fehlte.

Die Jungs störte das wenig, denn ihre Schlafsäle lagen im zweiten Stock. Sie machten gerne Scherze darüber und meinten, dass es den Mädchen nicht schaden würde, ein paar zusätzliche Pfunde abzutrainieren.

Dahlia, Selina und Kira mussten somit jeden Morgen frühzeitig ihre Zimmer verlassen, um pünktlich zur Schule zu kommen. Heute begann der Unterricht zum Glück eine Viertelstunde später, sodass sie es gerade noch rechtzeitig schafften.

Dieses Jahr hatten sie eine neue Klassenlehrerin: Frau Krauss. Sie hatte eine schlanke Figur, die man aber unter ihrem sehr weiten, roten Pullover und ihrem knielangen, blau-grau karierten Rock nur erahnen konnte. Um ihren Hals hing eine lange Perlenkette, die ihr fast bis zur Hüfte reichte. Bei ihren hohen Schuhen war es ein kleines Wunder, dass sie überhaupt gerade gehen konnte. Ihr Gesicht sah schon sehr faltig und abgenutzt aus, was das übertrieben aufgetragene Make-up nicht gerade besser machte. Die linke Backe war mit einer großen Warze bestückt und auf ihrer Nase trug sie eine rote Halbmondbrille, die an einer Kette befestigt war. Ihr Blick wirkte wenig freundlich, eher streng und angespannt, als könnte sie jeden Moment aus ihrer Haut fahren.

Sie könnte gut als böse Hexe in einem Horrorstreifen durchgehen, da war sich Dahlia sicher.

Kaum hatte Dahlia diesen Gedanken zu Ende gedacht, war es plötzlich still im Klassenzimmer. Frau Krauss hatte gerade die Herausforderungen erläutert, die in diesem Jahr auf die Schüler warteten, doch nun war ihre Stimme abrupt verstummt. Mit rotem Gesicht blickte sie Dahlia wütend an.

Oh, nein! Nicht schon wieder, bitte nicht!

Dahlia hatte die peinliche Angewohnheit, Gedanken laut auszusprechen, ohne es zu bemerken. Sie ahnte, dass das der Grund für die plötzliche Stille in der Klasse war.

»Deinen Namen bitte!«, donnerte Frau Krauss los.

»Behrensen … Dahlia …«, stotterte sie ängstlich. Den boshaften Tonfall der Lehrerin würde sie in ihrem Leben niemals vergessen.

»Na schön, Dahlia Behrensen! Melden Sie sich augenblicklich beim Direktor und richten Sie ihm aus, dass ich Sie geschickt habe!«, befahl Frau Krauss mit scharfer Stimme. Ihr wutverzerrtes Gesicht zeigte, dass sie sich enorm zurückhalten musste, um nicht laut loszubrüllen.

Dahlia hatte den drohenden Unterton genau gehört und machte sich schleunigst aus dem Staub. Auf dem Weg zur Tür erntete sie von einigen Mitschülern aufmunternde Gesten, was ihr jetzt aber auch nicht weiterhalf.

Mit einem mulmigen Gefühl im Magen machte sie sich auf den Weg zum Direktor.

Als Dahlia am Sekretariat vorbeiging, sah alles noch friedlich aus. Die Sekretärin tippte etwas in ihren PC ein und durch die geschlossene Tür des Rektoratszimmers drang ein leichtes Hüsteln. Der Direktor war eben nicht mehr der Jüngste, Dahlia schätzte ihn so um die 60.

Hoffentlich würde er nicht allzu streng reagieren. Es war natürlich nicht nett, was sie über Frau Krauss gesagt hatte, aber es lag auch nicht in ihrer Absicht, ihre Gedanken laut auszusprechen. Herr Smaragd würde sie bestimmt zum Nachsitzen verdonnern, wenn nicht noch Schlimmeres. Er war zwar für sein freundliches und gutmütiges Wesen bekannt, doch in diesem Fall würde er bestimmt wenig Verständnis für sie aufbringen können.

Dahlia klopfte leicht an die Tür und Herr Smaragd öffnete ihr mit einem Schmunzeln im Gesicht.

»Na, Dahlia, was ist denn passiert?«, fragte er freundlich und bat sie herein.

In seinem Zimmer stand ein Sofa, das manchmal auch als Krankenbett diente. Dahlia setzte sich und schilderte ihm mit rotem Gesicht, was soeben geschehen war.

Nach einem kurzen Moment der Stille runzelte Herr Smaragd die Stirn und fing dann schallend zu lachen an.

Dahlia wunderte sich sehr, denn so gut gelaunt hatte sie ihren Direktor noch nie erlebt.

Als er sich endlich beruhigt hatte, erklärte er es ihr.

»Genau solche Situationen sind mir früher auch immerzu passiert. Meine Gedanken waren nie ganz allein meine, ein paar haben sich tatsächlich über meinen Mund nach außen gewagt. Natürlich führte das ebenfalls zu manch unangenehmem Moment, wie du dir sicher denken kannst.«

Dahlia nickte zustimmend. Sie staunte über die Worte des Direktors, aber ihr fiel ein schwerer Stein vom Herzen. Sie war froh darüber, endlich jemanden zu treffen, der offensichtlich das gleiche Problem hatte wie sie.

»Was war ihr schlimmstes Erlebnis dabei, Herr Smaragd?«, fragte sie neugierig.

»Oh, das war ganz eindeutig bei der Hochzeit meiner Mutter. Sie heiratete meinen Stiefvater, den ich nicht ausstehen konnte. Als der Pfarrer dann den berühmten Satz ›Wer etwas gegen dieses Bündnis zu sagen hat, möge dies nun tun oder für immer schweigen‹ sagte, haben sich auch meine Gedanken leider nicht zurückhalten können.

Anscheinend habe ich daraufhin sehr laut ›Wenn du mit so einem Ekelpaket glücklich werden willst, viel Erfolg, aber meine Zustimmung bekommt ihr nicht!‹ gerufen. Es folgte eine Totenstille und danach ein richtiger Aufruhr. Ich glaube, meine Mutter hat mir dies bis zuletzt nicht gänzlich verziehen.«

»Oh mein Gott. Und was haben Sie dagegen unternommen?«, fragte sie ihn, immer noch etwas geschockt von der Offenheit ihres Direktors.

Er entgegnete ihr mit einem Lächeln, das seine Gesichtsfalten enorm zur Geltung brachte: »Ich habe Fechten gelernt. Diese Sportart ist nicht einfach, aber sie wirkte entspannend auf mich, und es fing an, mir richtig zu gefallen. Leider kann ich es heute nicht mehr ausüben, bin doch schon ziemlich in die Jahre gekommen.«

Er schaute sie forschend an und fuhr nach einer kurzen Pause fort: »Ich werde dich nicht mit Nachsitzen bestrafen.«

Dahlia atmete erleichtert auf.

»Aber ich werde dich in einem Fechtkurs anmelden, damit du deine Gedanken ordnen kannst, zuerst nachdenkst, bevor du redest, und lernst, dich selber zu kontrollieren. Und nenn mich bitte Justus, ja? Wir sitzen schließlich im selben Boot mit unserer speziellen Angewohnheit.«

Überrascht von seiner Idee sagte Dahlia: »Okay, ich werde es versuchen, kann aber nichts versprechen, Herr Direk… äh, Justus.«

Zufrieden mit ihrer Antwort sagte er: »Dein Lehrer heißt Luca. Er ist zwei Jahre älter als du, aber dennoch sehr erfahren im Fechten. Der Unterricht wird einmal die Woche nach Schulschluss in der kleinen Gymnastikhalle der Schule stattfinden. Nun wünsche ich dir viel Spaß, Dahlia. Ach, und noch etwas: Ich muss dir sagen, dass du deiner Mutter Yolanda mehr als ähnlich siehst, fast wie ihr Abbild, es sei dir ein Kompliment.«

Dahlia war tief betroffen über das, was er sagte, denn an ihre Eltern konnte sie sich nicht mehr erinnern. Sie war noch viel zu klein, als sie starben. Ihre Eltern hatten es so bestimmt, dass Dahlia ab der ersten Klasse das Internat in Alley Marbel besuchen sollte. Sie hatten bereits vor ihrem Tod die Kosten für die jahrelange Ausbildung im Voraus bezahlt.

»Woher kanntest du meine Mutter?«, fragte Dahlia etwas misstrauisch, bevor sie ihr Direktor aus dem Zimmer schickte.

»Wir hatten leider nur kurz das Vergnügen. Ich lernte sie während eines Besuchs in unserer Bibliothek kennen. Sie war damals ungefähr so in deinem Alter und ich arbeitete aushilfsweise an der Empfangstheke. Wir unterhielten uns kurz über ein Buch, das sie sich ausgeliehen hatte. So, nun aber genug mit dem Geplänkel. Zurück mit dir in den Unterricht!« Mit diesen Worten schob er sie langsam zur Tür hinaus.

Irgendetwas stimmte nicht mit ihr, dieser Gedanke kam Dahlia schon oft. Es umgab sie immer eine spezielle Aura – das Mädchen, das keine Eltern mehr hatte, aber es schein auch keiner etwas Genaueres über die Umstände des Unfalls oder ihre Eltern allgemein zu wissen. Aber genau das war es, was ihre Freundinnen an ihr so schätzten, das Mysteriöse an ihr, an ihrer Vergangenheit. Dahlia hingegen fühlte sich trotz ihrer tollen Freunde manchmal, als gehöre sie einfach nicht hierher.

In der Mittagspause erzählte sie ihren Freundinnen von dem Gespräch mit dem Direktor. Kira und Selina sahen mindestens genauso überrascht aus wie Dahlia, wenn nicht noch überraschter.

»Wieso ausgerechnet Fechten, wie soll dir das denn helfen?«, fragte Kira verblüfft. »Glaubt Herr Smaragd etwa, dass du dann nur noch ans Fechten denkst und keine anderen Gedanken mehr äußerst? Oder wie meint er das?«

»Er sagt, es würde mir helfen, meine Gedanken besser zu kontrollieren«, antwortete Dahlia.

»Aha«, entgegnete Kira skeptisch. »Was meinst du dazu, Selina?« Sie stupste ihre Freundin an. »Hallo, jemand zu Hause?«

»Was?«, murmelte Selina abwesend und wirkte plötzlich ziemlich nervös.

Als Dahlia und Kira sie darauf ansprachen, sagte sie nur, sie wäre wegen eines Aufnahmetests in den Debattierclub aufgeregt. Da dies bei Selina öfters vorkam, dachten sich die beiden nichts weiter dabei. Sie bewarb sich Anfang des Jahres immer in allen möglichen Clubs, um dann aber doch schlussendlich wieder einen Rückzieher zu machen.

Kapitel 2

Am nächsten Tag staunte Dahlia nicht schlecht, als sie mit Kira zu den Schließfächern ging. Ein lila schimmernder Briefumschlag hing an ihrem Spind.

»Oh, ist das romantisch!«, trällerte Kira aufgeregt. »Ist der von Jonas?«

Dahlia starrte perplex auf den Briefumschlag. Sie hatte Jonas noch nicht gesehen, seit die Schule wieder begonnen hatte.

»Na los, mach ihn doch auf!«, drängelte Kira.

Sie gingen zusammen auf die Toilette und Dahlia öffnete mit nervösen Fingern den lilafarbenen Umschlag.

Darin steckten ein kleines violettes Kuvert und ein handgeschriebener Brief. Dahlia begann zu lesen.

Ich weiß, dass du ziemlich überrascht sein wirst, wenn du diese Nachricht liest. In dem Kuvert befindet sich etwas von deiner Mutter Yolanda, das ihr sehr am Herzen lag, und sie bat mich, dir dies an deinem 16. Geburtstag zu geben. Da dieser morgen ist, fand ich es angebracht, dir bereits heute dein Geschenk zu überbringen. Öffne es aber erst an deinem Geburtstag und nur alleine. Nun verbleibe ich mit dem Wunsch, dass morgen ein ganz besonderer Tag für dich sein wird.

Meinen Namen erfährst du nicht, aus Gründen, die du später herausfinden wirst.

»Also, etwas ganz Merkwürdiges geht hier vor«, flüsterte Dahlia und faltete den Brief wieder zusammen. War es wirklich ein Geschenk ihrer Mutter? Oder spielte ihr hier jemand auf eine sehr perfide Weise einen Streich, spielte mit ihren Gefühlen?

»Ich weiß nicht, was es ist, aber es macht mir Angst. Was denkst du, Kira?«

»Ich denke genauso wie du. Wieso bekommst du kurz vor deinem 16. Geburtstag eine solche Nachricht? Hat die Zahl 16 eine besondere Bedeutung?« Kiras Augen begannen zu leuchten. »Wir müssen sofort recherchieren! Mist, gerade heute funktionieren die Internetanschlüsse im Internat nicht. Aber wir können in der Mittagspause in die Bibliothek gehen, was hältst du davon?«

»Eine wirklich gute Idee, Frau Braun«, antwortete Dahlia mit einem verschmitzten Lächeln. »Ich glaube, wenn du so weitermachst, bekommst du bald einen wichtigen Journalistenpreis!«

Kira arbeitete für die Schülerzeitung des Internats und ihr größter Traum war es, später Journalistin zu werden. Daher nahm sie ihre Kamera auch immer überall mit hin. Schließlich könnte sie jeden Moment das Bild fotografieren, was sie in ihrer Karriere weiterbringen wird.

»Meinst du echt?«, fragte sie mit großen Augen. »Du scherzt doch bloß wieder! Mach dich nicht lustig über mich, okay?«, fügte sie gespielt beleidigt hinzu.

»Das würde ich nie wagen!«, scherzte Dahlia und hakte sich bei ihrer Freundin ein.

Lachend schlenderten die beiden den Flur ins Klassenzimmer entlang, zum nächsten Unterricht.

In der Mittagspause machten sie sich auf den Weg zur Bibliothek, die nicht nur von den Schülern des Internats, sondern auch von den Bewohnern Alley Marbels rege genutzt wurde. Die Freundinnen mussten mehreren hupenden Autos ausweichen, bis sie endlich die riesige, mit hölzernen Schnitzereien verzierte Eingangstür erreichten.

Auf dem Parkettboden im Eingangsbereich befand sich ein heller Stern, in dem sich zwei Schwerter kreuzten. Ein Sechseck umrahmte das Symbol.

Staunend liefen die Freundinnen durch die Flure der Bibliothek. Die hohen Regale waren bis zur Decke mit Büchern vollgestellt, sodass die Angestellten nur mit großen Holzleitern an die obersten Reihen kamen.

So viele Bücher auf einem Haufen hatten die beiden noch nie in ihrem Leben gesehen, und es interessierte sie brennend, in der Vergangenheit der Menschheit nach verborgenem Wissen zu suchen. Sie steuerten die historische Abteilung an und hatten bald einen Berg voller Bücher auf ihrem Tisch liegen.

Die Mittagspause floss nur so dahin, während Dahlia und Kira lasen, lasen und lasen. Aber in den riesigen historischen Wälzern schien es keine brauchbare Erklärung für die Bedeutung der Zahl 16 zu geben.

Plötzlich schrie Kira überrascht auf, sodass sich alle Besucher der Bibliothek erschrocken umdrehten.

Dahlia flüsterte ihrer Freundin zu: »Was ist denn?«, und rückte mit ihrem Stuhl näher an sie heran.

»Ich habe hier etwas Interessantes gefunden«, sagte Kira aufgeregt. »Das kann aber bestimmt niemals wahr sein! Hör dir das mal an: *Vor tausenden von Jahren ...*« Sie hob den Kopf und grinste Dahlia an. »Das fängt schon mal gut an, nicht wahr?«

Dahlia schmunzelte und Kira las leise vor:

»Vor tausenden von Jahren ereignete sich ein Schreckenstag in Anila. Danach schworen sich die Elfen, Feen und magischen Wesen, es niemals wieder zuzulassen, dass ein Mensch ihre Welt betritt. Denn überall, wo Menschen auftauchten, gab es nur Unglück und Leid.

Bis zu diesem schicksalhaften Tag hatten die Völker Anilas friedlich mit den Menschen zusammengelebt. Es gab nur einen in Anila, der schon zuvor davon überzeugt war, dass die Verbindung zur Menschenwelt unglückbringend sei – wohlwissend, dass er selbst aus einer solchen Verbindung hervorgegangen war. Sein Name war Gideon, damals erst zarte 16 Jahre jung.

Er war der erste Halbelf und verfügte über enorme Kräfte, mit denen er allen anderen Bewohnern Anilas überlegen war.

Sein treuster Diener war der Elf Mike, der, ohne groß zu fragen, alles tat, was man ihm auftrug. Um dessen Grausamkeiten wissend, hielten die Völker Anilas ihn in einem Verließ unter der Erde gefangen.

Das schreckliche Ereignis, das alles verändern sollte, geschah an keinem geringeren Tag als dem alljährlichen Sommernachtsfest der Völker von Anila.

Alle tanzten fröhlich und ausgelassen miteinander, Menschen, Feen und Elfen. Kinder, Frauen und Männer.

Doch plötzlich zog ein heftiges Gewitter auf. Eine riesige Wolke bildete sich am Himmel, in der grelle Blitze zuckten. Inmitten dieser Wolke, umhüllt von grauen Rauchschwaden, die einem gewaltigen Sandsturm glichen, stand Mike.

Er trug große, braune Lederstiefel mit vielen kleinen Verschlüssen, die aussahen wie rote Stiere. Seine Kleidung bestand aus zerfetzten und bunten Lumpen. Außer dem Stab, den er bei sich trug – den ›Goldenen Amethyst‹ –, besaß er nichts Wertvolles. Obwohl sein Gesicht mit vielen Narben übersät war, stach eine von ihnen deutlich hervor. Es war eine kreisrunde Narbe mit einem Punkt in der Mitte, die auf seiner Stirn prangte.

Hocherhobenen Kopfes sagte Mike mit ungewöhnlich leiser, aber nicht minder furchterregender Stimme:

›Gideon hat mich befreit! Ihr alle sollt verdammt sein für das, was ihr Anila und ihm angetan habt – mein Herrscher und Meister duldet keine Öffnung hin zu den Menschen. Und nun lebt wohl, ihr nutzloses Gesindel!‹

Er lachte so laut und grausam, dass die Erde ohrenbetäubend bebte und der Donner grollte.

Mike erhob den Stab in seiner Hand und man hörte Gideons unverständliche Worte daraus sprechen. Mit höhnischem Gelächter verschwand Mike hinter den Rauchschwaden der Wolke.

Allen stand der Schrecken ins Gesicht geschrieben, sie waren kreidebleich. Doch kaum hatten sie sich von Mikes Auftritt erholt, erklangen jämmerlich klagende Schreie. Feen, Elfen und Menschen sackten in sich zusammen und blieben leblos liegen.

Das Geschrei wurde immer lauter und unerträglicher. Eltern weinten um ihre Kinder, Kinder um ihre Eltern. Doch kaum einer von ihnen blieb verschont. Nur einige Alte und Schwache überlebten diesen Tag.

Es war ein einziges Massaker. Aus Tausenden von Völkern blieben nur 60 Überlebende übrig. Die Mehrzahl von ihnen Menschen.

Seit diesem Tag war der Keim der Zwietracht gesät. In kleinen Grüppchen diskutierten die Elfen, Feen und magischen Wesen, wer denn die Schuld an dieser Katastrophe trage. Bald kamen sie zu dem Schluss, dass die Menschen dafür verantwortlich seien. Sie hätten alles hinter dem Rücken der Ältesten (Rat aus allen Völkern) geplant.

Daraus erwuchs ein Schreckenskrieg, der als ›Agil Wig‹ in die Geschichtsbücher einging und seither das Leben der Bevölkerung von Anila prägte.

Die Menschen wurden auf die Erde verbannt. Die Völker Anilas verschlossen alle Wege, die zu ihrem Reich führten und die einst zum Pendeln zwischen den Welten gedacht waren.

Seither weigern sich die Elfen und Feen, den Menschen zu helfen. Sie erhoben die Zahl 16 zu einer magischen Zahl, die sie ›Beraht‹ nannten, was so viel bedeutet wie ›hell‹ oder ›glänzend‹. Jeder, der das 16. Lebensjahr erreichte, konnte sich glücklich schätzen, in die Welt der Erwachsenen aufgenommen zu werden.

»Das ist der größte Blödsinn, den ich jemals gelesen habe«, kommentierte Kira schmunzelnd. »Dieses Buch hätten sie eher in die Abteilung für Märchen statt in die historische stellen sollen, oder?« Sie sah ihre Freundin fragend an. »Dahlia? Hallo?«

Doch Dahlia war so in Gedanken versunken, dass sie Kiras Stimme nicht mehr hörte. Auf seltsame Weise berührte sie diese Geschichte und wirkte noch lange in ihr nach.

Die letzte Schulstunde neigte sich dem Ende zu. Dahlia hatte während des Nachmittagsunterrichts und auch in den Pausen kaum etwas gesagt. Als es läutete, wagte Selina den wiederholten Versuch, etwas aus Dahlia herauszubekommen, das ihr Verhalten erklärte.

»Dahlia, Kira und ich machen uns wirklich Sorgen um dich!«

Kira nickte zustimmend.

»Du verhältst dich so rätselhaft seit dem Besuch in der Bibliothek«, fuhr Selina fort. »Uns kannst du doch sagen, was mit dir los ist. Wir sind deine besten Freundinnen! Oder ist dir nur schlecht? Nun sag doch mal was! BITTE!«

Dahlia konnte sich selbst nicht erklären, was mit ihr los war. Aber sie kannte ihre Freundinnen gut genug, um zu wissen, was sie ihnen sagen musste, damit sie sich keine Sorgen machten.

»Mir ist nicht so gut und ich würde gern für ein paar Minuten in mein Zimmer gehen und mich hinlegen, okay?«

Ihre Freundinnen ließen sie ungern in diesem Zustand allein, aber da Dahlia es so wünschte, widersprachen sie nicht.

Etwas verwirrt und durch den Wind machte sich Dahlia auf den Weg in ihr Zimmer im dritten Stock. Gerade als sie den Schlüssel ins Schloss stecken wollte, rief jemand ihren Namen. Sie kannte diese Stimme gut und drehte ihren Kopf.

Jonas stand hinter ihr und sagte verlegen: »Hallo, Dahlia, ich habe dich schon die ganze Zeit über gesucht. Aber als ich deine Freundinnen nach dir fragte, sagten sie, du wirst vielleicht krank, da du so bleich bist und … ähm …« Er räusperte sich. »Wieso ich überhaupt gekommen bin … ähm … nun ja … Ich wollte dich fragen, ob du vielleicht demnächst mal Zeit hast, mit mir ein Eis essen zu gehen?«

Dahlia sah ihn überrascht an.

Als sie nicht sofort antwortete, stammelte er etwas von, er würde es verstehen, wenn sie gerade keine Lust dazu hätte.

»Lust?« Sie riss die Augen auf und sagte schnell: »Natürlich habe ich dazu Lust! Wie wäre es mit übermorgen? Um 17 Uhr ungefähr, vor der Eisdiele?«

Er nickte, gab ihr einen flüchtigen Kuss auf die Wange und verschwand in Richtung Treppe.

Dahlia errötete leicht und biss sich verlegen auf die Lippen. Sie war sich nicht sicher, doch sie meinte, gesehen zu haben, wie er pfeifend die Stufen hinunterhüpfte.

Nun hatten sie also ein weiteres Date!

Mit einem kribbelnden Gefühl im Bauch legte sie sich auf ihr Bett und vergaß für einen Moment die merkwürdige Geschichte, die ihr Kira vorgelesen hatte.

In dieser Nacht träumte sie zuerst von Jonas und ihrem Treffen am übernächsten Tag. Doch dann, ganz plötzlich, schob sich ein anderer Traum wie eine dunkle Wolke vor ihr Glück.

Sie sah eine Frau, die ihr fast ein wenig ähnelte, jedoch deutlich hübscher und graziler aussah als sie. Ihre schulterlangen braunen Locken passten perfekt zu ihrer schlanken Figur. Die vollen Lippen, ihre ovalen blauen Augen, ihre kleine Stupsnase, alles an ihr ließ sie unglaublich schön aussehen. Um ihren Hals trug sie eine Kette, an der ein rundes Medaillon hing, in dessen Mitte ein merkwürdiges Zeichen eingraviert war. Es sah fast so aus wie ein auf den Kopf gestelltes Ypsilon mit zwei parallelen, wellenförmigen Strichen.

Plötzlich legte sich eine lange, abgemagerte Hand um den Hals der schönen Unbekannten. Sie schien sich dagegen zu wehren und schrie unverständliche Worte, die ein kurzes Zucken bei ihrem Angreifer auslösten. Ihre schöne Kette löste sich bei dem Kampf und fiel hinab in eine dunkle Schlucht.

Da stieß die Frau einen schmerzerfüllten Schrei aus: »DAHLIA, NEIN!«

Dann wurde es totenstill und die Schöne lag leblos am Boden.

Kapitel 3

Dahlia wachte mitten in der Nacht schweißgebadet auf und schaute in die erschrockenen und besorgten Mienen ihrer beiden Freundinnen.

Kira beugte sich über sie und tupfte ihr mit einem nassen Tuch über die Stirn.

»Ganz ruhig, du hast nur schlecht geträumt«, sagte Selina leise. »Aber warum musstest du denn so schreien? Wir dachten schon, du wirst ... du wirst ...« Sie zögerte.

»Na ja, ... umgebracht«, ergänzte Kira und schluckte.

»Ich hatte einen Albtraum ... mit einer Frau, die ein merkwürdiges Medaillon um den Hals trug und ... ermordet wurde«, stammelte Dahlia. »Am Ende rief sie meinen Namen.«

Kira und Selina tauschten fragende Blicke aus.

Dann fesselte etwas anderes ihre Aufmerksamkeit. Durch das Fenster, welches zum Garten hin geöffnet war, hörten sie ein lautes Knacken von Ästen.

Neugierig blickten die drei nach draußen. Der Mond schien durch die Bäume auf dem Schulhof und warf sein trübes Licht auf einen Mann, der durch den Garten im Internatspark schlich. Es schien fast so, als ob er etwas suchen würde und Angst hätte, erwischt zu werden.

Die drei Freundinnen starrten sich einen kurzen Moment lang an. Dann griff Dahlia nach ihrem Morgenmantel und ging zur Zimmertür.

Kira und Selina folgten ihr wortlos. Manche Dinge mussten einfach nicht ausgesprochen werden. Die drei verstanden sich in diesem Moment blind.

Vorsichtig tapsten sie auf den quietschenden Holzstufen nach unten und schlichen möglichst leise durch die gigantische Eingangshalle. Selina öffnete die schwere Schultüre und alle drei huschten hindurch.

Auf dem Weg zum Garten ließ ein kurzes Klicken Dahlia zusammenzucken.

»Was …«, begann sie erschrocken, hielt aber inne, als sie sah, dass Kira ihre Kamera einstellte.

Selina verdrehte die Augen und Dahlia zischte: »Das ist jetzt nicht dein Ernst, oder? Was, wenn er uns gehört hat?«

»Journalismus bedeutet immer, Risiken einzugehen«, entgegnete Kira nüchtern. »Überlegt mal, wenn ich das in der Schülerzeitung schreibe: ›Unbekannter irrt auf Schulgelände umher' … Oh Mann, das wird bestimmt ein Hammer, nein, eine Sensation!«, flüsterte sie begeistert und hielt ihre Kamera nun noch fester an sich gedrückt.

Dahlia hatte ein ziemlich ungutes Gefühl. Sie sollten lieber nicht hier sein, das spürte sie. Doch sie war zu neugierig und wollte herausfinden, wer sich um diese Zeit hier herumtrieb.

Sie näherten sich der niedrigen Steinmauer, hinter der sie die Gestalt von ihrem Fenster aus gesehen hatten. Die Mauer war etwa einen halben Meter hoch und mindestens genauso dick. Dahinter versteckten sich die Freundinnen und spähten hinüber in den Garten.

Tatsächlich. Der Fremde irrte immer noch suchend umher und blickte hinter jeden Busch. Er trug einen schwarzen, schmutzigen Kapuzenmantel. Kira wollte gerade ein Bild machen, als Selina schnell die Kamera nach unten drückte.

»Kira! Es ist jetzt nicht der passende Augenblick dafür!«, zischte sie.

Es war ziemlich kalt und Dahlia fing leicht zu zittern an. Sie überlegte, ob sie wieder hineingehen sollte. Doch plötzlich sprang Kira auf und der Unbekannte drehte sich ruckartig zu ihr um. Er wollte sein Gesicht verbergen, doch Kira war schneller und hatte schon mehrmals den Auslöser gedrückt.

Nun ging alles so blitzartig, dass weder Dahlia noch

Selina mitbekamen, was genau passierte. Sie hörten den Fremden fluchend davonrennen und sahen erst jetzt, dass Kira rückwärts nach hinten kippte und zu Boden fiel. Die Kamera landete direkt neben ihr.

»Kira, sag doch was!«, schrie Dahlia verzweifelt und schüttelte ihre Freundin, doch diese atmete nur flach und ziemlich angestrengt.

Dahlia schaute zu Selina hoch, die einen Ausdruck von Schock und Angst in ihren Augen trug.

»Selina, lauf schnell zum Hausmeister und ruf mit ihm zusammen einen Krankenwagen, ich bleibe solange bei Kira und passe auf sie auf, ja?«, rief Dahlia.

Selina zögerte zuerst, sagte dann aber, sie beeile sich, und rannte mit Tränen in den Augen zurück zum Eingang der Schule.

Dahlia kniete sich hinter ihre Freundin und hob vorsichtig Kiras Kopf auf ihre Beine. Kira zuckte ruckartig zusammen, es sah fast so aus, als kämpfe sie im Schlaf verzweifelt mit jemandem.

»Kira, Kira, bitte verlass mich nicht, wir brauchen dich doch! Bitte wach wieder auf, bitte!«, flüsterte Dahlia schluchzend.

Kira war noch immer bewusstlos und fing nun zu schwitzen an. Das Zucken ihres Körpers verstärkte sich.

In ihrer Verzweiflung rannte Dahlia zu dem nahe gelegenen Brunnen, der als Wahrzeichen des Internats galt. In der Mitte des Bauwerks stand die steinerne Skulptur einer schönen Fee mit langen Haaren, aus deren Blumenstrauß klares, kaltes Wasser floss.

Dahlia hatte dieses Kunstwerk immer bewundert, doch jetzt erschien es ihr beinahe unheimlich. Fast glaubte sie, ein triumphierendes Gelächter zu hören, und sie spürte die Kälte des steinernen Brunnens in ihrem Rücken.

Dahlia nahm den Eimer neben der Statue, füllte ihn mit Wasser und lief damit zurück zu ihrer Freundin.

Kira war inzwischen kreidebleich, doch sie hörte auf zu zittern. Dahlia riss ein Stück von ihrem Lieblings-T-Shirt ab, tränkte es mit Wasser und legte es mit fröstelnden Händen auf Kiras heißen Kopf.

Sie fragte sich, wo Selina bliebe. Vielleicht wurde sie von dem Unbekannten angegriffen und lag nun, wie Kira, halb tot vor der Schule? Dahlia wollte gar nicht daran denken.

Kaum hatte sie diesen Gedanken beiseitegeschoben, sah sie eine verschwommene Gestalt auf sie zulaufen. Aus Angst, der Unbekannte würde nun sein Opfer erneut heimsuchen, legte sie ihre Hände schützend um die schwer atmende Kira.

Nun erkannte sie das vertraute Gesicht des Hausmeisters und hörte schon die Sirene des Krankenwagens. Sie war so erleichtert, dass eine Träne über ihr Gesicht floss.

Dann war auch Selina bei ihr. Sie zerrte Dahlia von Kira weg und der Notarzt gab ihr eine Decke, in die sie sich einwickelte.

In den nächsten Minuten konnte Dahlia keinen klaren Gedanken fassen. Ihr wurde plötzlich ganz warm und alles verschwamm vor ihren Augen. Sie sah gerade noch, wie Selina und einer der Sanitäter auf sie zuliefen, bevor alles um sie herum schwarz wurde.

Kapitel 4

»Die Sanitäter haben dich mit einer Trage auf dein Zimmer gebracht«, erzählte ihr Selina am nächsten Morgen. Sie saß direkt neben Dahlias Bett auf einem Stuhl.

Dahlia fühlte sich immer noch benebelt und rieb sich die Stirn.

»Wie geht es Kira?«, war das Erste, was ihr einfiel.

»Sie ist noch im Krankenhaus und wird voraussichtlich in einer Woche entlassen, sagte der Direktor. Mehr weiß ich leider nicht«, antwortete Selina. »Herr Smaragd hat uns heute vom Unterricht befreit, damit wir das Erlebte verarbeiten können. Ach ja, er hat mir etwas für dich mitgegeben.« Sie zog einen Briefumschlag aus ihrer Tasche und legte ihn auf Dahlias Bett.

»Wir könnten Kira am Nachmittag besuchen, falls es dir wieder besser geht. Und ehe ich es vergesse: Alles Gute zu deinem Geburtstag!« Selina holte hinter ihrem Rücken ein in Silberpapier verpacktes Päckchen hervor und umarmte Dahlia herzlich.

Fast hätte Dahlia ihren eigenen Geburtstag vergessen, kein Wunder nach der Aufregung von gestern Nacht.

Plötzlich musste sie an den ominösen Brief denken, der an ihrem Spind befestigt war. Sie sollte das violette Kuvert an ihrem 16. Geburtstag öffnen. Aber ihre Sorge um Kira war momentan stärker als ihre Neugierde und sie beschloss, es erst am Ende des Tages aufzumachen.

Dahlia packte Selinas Geschenk aus und bedankte sich bei ihr mit einer Umarmung für die schönen silbernen Ohrringe.

»Kommst du mit nach unten in den Frühstücksraum?«, fragte Selina.

»Gib mir ein paar Minuten, du kannst ruhig schon vorgehen, ja?«

»Alles klar, ich halte dir einen Platz frei«, antwortete Selina und verließ das Zimmer.

Dahlia hatte das Geschehene noch nicht verarbeitet. Sie konnte nicht begreifen, was letzte Nacht passiert war. Es ging alles viel zu schnell. Selina meinte, der Unbekannte hatte Kira vermutlich angegriffen und niedergeschlagen, aber Genaueres hatte sie auch nicht gesehen. Vielleicht würde ihnen Kira heute Nachmittag mehr erzählen können.

Sie zog sich um und machte sich dann auf den Weg zum Frühstücksraum. In Gedanken versunken ging sie mit gesenktem Kopf durch die Flure des Internats und schaute erst auf, als sie gegen einen muskulösen Körper stieß.

Verlegen murmelte sie ein »Entschuldigung«, bevor sie realisierte, wer vor ihr stand.

»Hi, Dahlia, geht es dir gut? Du siehst nicht gerade gesund aus«, sagte Jonas mit fragendem Blick. »Verständlich, nach all dem, was sich gestern Nacht zugetragen hat. Ähm ... falls du jemanden zum Reden brauchst, dann sag es einfach, ja?«

»Danke für das Angebot, Jonas. Ich werde sicher darauf zurückkommen. Schön, dass du an mich gedacht hast.«

Dahlia wollte gerade weitergehen, als er sie sanft an der Schulter packte und schmunzelnd sagte: »Alles Gute zum Geburtstag! Und vergiss unser Eisessen morgen nicht, ja? Ähm ... falls du es dir nicht anders überlegt hast. Also dann, hab einen schönen Tag und bis morgen, freue mich darauf!«

Er gab ihr einen schnellen, schüchternen Kuss auf die Stirn und lief zu den Jungs aus seiner Basketballmannschaft zurück, die auf dem Flur standen und sich unterhielten.

Dahlia befand sich für einen Augenblick nicht mehr in der Schule, nein, sie war im Himmel, dessen war sie sich sicher. Nur Jonas konnte sie auf Wolke sieben schweben lassen.

In diesem Moment vergaß sie das gestern Vorgefallene und lief mit einem breiten Grinsen und roten Wangen zum Speisesaal.

Selina bemerkte sofort, dass etwas passiert sein musste. Was hatte ihrer Freundin das Lächeln wieder ins Gesicht gezaubert?

Natürlich konnte Dahlia die guten Neuigkeiten kaum für sich behalten. Es war nie ihre Stärke, etwas lange zu verschweigen.

Solche Momente sollte jeder mit seinen Freunden teilen, dachte sie.

»Das freut mich sehr für dich, Dahlia. Ich bin gespannt, was morgen bei eurem Treffen passiert!«, sagte Selina grinsend und ergänzte: »Wollen wir nachher um 13 Uhr zu Kira ins Krankenhaus gehen? Ich muss vorher noch etwas Wichtiges … ähm erledigen … die Matheaufgaben! Du kannst so lange deine Geschenke auspacken, die sich übrigens auf deinem Bett stapeln, und dich noch ein wenig ausruhen. Was sagst du dazu?«

»Geht klar! Also treffen wir uns unten am Eingang der Schule um eins. Und bitte, Selina, versuch wenigstens dieses Mal pünktlich zu sein«, neckte Dahlia ihre Freundin.

»Versprochen. Ich komme bestimmt rechtzeitig! Egal, was ich gerade mache, ich lasse alles stehen und liegen. Selbst wenn ich auf dem Klo sitze.« Selina grinste.

Dahlia musste lachen und gab ihr einen sanften Schlag auf die rechte Schulter.

Kaum hatte Dahlia die Tür hinter sich geschlossen, stieg ein drängendes Gefühl in ihr hoch. Sollte sie das mysteriöse Kuvert doch schon öffnen? Es schien zwar absurd, aber aus irgendeinem Grund glaubte sie, dass der Brief etwas mit dem vermummten Unbekannten im Park zu tun haben könnte.

Sie schob diesen unsinnigen Gedanken schnell beiseite und widmete sich den Geschenken auf ihrem Bett, welche ihr, während sie weg gewesen war, gebracht worden waren. Jonas hatte ihr ein Lebkuchenherz und eine mit Kätzchen bedruckte Karte geschenkt. Darin stand: »Für das süßeste Kätzchen der Welt, Jonas.«

So etwas Schönes hatte sie schon lange nicht mehr bekommen. Nun freute sie sich noch mehr auf morgen.

Ein paar Mädchen aus Dahlias Volleyball-Club hatten ihr Geburtstagskärtchen geschrieben sowie auch einige ihrer Klassenkameraden.

Im Brief des Rektors stand, als hätte sie es schon geahnt, das Übliche: »Alles Gute zum Geburtstag!« Und darunter hatte er in seiner krakeligen, altmodischen Schrift geschrieben:

Die erste Trainingsstunde beim Fechten findet schon heute um 15 Uhr in unserer kleinen Gymnastikhalle statt, da dein Lehrer morgen etwas Dringendes zu erledigen hat, das sich leider nicht verschieben lässt. Einen schönen Geburtstag wünsche ich noch!

Nun hatte sie alle Geschenke ausgepackt – bis auf eines. Dahlias Neugierde war einfach zu groß. Mit zitternden Händen nahm sie das inzwischen etwas zerknitterte Kuvert von ihrem Schreibtisch. Eine unbekannte Empfindung stieg in ihr auf, die sich auf seltsame Weise gut anfühlte.

Sie öffnete das Kuvert und sofort fiel ihr ein silbernes, leicht violett funkelndes Etwas entgegen. Es war ein silbernes Amulett mit einem lilafarbenen Stein in der Mitte. Auf beiden Seiten war ein verschnörkeltes, auf dem Kopf stehendes Ypsilon mit zwei wellenförmigen Parallelen eingraviert. Irgendwo hatte sie dieses Zeichen schon einmal gesehen …

Plötzlich fiel es ihr wieder ein! Die hübsche Frau hatte es in ihrem Traum bei sich getragen, bevor es in einem großen schwarzen Loch versunken war.

Dahlia war verwirrt und ängstlich zugleich. Was hatte das zu bedeuten? Trotzdem spürte sie das Bedürfnis, die Kette anzuprobieren. Sie übte eine magische Anziehungskraft auf sie aus. Beinahe kam es ihr so vor, als ob das Amulett förmlich nach ihrem Hals schrie.

Mit zitternden, kalten Händen legte sie sich die Kette um und musste enttäuscht feststellen, dass nichts passierte.

Das hatte sie sich anders vorgestellt.

Doch plötzlich spürte sie einen brennenden Schmerz auf ihrer rechten Schulter, so als hätte jemand heißes Wachs über ihre Haut geschüttet und zusätzlich auf die Wunde gedrückt.

Ihr wurde schwarz vor Augen und in diesem Moment wollte sie lieber sterben, als diese stechenden Schmerzen weiter zu ertragen.

Dahlia sank auf ihr Bett nieder und empfand es beinahe als eine Wohltat, als sie langsam das Bewusstsein verlor.

Kapitel 5

Dahlia erwachte mit fürchterlichen Kopfschmerzen, die so stark waren, dass es in ihren Ohren hämmerte. Sie schaute benommen auf ihren Wecker und erschrak: Es waren Stunden vergangen, seit sie das Amulett umgelegt hatte, es war bereits kurz vor 13 Uhr!

Die brennenden Schmerzen auf ihrer Schulter waren verschwunden. Auch die Kette mit dem Amulett hing nicht mehr um ihren Hals.

Dahlia war sich nicht sicher, ob sie sich das alles nur eingebildet hatte. Hatte ihr Unterbewusstsein ihr wieder einmal einen Streich gespielt?

Sie stand auf und ging auf wackligen Beinen zu ihrem rosenförmigen Spiegel. Zunächst sah sie ihr Spiegelbild leicht verschwommen. Doch dann wurde die Sicht klarer.

Im ersten Moment wich sie erschrocken zurück. Wie konnte das sein? Ihre Gesichtszüge wirkten viel sanfter und geschmeidiger als zuvor und ihre braunen Locken glänzten wie noch nie, so als wäre sie frisch vom Friseur gekommen. Auch ihre verhassten Pickel waren verschwunden und ihre Augen strahlten wie ein klarer See bei Sonnenaufgang, in dem sich das Licht spiegelte.

Dahlia musste zugeben, dass sie ziemlich gut aussah. Was es mit dieser Verwandlung auf sich hatte, wusste sie zwar nicht, aber es gefiel ihr.

Erst jetzt bemerkte sie die offene Wunde an ihrer rechten Schulter, die ihre weiße Bluse rot färbte. Sie zog sie behutsam aus, um sich das Ganze genauer zu betrachten.

Zuerst war außer einer Blutkruste nichts zu erkennen. Deshalb tupfte Dahlia das Blut vorsichtig mit einem Taschentuch ab. Sofort ließ der grauenvolle Schmerz ihren ganzen Körper zusammenzucken, doch sie tupfte tapfer weiter.

Nun zuckte sie erneut zusammen, nicht vor Schmerz, sondern weil sie ein Zeichen auf ihrer Schulter erkennen konnte. Das gleiche Zeichen wie auf dem Amulett. Es war ungefähr doppelt so groß wie die Gravur auf der Kette.

Das ist einfach zu viel. Ich muss hier weg, unter Leute gehen und mich vergewissern, dass ich nur Kopfschmerzen habe und nichts anderes, dachte Dahlia.

Sie wickelte sich einen dünnen Verband um ihre Schulter, sodass niemand die Narbe sehen konnte. Dann zog sie sich schnell ein anderes T-Shirt an. Ein letzter prüfender Blick in den Spiegel zeigte ihr, dass sie nun wieder genauso aussah wie immer.

Erleichtert lief sie die Treppen hinunter und durch die Eingangshalle. Jetzt sah sie, dass Selina schon ungeduldig auf sie wartete.

Dahlia warf einen kurzen Blick auf die Uhr über der hölzernen Eingangstür. Sie war 15 Minuten zu spät, und das heute, wo ihre Freundin tatsächlich einmal pünktlich war!

»Na, das ist ja mal eine Überraschung!«, rief Selina freudig. »Dass ich das auch einmal erleben darf, Miss Pünktlichkeit in Person, kommt zu spät! Einfach unglaub... Ahhh!«

Dahlia hatte Selina in die Seite gepiekst, und diese fing gleich an, lauthals zu lachen.

Kichernd machten sie sich auf den Weg.

Im Krankenhauskiosk kauften sie noch schnell einen Blumenstrauß und erkundigten sich dann an der Information nach Kiras Zimmernummer.

»Sie liegt auf der Station C1 im Zimmer 116«, sagte die Empfangsdame hinter ihrer Glaswand. »Aber bevor ihr zu ihr geht, solltet ihr einen Arzt fragen, ob sie Besuch empfangen darf oder noch Ruhe braucht.«

»Das hört sich gar nicht gut an, oder?«, meinte Dahlia mit leicht zitternder Stimme zu Selina. »Und das, obwohl der Direktor sagte, Kira könne in einer Woche das Krankenhaus verlassen. Hoffentlich sind keine Komplikationen aufgetreten. Das würde ich mir nie verzeihen.«

»Du bist doch nicht daran schuld, genauso gut könnte ich mir Vorwürfe machen. Schließlich war ich auch dabei. Was passiert ist, ist passiert, und weder du noch ich sind daran schuld. Kopf hoch, Dahlia. Wir werden den Übeltäter schon finden, versprochen«, beruhigte sie Selina.

Zusammen gingen sie in den Aufzug, drückten den Knopf für den dritten Stock und hingen ihren Gedanken nach, bis es zum dritten Mal klingelte und die Türen wieder aufschwangen.

Die Freundinnen gingen schweigend den langen, weißen Krankenhauskorridor entlang. Lediglich ein paar wahllos ausgesuchte Bilder schmückten die Wände.

Als sie einen Arzt entdeckten, fragte Selina ihn, ob sie zu ihrer Freundin dürften.

Er blickte die beiden ernst an und meinte: »Ja, aber seid leise und vermeidet es, dass sie sich unnötig aufregt. Sie hat noch ziemliche Kopfschmerzen aufgrund der Gehirnerschütterung. Ich sage den Pflegern Bescheid, sie sollen eine Blumenvase besorgen und sie in Frau Brauns Zimmer stellen.«

Der Arzt machte ein betrübtes Gesicht und den beiden Freundinnen wurde es nun deutlich unwohl.

Vorsichtig öffnete Dahlia die Tür zu Kiras Zimmer. Der Raum war in ein sanftes, freundliches Licht gehüllt und die Jalousie verwandelte die hereinbrechenden Strahlen in kleine Sternchen. Es war angenehm kühl, im Vergleich zu den hochsommerlichen Temperaturen, die draußen herrschten, was jedoch nicht ungewöhnlich für Ende September war.

Kira war wahrscheinlich gerade eingedöst, denn sie sah sehr überrascht und verschlafen aus.

»Dahlia, Selina«, sagte sie leise. »Schön, dass ihr hier seid! Es ist schrecklich, wenn man sich den ganzen Tag langweilt und nicht aus dem Bett darf. Ich freue mich riesig, euch zu sehen. Endlich mal normale Menschen und nicht nur meine Eltern und diese Grünkittel hier!«

Kira versuchte zu lächeln, ließ es aber dann doch bleiben, weil sie noch zu geschwächt war. Auch ihre Gesichtsfarbe glich eher den Wänden im Flur als dem gesunden, natürlichen Rosé-Ton, den sie sonst hatte.

Ein Pfleger brachte eine Vase und Selina stellte die Blumen hinein. Es waren Lilien, die Lieblingsblumen von Kira.

»Dahlia, ich habe es natürlich nicht vergessen: Happy Birthday!«, sagte Kira schwach lächelnd. »Dein Geschenk bekommst du leider erst, wenn ich wieder hier raus bin.«

»Dankeschön. Aber wie geht es dir?«, fragte Dahlia. »Der Arzt sagte uns, dass wir dich nicht aufregen sollten. Das hat uns schon ziemlich irritiert und ...«

Kira unterbrach sie: »Mir geht es gut, nur die Kopfschmerzen und die Tatsache, dass ich deswegen nicht aufstehen darf, halten mich noch hier fest. Vorhin habe ich versucht, ein paar Schritte zu gehen. Meine Beine bewegen kann ich schließlich noch. Doch sofort wurde mir schwarz vor den Augen und meine Eltern halfen mir wieder ins Bett.

Aber genug jetzt von mir. Wie geht es euch beiden denn? Gab es irgendetwas Neues im Internat?«

Dahlia und Selina grinsten sich gegenseitig an. Kiras Neugierde war ein eindeutiges Zeichen dafür, dass sie sich auf dem Weg der Besserung befand.

»Eigentlich gibt es nichts Erwähnenswertes«, meinte Dahlia. »Zum Glück haben wir heute keine Schule und ...«

Bevor sie ihren Satz zu Ende sprechen konnte, verkündete Selina schon die Neuigkeit des Tages.

»Dahlia hat ein Date mit Jonas!«, platzte sie heraus

»Oh mein Gott! Das ist ja toll, ich freue mich so für dich, Dahlia. Gut möglich, dass er dich dann endlich fragt, ob du mit ihm fest zusammen sein willst! Uuuhhhh, ist das aufregend! Und du hast gesagt, es gäbe nichts Neues, du Lügnerin!«, flötete Kira vergnügt mit einem verschmitzten Lächeln auf den Lippen, was ihr zugleich einen sanften Hieb in die Bauchseite einbrachte.

»He, geht man so mit kranken, verletzlichen Patienten um?«, gab sie in empörtem Ton von sich. Sofort begannen alle drei zu lachen, und selbst Kiras Lippen verzogen sich zu einem Grinsen.

Als sich alle wieder beruhigt hatten, überlegte Dahlia kurz, ob sie es wagen konnte, und gab sich dann einen Ruck. »Ich weiß, dass es schwer ist, darüber zu reden«, begann sie zögerlich. »Doch ich bitte dich, Kira ... Wir müssen darüber sprechen. Derjenige, der dir das angetan hat, sollte seine gerechte Strafe bekommen.«

Kira nickte und Dahlia sah sich dadurch ermutigt, fortzufahren.

»Hast du das Gesicht des Mannes gesehen, bevor er ... er ...«, Dahlia zögerte. Sie wusste nicht, wie weit sie gehen konnte. Sie wollte vor allem ihre Freundin schonen. Vielleicht wäre es besser, sie nicht an das Geschehene zu erinnern?

»Bevor ich bewusstlos wurde?«, vervollständigte Kira. »Hör mal, Dahlia, ich bin nicht geistig verwirrt und es macht mir nichts aus, darüber zu sprechen, okay? Aber lieb, dass du dir Sorgen um mich machst, das weiß ich zu schätzen. Jetzt zurück zu deiner Frage: Ich konnte sein Gesicht leider nicht erkennen. Wie denn auch? Er hatte eine Mütze auf, es war dunkel und es ging sowieso alles ziemlich schnell«, erklärte Kira. »Ich weiß nicht einmal, wie es genau passiert ist.«

»Gut, dann haben wir also nichts in der Hand, was uns

auf die Spur des Täters bringen könnte. Schade«, sagte Dahlia etwas enttäuscht und schaute bedrückt aus dem Fenster.

Plötzlich schrie Kira jauchzend auf, woraufhin ihre Freundinnen höllisch erschreckten. Und nicht nur sie! Sofort stürmte ein Arzt zur Tür herein, der sich offenbar um das Wohlbefinden seiner jungen Patientin sorgte. Ziemlich ungewöhnlich, denn die meisten Ärzte brauchten Stunden, bis sie endlich auftauchten, wenn man sie rief.

»Was ist denn hier los? Ist etwas passiert? Tut Ihnen etwas weh?«, fragte er aufgeregt und sah Kira ratlos an, als sie anfing zu lachen.

»Nein, es ist alles in bester Ordnung. Mir ist nur gerade etwas eingefallen, das ich meinen Freundinnen erzählen wollte. Sie können ganz beruhigt sein, Herr Doktor.«

Der Arzt war nicht gleich überzeugt. Erst nach einer gründlichen Überprüfung ihrer Vitalzeichen und ihres Bewusstseinszustandes verließ er das Zimmer.

Sofort widmete sich Kira wieder ihren Freundinnen, die sie fragend ansahen.

»Ich habe den Täter vielleicht nicht gesehen«, begann sie, »aber meine Kamera bestimmt!«

Nun musste Dahlia sich die Hand vor den Mund halten, um nicht loszuschreien, sonst wäre der besorgte Doktor sofort wieder hereingekommen.

Sollte sie der Lösung des Rätsels nun doch näherkommen? Inzwischen war sie beinahe davon überzeugt, dass es einen Zusammenhang zwischen dem Fremden und ihrem Amulett geben musste.

Kira erklärte den Freundinnen, dass sie in ein paar Tagen bestimmt aus dem Krankenhaus kommen würde, und dann wolle sie die Bilder persönlich entwickeln, in der Dunkelkammer im Keller. Da weder Selina noch Dahlia viel von Fotoentwicklung verstanden, stimmten beide wortlos zu.

Doch nun musste sich Dahlia verabschieden, um noch rechtzeitig zu ihrer ersten Fechtstunde zu kommen.

Was für ein Stress am eigenen Geburtstag!

Im Internat angekommen, eilte sie in ihr Zimmer und zog sich ihre Sportkleidung an. Sie kam nicht daran vorbei, ihre Wunde noch einmal zu betrachten. Die Narbe war unheimlich schnell verheilt und ihre Formen und Linien sahen nun genauso feingliedrig aus wie bei der Gravur auf dem Anhänger.

Schnell verband sie ihre Schulter wieder, damit niemand das narbenähnliche Zeichen sehen konnte. Unangenehme Fragen konnte sie jetzt nicht gebrauchen.

Nun spürte sie erneut das brennende Bedürfnis, das Amulett um ihren Hals zu binden. Nur wo war es?

Ihr Blick fiel auf das violette Kuvert auf ihrem Schreibtisch. Dahlia war sich sicher, dass sie es nicht in den Umschlag zurückgetan hatte. Trotzdem schaute sie hinein, und zu ihrer Überraschung fand sie es auch dort.

Dieses Mal überlegte sie nicht lange, sondern legte die Kette gleich um. Sie fühlte sich irgendwie geborgener damit.

Rasch nahm sie eine Wasserflasche aus ihrem kleinen Schrank, griff nach ihrer Sporttasche und beeilte sich, um nicht zu spät zu kommen.

Als sie den langen Gang entlanglief, der zur Sporthalle führte, kam sie an den großen Wandgemälden der ehemaligen Schuldirektoren vorbei. Obwohl sie schon hunderte Male hier entlanggelaufen war, stach ihr nun eines der Portraits sofort ins Auge, das ihr früher nie aufgefallen war. Das Bild zog sie beinahe magisch an und sie musste einfach stehen bleiben, um es zu betrachten.

Sie glaubte kurz, dass sie dieselben stechend blauen Augen hatte wie der darauf abgebildete Mann. Auch die

Stupsnase kam ihr bekannt vor. Doch sie verwarf diesen Gedanken gleich wieder und las noch schnell den Namen, der auf dem vergoldeten Schild unterhalb des Bildes in geschnörkelter Schrift stand: *John Bings*.

Nun rannte sie den restlichen Weg, sah mit einem flüchtigen Blick auf die Uhr und dachte: *Na super, dass passt ja mal gar nicht zu mir, am ersten Tag gleich zu spät kommen! Das wäre eher Selinas Spezialgebiet.*

Kapitel 6

Dahlia lief durch die Mädchen-Umkleide, die rosarot gestrichen war und förmlich nach »typisch Mädchen« schrie. Die großen Dachfenster im Flur ließen die strahlende Nachmittagssonne in den kleinen Raum scheinen. Dahlia fiel ein, dass es wohl keine gute Idee war, das Amulett beim Fechten zu tragen. Sie steckte es schnell in ihre Sporttasche und legte diese in der Umkleide ab.

Als sie die schwere Holztür zur Turnhalle aufschob, sah sie von Weitem schon ihren Lehrer auf der gegenüberliegenden Seite stehen. Sie wunderte sich über die vielen Sportutensilien und Geräte, die in der Halle verteilt waren. Taue hingen von der Decke, die Kletterwand war aufgebaut, Medizinbälle lagen auf dem Boden und überall im Raum standen kleine, rot-weiß gestreifte Hütchen. Auch die Tür zum angrenzenden Schwimmbad stand offen.

Langsam ging sie auf ihren neuen Lehrer zu. Er hatte einen durchtrainierten Körper und dunkle Haare, die etwas länger waren, jedoch nicht bis über seine Ohren reichten. Einige seiner Strähnen fielen ihm auf die Stirn, was ihm einen verwegenen Ausdruck gab. Er sah eher aus wie Anfang 20, nicht wie 18. Mit Sicherheit war er ein totaler Mädchenschwarm. Seine tiefbraunen Augen und sein verschmitztes Lächeln ließen ihn auf den ersten Blick freundlich wirken.

Man könnte sich glatt in seinen unergründlichen Augen verlieren, dachte Dahlia.

Sie musste sich eingestehen, dass er eine gewisse Sympathie und Sicherheit ausstrahlte.

»Direktor Smaragd erzählte mir eigentlich, dass du pünktlich sein wirst«, waren die ersten Worte ihres Lehrers an sie.

»Tschuldigung«, murmelte Dahlia und schaute verlegen auf den Boden.

»Alles in Ordnung«, sagte er freundlich. »Nun, ich nehme an, dass du meinen Namen schon kennst. Ich finde es aber besser, wenn ich mich trotzdem vorstelle: Ich heiße Luca und werde dich im Fechten unterrichten.« Mit diesen Worten streckte er ihr seine Hand entgegen.

Er hatte einen sehr starken und bestimmenden Handgriff, was vermutlich an seinem Fechttraining lag. Dahlia konnte gar nicht anders und musste in sich hineingrinsen. Dieser Luca schien sehr charmant zu sein.

»Ich heiße Dahlia und werde in der nächsten Zeit deine Schülerin sein«, stellte sie sich höflich vor, um den vornehmen Ton von Luca nachzuahmen. »Ähm, und was genau hast du bitte mit mir vor?«, fragte sie dann und deutete leicht irritiert auf die vielen Sportgeräte in der Halle.

»Nichts Schlimmes, versprochen. Nur ein kleiner Test, um deine Ausdauer und Geschicklichkeit zu bewerten. Ich muss wissen, wo ich beim Fechttraining ansetzen kann«, erklärte Luca.

Am besten ganz weit unten, dachte sich Dahlia.

Plötzlich brach Luca in lautes Lachen aus.

Fragend schaute sie ihn an. »Was ist?«

»Ich glaube, nun verstehe ich, warum Herr Smaragd will, dass ich dich trainiere«, meinte er schmunzelnd.

Oh, Gott! Das darf doch nicht wahr sein! Hatte sie das etwa schon wieder laut ausgesprochen? *Wie peinlich! Ein super erster Eindruck ...*

»Tschuldigung. Ich weiß auch nicht, warum mir das immer passiert«, sagte Dahlia kleinlaut.

Luca winkte ab und begann zu erklären: »Also, ich habe hier einen Parcours aufgebaut, der verschiedene Fertigkeiten testet. Zunächst einmal wirst du eine kurze Strecke sprinten und anschließend über diese Hütchen springen«, er zeigte kurz mit der Hand darauf. »Danach wirfst du die drei Medizinbälle über die rot markierte Linie und läufst weiter zum Schwimmbecken.«

Luca ging mit Dahlia den eben beschriebenen Weg ab, bis sie bei der offenen Tür zur Schwimmhalle ankamen.

»Hier musst du nach den Gegenständen auf dem Boden tauchen und so viele wie möglich hochbringen«. Er zeigte auf einige Ringe und Bälle, die am Grund des Wassers lagen.

»Danach geht's wieder in die Sporthalle, zur Kletterwand. Diese gilt es zu überwinden, um zur nächsten Station mit den Tauseilen zu gelangen. Mit den Seilen versuchst du dich dann auf den Schwebebalken zu schwingen, was gleichzeitig das letzte Hindernis sein wird. Ich werde die Zeit stoppen, die du für den Parcours brauchst. Hast du noch Fragen?«, beendete Luca seine Beschreibung.

Dahlia war total geplättet von der Herausforderung, die vor ihr lag. Wie sollte sie das nur bewältigen? Vermutlich schaffte sie es nicht mal bis zur Hälfte, bevor ihr Kreislauf versagte.

»Uff, das ist ziemlich viel. Ich glaube, gerade habe ich keine Fragen, aber jede Menge Fragezeichen, wie ich das schaffen soll«, antwortete Dahlia sichtlich überwältigt von der Aufgabe. Zwar hatte sie durch ihr Volleyball-Training genug Ausdauer und auch mit den Bällen würde sie klarkommen, aber Klettern und Tauchen? Sie war sich nicht sicher, ob sie es bis ins Ziel schaffen würde.

»Das wird schon. Es ist auch nur ein Test und kein Wettbewerb. Solltest du je das Gefühl haben, an deine Grenzen zu kommen, gibst du mir einfach ein Zeichen und wir brechen das Ganze ab, ja?«, erklärte Luca ruhig.

»Okay. Ich werde es versuchen«, meinte Dahlia.

»Also gut, sobald du die Pfeife hörst, läufst du los, und dann sehen wir, wie du den Parcours bewältigst«, sagte Luca und Dahlia machte sich auf zur Startlinie.

Sie konzentrierte sich nun vollkommen auf den Weg,

den sie gleich beschreiten würde, sie dachte an nichts anderes, so wie sie es schon etliche Male vor einem wichtigen Volleyballspiel getan hatte. Doch aus einem unerklärlichen Grund konnte sie sich nicht so gut konzentrieren wie sonst. Eine Stimme in ihrem Kopf schien leise zu ihr zu flüstern: *Er will nicht deine Schnelligkeit testen, sondern deine Fähigkeit, Hindernisse am geschicktesten zu überwinden.*

Plötzlich hörte Dahlia aus weiter Ferne einen Pfiff, der sie wieder in die Realität zurückholte. Sofort und ohne zu überlegen sprintete sie los.

Sie rannte bis zu den Hütchen, sprang geschickt darüber, warf die Bälle nacheinander über die Linie und kam schließlich etwas außer Puste am Schwimmbecken an.

Dahlia wusste, dass diese Aufgabe für sie die schwerste sein würde, da sie nicht fähig dazu war, unter Wasser lange die Luft anzuhalten. Als sie jedoch ins Becken sprang, bemerkte sie plötzlich, dass sich etwas verändert hatte. Sie spürte ihre Kleider nicht mehr und fühlte sich so leicht und unbeschwert wie nie zuvor. Das Tauchen kam Dahlia nun einfacher vor als sonst. Es schien fast so, als würde sie mit dem Wasser eins werden.

Sie brauchte lediglich ein paar Minuten, um alle Gegenstände auf dem Boden des Beckens zu finden. Danach tauchte sie aus dem Wasser auf, war kurz erstaunt darüber, wie trocken sich ihre Kleidung anfühlte, legte die gesammelten Dinge neben das Schwimmbecken und lief rasch zur nächsten Station des Hindernislaufes: die Kletterwand.

Dahlia hatte es schon als Kind geliebt, auf Bäume zu klettern und ihr Gleichgewicht zu prüfen. Wie oft war sie im nahe gelegenen Wald herumgetollt und hatte die verrücktesten Dinge angestellt. Deshalb waren die meisten Kinder im Kindergarten auf Abstand zu ihr gegangen, weil sie anders war als alle Kinder dort. Sie tanzte gehörig aus der Reihe. Doch dies war ihr damals gerade recht, denn sie wollte lieber für sich alleine sein, das machte sie stark, und mit der Zeit lernte sie, mit den kleineren Sticheleien ihrer Kameraden im Kindergarten umzugehen. Sie baute damals eine unglaubliche innere Kraft auf, weil sie sich nur auf ihre Aufgaben konzentrierte, die ihr im Kindergarten und später auch in der Schule gestellt wurden.

Dahlia studierte schon in der Grundschule zahlreiche Bücher und suchte immer nach weiteren Informationen, die ihr Wissen ergänzten. Einige ihrer Mitschüler fanden das, so eigenartig es auch war, ganz sympathisch, und so freundete sie sich mit Selina und Kira an. Seither waren die drei ein eingespieltes Team, das so schnell keiner auseinanderbringen konnte. Inzwischen hatte Dahlia einige ihrer Eigenarten hinter sich gelassen, um etwas normaler zu wirken, doch eines würde sie niemals verlieren: ihre Wissbegierde und ihre Loyalität anderen gegenüber.

Nach einigen erreichten Kletternoppen merkte Dahlia schnell, dass eine richtige Kletterwand etwas anderes war als ein Baumstamm im Wald. Dagegen sahen ihre Baumturnereien von früher richtig lächerlich aus. Doch sie bemühte sich sehr, diese schier unüberwindbare Hürde elegant zu meistern, und mit einem Mal stellte sie fest, dass ihre Füße und Arme rhythmisch und mit Leichtigkeit die Wand erklommen. Sie konnte sich das nicht erklären. Zuerst die einfache Wasserübung und jetzt die Kletterwand, die sie mit dem Geschick eines Profis gekonnt überwand.

Doch nicht nur diese plötzliche Leichtigkeit, mit der sie jedes Hindernis nahm, war neu. Auch schien es ihr so, als könnte sie jede Aufgabe lösen und jede Frage beantworten, egal aus welchem Gebiet. Eine unerwartete Wissenswelle überflutete sie und der Durst, mehr zu erfahren, ergriff sie in dem Moment, als sie gekonnt von der Rückseite der Kletterwand glitt.

Doch plötzlich, wie aus dem Nichts, wurde ihr kalt und sie begann heftig zu zittern. Ein heftiges Schwindelgefühl überkam sie und im nächsten Moment sah sie in das erschrockene Gesicht ihres Lehrers, der über ihr kniete und etwas Unverständliches murmelte.

Bevor sie bewusstlos wurde, entdeckte sie noch etwas anderes in Lucas Gesicht. Ja, es schien fast so, als lächelte er. Doch daran würde sie sich später nicht mehr erinnern.

Kapitel 7

Als Dahlia aufwachte, kam es ihr vor, als hätte sie einige Tage geschlafen. Sie fühlte sich total benommen. Ihre rechte Schulter brannte wieder, jedoch nicht so intensiv wie in dem Moment, als sie das Medaillon zum ersten Mal angelegt hatte.

Ihre Augen erholten sich allmählich und sie konnte die Umrisse des Zimmers erkennen. Sie wurden immer klarer und sie wusste auf einmal, wo sie sich befand.

Dahlia lag im Rektorenzimmer auf dem Sofa, das gelegentlich als Krankenbett diente. Jetzt erkannte sie auch den Direktor, der neben ihr stand und sie freundlich anlächelte. Es war ein herziges Lächeln, aber sie sah auch, dass sein Gesicht noch faltiger war als sonst. Ein sicheres Anzeichen dafür, dass er sich Sorgen um sie machte.

Sie wollte ihm sagen, dass es ihr gut ginge und er sich nicht zu sorgen brauchte. Aber als sie sich aufsetzen wollte, kam das Schwindelgefühl zurück.

Herr Smaragd beugte sich über sie und flüsterte leise: »Ganz ruhig, Sie müssen sich jetzt ausruhen und etwas langsamer machen. In der Schule sollte es nicht noch einen Zwischenfall geben. Das würde nur üble Gerüchte und böse Zungen geben. Der Angriff auf Ihre Freundin sorgt schon für genug Aufregung im Internat.«

Der Direktor wirkte freundlich und besorgt, aber förmlicher als beim letzten Gespräch, als er sie sogar geduzt hatte.

»Wer hat mich hierher zu Ihnen gebracht? Wie lange habe ich geschlafen? Und was ist eigentlich passiert?«, fragte Dahlia mit heiserer Stimme. Sie brachte die Worte nur schwer aus ihrem Mund, es schien fast so, als ob er gelähmt wäre.

Herr Smaragd lachte kurz auf, wurde dann aber wieder ernst: »Ihrem neugierigen Wesen nach scheinen Sie wieder gesund zu sein, jedoch sieht das Ihr Körper wohl anders.

Luca brachte Sie sofort zu mir, weil ich es ihm so aufgetragen hatte. Er sollte Ihre sportlichen Leistungen genau beobachten und Sie, falls Sie ohnmächtig werden – wie ich vermutete –, sofort zu mir bringen. Keiner hat etwas bemerkt, und das ist auch gut so, noch mehr Unruhen könnten der Schule schaden. Da es gestern schon spät war, haben Sie heute hier übernachtet. Sie sollten von diesem Vorfall niemandem etwas erzählen, auch nicht von Ihren Trainingsstunden.« Er schaute sie streng an: »Und damit meine ich auch *wirklich* niemandem, verstanden?«

Nach kurzem Nicken vonseiten Dahlias fragte er: »Wie geht es Ihnen denn jetzt?« Nun wirkte er wieder so besorgt wie zuvor.

»Wieso darf ich denn keinem erzählen, dass ich Fechtstunden bei Luca habe? Und woher wussten Sie eigentlich, dass ich vermutlich ohnmächtig werde?«, fragte Dahlia irritiert.

»Ich will Ihnen nichts Weiteres darüber berichten, ich kann Ihnen nur sagen: Wenn die Zeit reif ist, werden Sie alles erfahren. Jetzt ist es noch zu früh«, entgegnete der Direktor lächelnd.

Dahlia konnte sich darauf keinen Reim machen. Auch kam es ihr merkwürdig vor, dass er sie wieder siezte. Doch im Moment gingen ihr so viele Gedanken im Kopf herum, dass es ihr nicht wichtig erschien, ihn darauf anzusprechen.

Dahlia wollte aber noch nicht aufgeben. Trotz des brennenden Schmerzes auf ihrer Schulter richtete sie sich auf, damit sie ihm direkt in seine grünen Augen sehen konnte. Sie wusste nicht, woher sie die Kraft nahm, ihrem Schmerz zu trotzen.

»Wann ist die Zeit denn reif?«, fragte Dahlia und versuchte erneut, mehr zu erfahren. Doch der Direktor lächelte nur schwach.

»Sie müssen noch viel lernen und am meisten müssen Sie Geduld haben. Alle Dinge ergeben sich mit der Zeit. Wenn Sie dies verstehen, dann kann ich Ihre Frage beantworten – falls Sie die Antwort darauf nicht schon davor erfahren, wovon ich ausgehe.«

Der Direktor sprach in Rätseln und Dahlia wollte unbedingt wissen, was er ihr verschwieg. Doch sie kam nicht dazu, noch weiter zu fragen, denn sie sank in einen tiefen Schlaf, aus dem sie erst Stunden später wieder erwachte.

Selina und Kira waren verwundert und besorgt zugleich, als sie ihre Freundin aus dem Rektorenzimmer kommen sahen. Sie hatten heute Morgen mehrmals an ihrer Zimmertür geklopft und wollten gerade zu Herrn Smaragd gehen, um ihn über Dahlias Verschwinden zu informieren.

»Wo warst du? Wir haben dich überall gesucht! Und was machst du beim Rektor?«, fragte Selina verwirrt.

Dahlia musste nicht lange nachdenken, wie sie ihren Freundinnen das erklären sollte. Es sprudelte einfach aus ihr heraus: »Ich habe mir bei Herrn Smaragd eine Zeugniskopie machen lassen, weil ich mich für ein Praktikum im Oktober bewerben möchte.« Dahlia staunte selbst darüber, wie flüssig ihr diese Worte über die Lippen kamen.

Dann sah sie überrascht zu Kira: »Und was machst du hier? Sag nicht, du bist wieder gesund?«

Kira nickte grinsend: »Stell dir vor, ich bin heute früh aufgewacht und hatte keine Schmerzen mehr, nichts! Die Ärzte waren ratlos und sahen keinen Grund, mich länger im Krankenhaus zu behalten.«

»Oh Kira, ich bin so froh, dass du wieder gesund bist!« Dahlia fiel ihrer Freundin um den Hals.

Als sie sich voneinander lösten, fragte Selina: »Sag mal, wie war denn dein Fechttraining gestern?«

Dahlia holte tief Luft und dann schoss es erneut, ohne nachzudenken, aus ihr heraus: »Ach, das Training findet nicht mehr statt, weil mein Lehrer einen schrecklichen Unfall hatte und nun monatelang nicht trainieren kann. Deshalb war ich auch gestern Abend nicht im Internat, weil ich bei ihm im Krankenhaus bleiben musste, bis wir seine Verwandten verständigt hatten. Ich habe die ganze Nacht dort verbracht, da seine Eltern aus dem Ausland anreisen mussten.«

Wieder war Dahlia überrascht, wie gekonnt ihr diese Lügengeschichte über die Lippen kam, als hätte sie nie etwas anderes in ihrem Leben getan, als wäre das Lügen ein Teil von ihr.

Sie hatte noch nie jemanden angelogen, alle kannten sie als den ehrlichsten Menschen der Schule. Und jetzt schwindelte sie, ohne mit der Wimper zu zucken, ihre Freundinnen an.

War es wirklich so wichtig, dass sie log? War es ihr das wert?

Plötzlich hatte sie das Gefühl, dass es richtig war, was sie tat. Überhaupt hatte sie sich noch nie so frei gefühlt wie in diesem Moment. Für diesen Gedanken schämte sie sich jedoch sofort und tadelte sich innerlich, etwas Derartiges überhaupt in Erwägung zu ziehen.

Kira beäugte ihre Freundin etwas länger als üblich und Dahlia glaubte schon, sie würde sie durchschauen. Aber dem war nicht so und sie nickte wie zur Bestätigung des eben Gesagten.

Die Schulglocke riss die Freundinnen aus ihren Gedanken.

Es folgten zwei ewig lange Physikstunden bei Herrn Hubertus, dem Dahlia wie immer nicht folgen konnte. Allein das Wort »Physik« führte bei ihr dazu, dass ihre Gedanken sich verselbstständigten. Und heute war es besonders schlimm. Dahlia fragte sich, warum der Direktor nur so lückenhafte Erklärungen von sich gegeben hatte. Ihre Neugierde schien unendlich zu sein und ihre Gedanken drifteten in die verschiedensten Richtungen ab.

Plötzlich stupste sie Selina von der Seite an.

Irritiert schaute Dahlia ihre Freundin an, die ihr pantomimisch etwas mitteilen wollte und mit dem Kopf nach vorne deutete.

Dahlia folgte ihrer Geste und sah in das ungeduldige Gesicht ihres Lehrers. Oh nein, das konnte nichts Gutes bedeuten!

»Miss Behrensen, ich weiß nicht, was Sie gerade davon abhält meinem Unterricht zu folgen, aber auf Ihren Namen sollten Sie schon noch hören können, oder?«, sagte Herr Hubertus mit hochgezogener Augenbraue.

»Das tue ich«, entgegnete Dahlia leise.

»Sehr schön. Sie weilt wieder unter uns.«

Es ging ein kurzes Gelächter durch die Klasse.

»Würden Sie mir dann bitte die Ehre erweisen, nach vorn an die Tafel zu kommen?«

»Natürlich«, sagte Dahlia verlegen und nahm ihren ganzen Mut zusammen.

Selina nickte ihr aufmunternd zu und Dahlia fragte sich, wieso er nicht einfach sie an die Tafel rief. Selina war ein absolutes Ass in Physik. Aber vermutlich machte es ihm Spaß, die schwächeren Schüler vor der Klasse vorzuführen.

Sie hasste es, vorn an der Tafel zu stehen. Jedes Mal bekam sie nur bei dem Gedanken daran einen Blackout, egal in welchem Fach. In Physik jedoch war es besonders hart, denn sie hatte meist keine Ahnung, was von ihr verlangt wurde.

Auch dieses Mal war es nicht anders. Wenigstens sorgte sie für einige Lacher bei ihren Schulkameraden, aber verstanden hatte sie wieder einmal nichts. Die Schulglocke erlöste sie endlich nach 90 Minuten.

Auf dem Schulflur wartete Kira bereits vor den Spinden auf ihre Freundinnen. Sie hatte Physik abgewählt und machte nun den Leistungskurs in Englisch, die Glückliche!

»Na, wie war die grandiose Physikstunde?«, fragte sie grinsend.

Selina wollte etwas erwidern, da winkte Kira ab: »Nein, Selina, dich frage ich erst gar nicht, du hattest bestimmt deinen Spaß.«

»Den hatte ich tatsächlich – und auch die komplette Klasse!«, entgegnete Selina schmunzelnd.

Dahlia nickte nur kurz, verdrehte die Augen und ließ Selina die ganze Geschichte erzählen.

Plötzlich fiel Dahlia etwas ein und sie fragte hektisch: »Welchen Tag haben wir heute?«

»Der Tag nach deinem Geburtstag, falls du das schon vergessen hast ... Oh mein Gott, heute ist ja dein Date mit Jonas!« Selina schaute auf die Uhr: »Und zwar genau in zehn Minuten.«

Dahlia verabschiedete sich mit dem Versprechen, ihren Freundinnen jede Einzelheit von dem Treffen zu erzählen, und rannte hoch in ihr Zimmer.

Erst jetzt bemerkte sie, dass sie ihre Kette mit dem Amulett verloren hatte. Wie konnte das passieren? Sie musste auf jeden Fall danach suchen und Luca fragen, ob er sie im Umkleideraum gefunden hatte. Ganz sicher hatte sie die Kette, kurz bevor sie in die Halle ging, von ihrem Hals genommen und in ihre Sporttasche gepackt.

Es war zwei Minuten vor 17 Uhr. Dahlia sprintete die Treppe hinunter, stolperte fast bei der untersten Stufe und konnte gerade noch ihr Gleichgewicht halten. Außer Atem rannte sie über das Schulgelände und über die Straße. Von Weitem sah sie, dass Jonas bereits vor der Eisdiele auf sie wartete.

Als er sie erkannte, lächelte er schwach, mit zusammengekniffenen Augen. Vermutlich blendete ihn die Sonne.

»Hallo, Dahlia! Schön, dass du gekommen bist«, begrüßte er sie. »Ich dachte schon, dass du mich versetzt hast. Aber jetzt bist du ja da.« Bei dem letzten Satz strahlte er übers ganze Gesicht und Dahlia vergaß all ihre Sorgen für den Moment.

»Lass uns erst mal ein Eis essen. Welche Sorte magst du?«, fragte er.

Dahlia nannte ihm ihr Lieblingseis und er bestellte.

Sie setzten sich an einen Tisch im Schatten und begannen, ihr Eis zu löffeln. Dahlia war ein wenig nervös. Was sollte sie nun mit ihm reden? Jonas wirkte heute ungewöhnlich still. Bei ihren Treffen vor den Sommerferien hatten sie nie Probleme gehabt, ein Gesprächsthema zu finden.

»Was hast du denn heute alles so gemacht?«, war alles, was ihr auf die Schnelle einfiel.

Er antwortete ihr nicht sofort und überlegte kurz.

»Vorhin hatte ich Basketballtraining und danach war ich noch kurz bei meinem Gitarrenlehrer. Natürlich habe ich dazwischen auch fleißig für die Schule gelernt, versteht sich.« Er zwinkerte ihr zu und beide fingen an zu lachen.

Jonas war allgemein für seine gering ausgeprägte Lernfreude bekannt. Ihm war anderes wichtiger wie beispielsweise Sport und seine Basketballfreunde. Insgeheim hoffte Dahlia natürlich, dass sie auch einen gewissen Stellenwert in seinem Leben einnahm.

Als die Eisbecher leer waren, überlegte Dahlia fieberhaft, was sie noch machen könnten.

»Sollen wir vielleicht auf den Jahrmarkt da drüben gehen? Ich war dieses Jahr noch gar nicht dort«, sagte sie lächelnd.

Jonas nickte. Er stand auf, bezahlte höflich und nahm

ihre Hand. Diese kleine Geste der Zuneigung ließ Dahlia erröten.

Hand in Hand gingen sie die Straße entlang. Dahlia fühlte sich in diesem Moment eins mit ihm und alles andere verlor an Bedeutung.

Doch trotz der Glücksgefühle, die Dahlia überwältigten, meldete sich ein Gedanke in ihrem Kopf, der sie frösteln ließ: *Jonas ist kein guter Umgang, verlass dich nicht auf ihn!*

Dahlia verwarf diesen merkwürdigen Gedanken so schnell, wie er gekommen war. Sie genoss es, mit Jonas über den Jahrmarkt zu schlendern. Alles andere war unwichtig.

»Gehen wir zu dieser Wahrsagerin?«, fragte Dahlia und deutete auf eines der kleinen Zelte. »So etwas hat mich schon als Kind fasziniert.«

Er lächelte sein bezauberndes Lächeln und sagte: »Ja, wieso nicht? Wird bestimmt lustig. Vielleicht erzählt sie uns, dass wir später einmal 13 Kinder haben werden und in einem kleinen Haus am Waldrand leben.«

Dahlia konnte nicht mehr aufhören zu grinsen. Sie liebte es, wie er »wir« sagte. Es hörte sich unglaublich romantisch an.

Im Innern des Zeltes sah es genauso aus, wie es sich Dahlia immer vorgestellt hatte: Überall hingen funkelnde Ketten und in der Mitte stand ein kleiner runder Tisch. Doch etwas fehlte hier: Es gab keine Glaskugel. Dafür aber viele Traumfänger, Federn und jede Menge winziger Knochen, nicht größer als die eines Vogels, die von der Zeltdecke baumelten.

Dieser Anblick erschreckte Dahlia allerdings weniger als Jonas, der nun ihre Hand noch fester hielt. Sie sah ihm an, dass er so schnell wie möglich wieder hier raus wollte. So gut kannte sie ihn inzwischen. Deshalb flüsterte sie ihm zu, er solle doch draußen warten.

Erleichtert beugte sich Jonas zu ihr und seine Lippen berührten die ihren. Sie wünschte sich, dass dieser Kuss nie endete, doch Sekunden später war Jonas schon aus dem Zelt gegangen.

Sie drehte sich um und erschrak. Eine etwa 70-jährige Dame stand plötzlich vor ihr und starrte ihr direkt ins Gesicht. Dahlia spürte, wie sie die allwissenden Augen der Wahrsagerin musterten.

Nun betrachtete auch Dahlia die Frau genauer. Ihr dünner Körper wirkte sehr zerbrechlich, jedoch strahlte ihr Blick pure Stärke aus und ihr markantes Gesicht war beeindruckend. Sie musste früher eine wahre Schönheit gewesen sein. Man sah ihr zwar deutlich ihr Alter an, aber sie hatte auch etwas Jugendliches an sich. Ihre Kleidung, die aus mehreren großen Tüchern bestand, war in einer Art Wickeloptik gehalten und mit vielen bunten Applikationen versehen. Eine davon stach Dahlia sofort ins Auge und einen kurzen Moment lang dachte sie, das Zeichen auf dem Medaillon zu erkennen. Doch es war nur für den Bruchteil einer Sekunde.

In dem Moment, als sie etwas sagen wollte, machte die alte Dame eine kurze Handbewegung, die Dahlia bedeutete, dass sie schweigen sollte.

»Sag nichts, mein Kind. Ich weiß alles über dich, ich brauche mich nur noch vorzustellen. Mein Künstlername ist Madame Cimo, meinen richtigen Namen sage ich dir nicht.« Sie ging langsam zu dem kleinen, runden Tisch in der Mitte und nahm Platz.

»Ich spüre deine Neugierde deutlich – und dass du etwas über deine Zukunft erfahren willst, Dahlia Behrensen.«

Dahlia erschrak kurz. Woher kannte diese Frau ihren Namen? Und konnte es sein, dass sie schon im Voraus wusste, was Dahlia fragen wollte?

Unsicher und zugleich gespannt setzte sie sich der Wahrsagerin gegenüber.

»Madame Cimo«, begann sie, »ich bin äußerst fasziniert

von Ihren Fähigkeiten. Wenn Sie tatsächlich wissen, was ich denke, macht es keinen Sinn, Sie etwas zu fragen.« Dahlia war selbst überrascht, dass sie sich plötzlich so gewählt ausdrücken konnte. Genauso wie gestern bei Luca.

»Nun, ich werde Ihnen die Zukunft zeigen, die Ihr Schicksal bestimmen wird. Dazu geben Sie mir bitte Ihre Hände«, sagte die alte Dame ruhig und Dahlia tat, wie ihr geheißen.

Als sich ihre Hände berührten, bekam die Wahrsagerin sofort weiß schimmernde Augen. Dahlia beunruhigte das nicht, im Gegenteil. Sie fühlte sich beinahe geborgen.

Die Dame sprach in einem heiseren Ton weiter: »Ihre Zukunft ist nicht leicht zu deuten. Ich sehe viele Entscheidungen und dunkle Zeiten auf Sie zukommen. Menschen aus Ihrem Bekanntenkreis werden Sie verraten. Trauen Sie keinem, bis sich Ihr Schicksal erfüllt hat. Es wird Auseinandersetzungen geben zwischen Gut und Böse, Richtig und Falsch, eine geliebte Person wird sterben. Sie müssen noch einiges lernen und verstehen, bevor Sie bereit sind, Ihre wahre Geschichte zu erfahren.

Seien Sie geduldig, bleiben Sie denen fern, die Ihnen Schaden zufügen wollen. Sie haben Stärken, denen sich geheimnisvolle Menschen bemächtigen wollen.

Aufrichtige Liebe wird dem Verrat weichen. Unehrlichkeit ist nicht Liebe.«

Dahlia war wie benommen, als sich ihre Hände von denen der Wahrsagerin lösten. Auch die Dame sah sehr geschwächt aus. Sie wirkte noch zerbrechlicher als zuvor.

Was soll das alles bedeuten? Wer will mir schaden? Was sind das für Entscheidungen, dich ich treffen muss? Mir ist, als ob mein ganzes Leben momentan nicht mein eigenes ist.

Dahlia wusste, dass die alte Dame sie beobachtete und dass sie ihre Gedanken erkannte.

»Ihre Neugierde müssen Sie verdrängen, Miss. Sie dürfen niemandem trauen, trauen Sie nur sich selbst. Ihre Geduld wird sich auszahlen.«

Mit diesen Worten stand die Frau auf und führte Dahlia aus dem Zelt. Dabei stützte sie sich öfters mit der Hand an der Zeltwand ab. Das, was sie gesehen hatte, schien sie stark mitgenommen zu haben.

Dahlia trat hinaus ins Freie. Es kam ihr so vor, als ob die Welt, in die sie sich nun begab, nicht so gut sein würde wie die ihr bekannte. Die Worte der Wahrsagerin klangen beunruhigend in ihr nach. Sie hatte von Verrat gesprochen.

Dahlia atmete die von Zuckerwatte getränkte, erfrischende Rummelluft ein, hörte das Zwitschern der Vögel auf dem Baum, die ihre Jungen im Nest fütterten, sah lachende Kinder auf dem Karussell und dachte bei sich: *Kann ich dem trauen? Woher weiß ich, dass diese Welt echt ist? Oder nur ein Traum?*

Sie wusste nicht, wohin sie gehen sollte, sie wollte einfach nur weg von diesem Jahrmarkt, der ihr plötzlich unwirklich vorkam.

»Dahlia, da bist du ja endlich! Ich dachte schon, die Alte hätte dich …« Jonas sprach nicht weiter, als er ihren benommenen Blick bemerkte.

Dahlia sah in sein besorgtes Gesicht und reagierte sofort. Sie wollte ihn nicht beunruhigen.

»Mir geht es gut. Keine Sorge. Die Wahrsagerin hat mich nur ein bisschen erschreckt. Aber ich habe ihr kein einziges Wort geglaubt.«

Da war es wieder. Noch nie hatte sie so oft gelogen wie an diesem Tag.

»Ich habe dir in der Zwischenzeit etwas gekauft. Vielleicht muntert dich das etwas auf«, sagte Jonas und zog eine kleine Schachtel hinter seinem Rücken hervor. »Ich mag dich wirklich sehr, Dahlia. Du bist in den letzten Wochen zu einer der wichtigsten Personen in meinem Leben geworden. Puh, es ist gar nicht so einfach, wie ich mir das vorgestellt hatte. Jedenfalls wollte ich dich fragen: Willst du mit mir zusammen sein? Also so ganz offiziell?« Jonas öffnete die Schachtel und blickte sie nervös an.

Dahlia nickte total überwältigt, nahm den silbernen Ring heraus und steckte ihn an ihren Finger. Auf dem Ring prangte ein wunderschöner blauer Stein.

Sie umarmte Jonas innig und gab ihm einen Kuss. Sagen musste sie nichts, denn das war Aussage genug.

Dahlia fühlte sich wie befreit von all ihren Sorgen. In diesem Moment war sie überglücklich.

Die beiden schlenderten eng umschlungen über den Markt, vorbei an den vielen Ständen und spielenden Kindern. Doch Dahlia bemerkte die anderen Menschen kaum. In ihren Augen waren nur sie und Jonas auf dem Marktplatz.

Da schaute Jonas plötzlich erschrocken auf die Uhr und sagte: »Ich habe heute ja noch Training! Mann, ich bin jetzt schon spät dran. Es tut mir leid, ich muss los. Wir sehen uns, ja?« Er hauchte Dahlia einen Kuss auf die Wange und verschwand.

In Gedanken immer noch bei Jonas, machte sich Dahlia auf den Weg zurück ins Internat.

Sie ging auf das Schulgebäude zu und ließ ihren Blick hinüber zum Garten schweifen. Aus dem Augenwinkel nahm sie eine Gestalt wahr, die blitzschnell hinter einem Baum verschwand.

Wer war das? War der Unbekannte etwa zurückgekehrt?

Dahlias Neugierde war sofort geweckt. Obwohl sie wusste, dass es gefährlich sein könnte, schlich sie sich mit pochendem Herzen in Richtung Garten. Hinter einem Busch suchte sie Deckung und beobachtete die Gestalt, von der sie nur Umrisse sehen konnte, aus der Ferne.

Doch plötzlich spürte sie, dass sie die Person kannte. Sie fühlte sich beinahe zu ihr hingezogen. Ohne viel zu überlegen, trat Dahlia hinter dem Busch vor.

Nun erkannte sie ihn. Seine stechend braunen Augen, sein verschmitztes Lächeln, der durchtrainierte Körper und die kurzen braunen Haare, die sein Gesicht noch hübscher wirken ließen. Er lächelte, als er sie entdeckte.

»Ah, Dahlia. Schön, dich zu sehen! Ich glaube, du hast etwas verloren, was sehr wertvoll für dich ist«, begrüßte er sie und zog die Kette mit dem Amulett aus seiner Jeansjacke.

»Oh! Die habe ich tatsächlich schon vermisst«, antwortete Dahlia erleichtert. »Vielen Dank! Wie kann ich mich dafür bei dir revanchieren?«

»Darauf komme ich bestimmt noch zurück. Darf ich dir die Kette anlegen?«, fragte Luca.

Dahlia nickte, dachte aber gleich, dass sie besser hätte nein sagen sollen. Luca kam so nah an ihr Gesicht heran, das sie seinen Atem an ihrem Hals spüren konnte. Fast glaubte sie, sein Herz in gleichmäßigen Abständen schlagen zu hören. Sie versuchte, ihn nicht anzuschauen, während er ihr die Kette um den Hals legte. Doch seine Anziehungskraft war zu stark und sie sah ihm direkt in die Augen.

Es war, als würde sie ihn schon ihr ganzes Leben lang kennen. Und in diesem Moment wusste sie, dass er dasselbe dachte, denn er wich schnell einen Schritt zurück, nachdem er ihr die Kette angelegt hatte. Eine unausgesprochene Verbindung war zwischen ihnen zu spüren.

Just in diesem Moment wurde Jonas' Ring von ihrem Finger geschleudert, direkt in Lucas Hände.

Dahlia war völlig perplex. Wie war das denn passiert?

Luca betrachtete zuerst den Ring und dann Dahlia skeptisch, auch Besorgnis lag in seinen Augen.

»Von wem ist der? Etwa von Jonas?«

»Ja, den hat mir Jonas vorhin geschenkt«, antwortete Dahlia verlegen.

Luca schüttelte den Kopf: »Ich muss diesen Ring sofort deinem Direktor bringen.«

»Dem Direktor? Aber warum denn?«, fragte Dahlia verwirrt.

»Es könnte sein, dass der Ring dir schadet.«

Dahlia sah ihn verblüfft an.

»Setz dich und erzähl mir von diesem Jonas, und lass bitte nichts aus«, bat er sie.

Er deutete auf eine Bank und Dahlia setzte sich neben ihn.

Ihr Herz schmerzte, als sie sah, dass es sein Ernst war. Sie wollte bestimmt am allerwenigsten mit Luca über Jonas reden, schließlich kannte sie ihn kaum, noch dazu war er ihr Lehrer. Doch sie spürte eine seltsame Vertrautheit zwischen ihnen und fühlte, dass sie ihm alles sagen konnte.

Also erzählte sie Luca von Jonas, von seinen Freizeitaktivitäten und auch von ihrem heutigen Date. Dabei merkte sie, dass sie nicht gerade viel aus Jonas' Leben wusste, schob diesen Gedanken aber schnell beiseite.

Dahlia kaute nervös auf ihrer Unterlippe herum.

»Ich will dir damit nicht zu nahe treten, Dahlia. Es ist nur so, dass jede Kleinigkeit zählt, um herauszufinden, ob ...«, Luca stockte. »Es könnte sein, dass ...«

Sie sah ihn mit großen Augen an.

»Was könnte sein? Du kannst es mir ruhig anvertrauen. Ich verspreche, ich werde es ernst nehmen, schließlich geht es hier um mich, oder?«

Luca nickte. »Du hast recht. Also gut: Dein Amulett besitzt besondere Kräfte. Es hält alles von dir fern, was dir schaden könnte. Damit meine ich nicht nur den körperlichen, sondern auch den seelischen Schaden. Die Kette wurde vor langer Zeit geschmiedet und mit diesen schützenden Eigenschaften ausgestattet. Deshalb ist der Ring vermutlich von deinem Finger gefallen, als ich dir die Kette um den Hals legte. Das Amulett hat ihn abgestoßen.« Er sah sie eindringlich an. »Dahlia, dieser Jonas könnte dir wehtun.«

Lucas Worte knallten wie eine Ohrfeige in Dahlias Gesicht und gaben ihr einen Stich ins Herz.

»Du willst damit sagen, dass Jonas mir den Ring geschenkt hat, um mir zu schaden?«, sagte Dahlia verwirrt.

Sie hatte mit vielem gerechnet, doch das ging nicht in ihren Kopf. Solch eine Anschuldigung konnte sie nicht einfach stehen lassen. Es war geradezu absurd! Mit Jonas fühlte sie sich frei und glücklich. Nun behauptete Luca aus heiterem Himmel, er würde sie verletzen wollen.

Dahlia schrie ihn an, laut und verzweifelt: »Wie kannst du nur so etwas sagen? Du kennst ihn doch gar nicht! Ich dachte, du verstehst mich!«

In diesem Moment war es ihr egal, ob einige der Mitschüler im Garten verwundert die Köpfe nach ihr reckten.

Als Dahlia aufsprang und wütend davonlief, wollte Luca ihr zuerst hinterher und sich entschuldigen. Er entschied sich dann aber, mit dem Ring direkt ins Rektorat zu gehen.

Kapitel 8

In ihrem Zimmer angekommen, drehte Dahlia den Schlüssel im Schloss herum. In diesem Zustand sollte sie keiner sehen und sie wollte jetzt auch niemanden zu Gesicht bekommen. Tränen liefen über ihre warmen Wangen und sie wischte sich mit dem Ärmel ihres Pullovers übers Gesicht.

Sollte Luca doch denken, was er wollte, sie glaubte ihm nicht.

Doch irgendetwas sagte ihr, dass sie ihm vertrauen sollte. Immerhin hatte er ihr die Kette zurückgebracht. Und er wusste offensichtlich mehr darüber. Das Amulett habe schützende Eigenschaften, hatte er gesagt ... Wenn das stimmte, wieso wusste Luca darüber Bescheid?

Sie dachte an den Moment, als er ihr die Kette um den Hals gelegt hatte. Sofort spürte sie die Wärme und seinen Atem auf ihrer Haut. Sie konnte Luca einfach nicht böse sein. Dieser Gedanke erschreckte sie ein wenig, aber sie bemerkte, dass die Wut, die sie bis gerade eben verspürt hatte, nur noch ein kleiner Funke war.

Dahlia stand auf und begab sich vor ihren Spiegel. Sie war sichtlich verwundert: Ihr Gesicht sah wieder verändert aus, genauso wie beim ersten Anlegen der Kette. Merkwürdig, dass Luca sie nicht darauf angesprochen hatte.

Innerhalb kürzester Zeit verschwand die Veränderung wieder und Dahlia blickte in dasselbe Gesicht, das sie schon seit Jahren kannte.

Ein plötzliches Klopfen holte Dahlia in die Realität zurück. Sie stand auf, öffnete ihre Zimmertür und sah einer strahlenden Kira ins Gesicht.

»Und wie war dein Date? Du musst mir unbedingt alles

erzählen! Und bitte lass keine Kleinigkeit aus, ja?«, sprudelte es aus Kira heraus.

Verwundert starrte Dahlia ihre Freundin an und fragte, wo denn Selina sei.

»Ach, die musste unbedingt noch irgendwohin, wie in letzter Zeit öfters. Ich glaube ja, dass sie ihren heimlichen Verehrer trifft, wer auch immer das sein mag. Aber jetzt erzähl mal: Wie war es?« Kira platzte fast vor Neugierde.

Dahlia berichtete ihr von dem Date mit Jonas. Die Begegnung mit der Wahrsagerin verschwieg sie aber, denn sie wollte niemanden mit ihren verstörenden Worten belasten – schon gar nicht Kira, die gerade erst aus dem Krankenhaus gekommen war. Über das Gespräch mit Luca verlor sie ebenfalls kein Wort. Und auch von dem Ring erzählte sie vorerst nichts. Kira hätte ihn sicher sehen wollen und sich gewundert, warum sie ihn nicht an ihrem Finger trug.

»Was ist eigentlich mit den Fotos, die du von dem Mann im Garten gemacht hast?«, fragte Dahlia, um von sich abzulenken.

Kiras Gesicht verdunkelte sich, ihr Lachen wich förmlich aus ihrem Gesicht. Und schon bereute es Dahlia, sie überhaupt darauf angesprochen zu haben.

»Ich werde mich nächste Woche darum kümmern«, meinte Kira kurz.

Dahlia nickte und blickte mit besorgter Miene zu ihrer Freundin auf.

»Hör mal zu, Dahlia«, begann Kira, »ich weiß, dass ich das Geschehene erst verarbeiten kann, wenn ich herausgefunden habe, was überhaupt passiert ist. Deshalb ist es wichtig, den Mann auf den Fotos zu identifizieren. Also hör bitte auf, mich immer so besorgt anzuschauen.« Sie holte tief Luft. »Ich werde mich demnächst um die Fotos kümmern, aber nicht sofort. Momentan habe ich einfach keine Zeit dafür.«

»Ich weiß, Kira. Es tut mir leid, dass dir das alles passiert ist und dass wir dir nicht helfen konnten«, sagte Dahlia betrübt.

»Ihr hättet nichts tun können. Ihr habt alles getan, was in eurer Macht stand, und dafür bin ich euch unendlich dankbar!«, entgegnete Kira und fiel ihrer Freundin um den Hals.

Dahlia drückte Kira ganz fest an sich. Sie war so froh, dass es ihr wieder gut ging.

»Ich gebe dir alle Zeit der Welt, um es zu verarbeiten. Und wenn du reden willst, weißt du, wo ich bin. Ach ja, da fällt mir gerade ein, dass ich noch unbedingt etwas erledigen muss. Ist es okay für dich, wenn ich jetzt gehe?«, fragte Dahlia.

Kira verdrehte die Augen und schmunzelte gleichzeitig: »Dann geh schon. Na los. Mir geht's gut. Und wenn etwas ist, melde ich mich.« Sie kniff Dahlia in die Seite, drehte sich auf dem Absatz um und stolzierte mit einem übertrieben beleidigten Gesichtsausdruck zur Tür. Als sie schwungvoll das Zimmer verließ, geriet sie ins Stolpern und fiel beinahe hin. Es sah so urkomisch aus, dass es einem Ententanz glich.

Dahlia fing, genau wie die anderen Schaulustigen auf dem Flur, zu lachen an. Sie eilte zu Kira, um sie zum Abschied zu umarmen.

Danach lief sie mit einem Lächeln auf dem Gesicht die Treppen hinunter.

Gerade als Dahlia an der Tür des Direktors klopfen wollte, bemerkte sie, dass sie nur angelehnt war. Aufgebrachte, flüsternde Stimmen drangen an Dahlias Ohr und plötzlich stockte ihr der Atem. Es waren Luca und Herr Smaragd!

Was machte Luca denn hier? Ging es etwa um den Ring, den ihr Jonas geschenkt hatte? Warum musste er denn damit sofort zum Direktor laufen?

Sie wollte ihm auf keinen Fall jetzt begegnen. Womöglich sähe es so aus, als würde sie ihm nachspionieren, und das wollte sie auf keinen Fall. Gerade, als sie auf dem Absatz kehrtmachte, hörte sie ihren Namen. Sie hielt inne und entschloss sich doch dazu, das Gespräch zu belauschen.

»Aber Justus, du kannst nicht einfach tatenlos zusehen, wie dieser Jonas Dahlia schadet. Du weißt, dass der Ring enorm viel Energie in sich trägt, und du weißt auch, was das bedeutet. Darum frage ich dich noch einmal: Warum lässt du das zu?«, sagte Luca aufgeregt.

»Nur mit der Ruhe, mein Junge. Es ehrt dich sehr, dass du dich so um Dahlia sorgst, aber ich sage dir, dass dazu kein Grund besteht«, ertönte die beruhigende Stimme des Direktors.

»Kein Grund? Kein Grund? Du weißt genauso gut wie ich, dass das nicht stimmt. Du sagtest doch gerade eben noch, dass ...«

»Moment!«, unterbrach ihn der Direktor. »Ich glaube, wir haben einen ungebetenen Gast.«

Dahlia erschrak. Sie hörte Schritte, die sich langsam der Tür näherten. Und dann ertönte die laute Stimme des Direktors: »Kommen Sie nur herein, Dahlia!«

Oh nein, auch das noch! Hätte sie sich doch lieber aus dem Staub gemacht. Dahlia fühlte sich sichtlich unwohl, als die Türe aufging und sie in gebückter Haltung vor Luca und dem Direktor stand. Sie merkte sofort, dass ihr Gesicht errötete. Wie peinlich das doch war!

»Äh ... hallo, Herr Smaragd. Hallo, Luca. Ähm ... ich wollte ... nur mal fragen, ob ich ... meinen Ring wiederhaben kann?«, stammelte sie verlegen und hätte sich dafür am liebsten selbst geohrfeigt. Aber sie wusste nicht, was sie sonst sagen sollte. Der Ring war immerhin eine plausible Erklärung für ihr plötzliches Erscheinen.

»Es ist keine Schande, wenn man lauscht, aber sehr unangenehm, wenn man dabei erwischt wird. Doch das tut hier nichts zur Sache. Welchen Ring eigentlich? Ich weiß nicht, wovon Sie sprechen«, sagte der Direktor sichtlich irritiert.

»Aber Sie haben doch soeben davon geredet!«, antwortete Dahlia. »Ich habe es eindeutig gehört, und ich denke, dass dieses Gespräch mich wohl am meisten angeht, da ihr beide schließlich von mir gesprochen habt.«

Natürlich war es peinlich, beim Lauschen erwischt zu werden. Andererseits sollte diese Situation dem Direktor und Luca ebenso unangenehm sein. Immerhin hatten die beiden hinter ihrem Rücken über sie gesprochen und taten jetzt so, als gäbe es gar keinen Ring.

Nein, das war zu viel des Guten.

»Und versucht jetzt nicht, es zu leugnen!«, fügte Dahlia mit fester Stimme hinzu.

»Es tut mir wirklich leid, Dahlia Behrensen, aber ich muss Sie bitten, mein Büro zu verlassen«, entgegnete der Direktor ungewohnt streng.

Seine Stimme ließ Dahlia kurz zusammenzucken, sie hatte Herrn Smaragd noch nie so kühl erlebt. Also tat sie, wie ihr geheißen.

Irritiert schloss sie die Tür hinter sich und stiefelte durch den Schulgang davon.

Was war das denn gerade?

Kapitel 9

Sie hatte nicht gut geschlafen diese Nacht. In der Mittagspause ging sie wie in Trance durch die Flure des Schulgebäudes und bemerkte wenig von dem Tumult, der um sie herum herrschte. Das wispernde Getuschel, das Zuschlagen der Spinde und die lauten Unterhaltungen der Schüler drangen kaum zu ihr durch.

»Dahlia!«, hörte sie ihren Namen und sah ihre beiden Freundinnen direkt auf sie zulaufen.

»Da bist du ja«, begann Selina außer Atem, »wir haben dich schon gesucht. Stell dir vor, uns ist gerade etwas sehr Mysteriöses passiert!«

Dahlia sah von Selina zu Kira, die ein wenig bleich wirkte und zu lächeln versuchte.

»Wir haben versucht, die Fotos zu entwickeln. Wir konnten einfach nicht bis nächste Woche warten. Und stell dir vor: Plötzlich ging das rote Licht in der Dunkelkammer aus! Wir sind total erschrocken, das kannst du mir glauben. Das kann doch kein Zufall sein, oder?«

Dahlia nickte zustimmend. Nach all dem, was hier in letzter Zeit passiert war, glaubte sie kaum noch an Zufälle. Es musste alles irgendwie zusammenhängen. Ein ungutes Gefühl breitete sich in ihrem Magen aus. Der Gedanke, dass dies alles nur passierte wegen ihr, ging ihr nicht aus dem Kopf.

»Und habt ihr die Fotos wenigstens noch entwickeln können?«, fragte Dahlia.

Sie sah von der einen zur anderen und in beiden Gesichtern spiegelte sich eine Mischung aus Stolz und Furcht wider.

Kira zögerte einen Moment, bevor sie antwortete: »Nicht alle, ein paar waren schon am Trocknen. Aber ich habe Gott sei Dank noch die Negative. Das bedeutet jedoch, ich müsste sie noch einmal entwickeln. Die, die wir retten konnten, sind ziemlich undeutlich. Ich denke, man kann sie leider nicht gebrauchen.«

Plötzlich wurde Kira kreidebleich und jegliche Freude über diesen kleinen Erfolg wich aus ihrem Gesicht. »Als wir das Licht wieder anmachten, hing etwas an der Wand«, fuhr sie fort.

»Das«, Selina zog ein zerfetztes altes Tuch aus ihrem Rucksack, »sollten wir dir lieber an einem anderen Ort zeigen.«

Dahlia nickte perplex und folgte den beiden in die kleine Gymnastikhalle, in der sie ihre erste Trainingseinheit mit Luca absolviert hatte. Um diese Uhrzeit war es unwahrscheinlich, dass sich hier jemand aufhielt, da alle gerade Mittagspause hatten.

»Hier, lies es bitte einmal durch«, Selina drückte ihr das Tuch in die Hände und jetzt merkte Dahlia, dass es aus ganz feinem Leder bestand. Sie spürte jede kleine Erhebung.

Dahlias Hände zitterten, als sie den Lederfetzen auseinanderfaltete. Eine fein säuberlich geschriebene Botschaft stand darauf. Sie begann zu lesen:

»Lass deine dreckigen kleinen Finger aus Angelegenheiten, die dich nichts angehen, Dahlia!

Wenn du weiterhin herumschnüffelst, werde ich dir vielleicht die Nase aus deinem Gesicht schneiden.

Oder noch viel besser: Ich werde dir und deinen Freundinnen das Leben zur Hölle machen. Vielleicht aber werde ich auch alle, die dir etwas bedeuten, zu meinen Gefangenen machen.

Du willst wissen, wer ich bin und was ich eigentlich von dir will?

Tja, ich werde es mal so formulieren: Ich will die Fotos von deiner kleinen Freundin haben sowie alle Negative und Abzüge davon, verstanden?

Ansonsten sehe ich mich gezwungen, meine Drohungen wahrzumachen.

Eines noch: Versuch ja nicht, mich hinters Licht führen zu wollen.

In meinem nächsten Brief wirst du Ort und Zeitpunkt der Übergabe mitgeteilt bekommen.

Ein Freund.«

»Oh mein Gott!«, war alles, was Dahlia herausbrachte. Sie wollte doch niemanden gefährden und schon gar nicht ihre Freunde.

Ich bringe andere nur unnütz in Gefahr. Nein, das kann und will ich nicht riskieren. Vielleicht wäre es besser, von nun an alleine herauszufinden, was hier vor sich geht …

»Nein, das kommt gar nicht in Frage!«, herrschte Kira sie an. »Wir stecken da auch mit drin. Wir sind immer für dich da und unterstützen dich. Ohne uns wirst du es sowieso nicht schaffen, den Übeltäter zu überführen!«

Verdutzt schaute Dahlia sie an. »Habe ich das schon wieder laut gesagt?«

»Hast du, ja. Und das ist gut so! Wir lassen dich nicht im Stich«, sagte Selina entschlossen. »Du solltest dir abgewöhnen, uns dauernd beschützen zu wollen. Wir sind eigenständig denkende Individuen und können selbst entscheiden, was wir riskieren wollen.«

Dahlia verzog beleidigt ihre Miene und ihre Freundinnen fingen lauthals an zu lachen. Sie jedoch blickte gedankenversunken durch die großen Dachfenster in den blauen Himmel über der Turnhalle hinauf und fragte sich, ob sie überhaupt solche Freundinnen verdient hatte.

Sie wollte sie auf keinen Fall in Gefahr bringen. Aber ohne sie, da musste sie ihnen recht geben, wäre sie verloren.

Die Freundinnen gingen den langen Gang zurück, vorbei an den Portraits der verstorbenen Rektoren.

Dahlias Kopf raste vor lauter Fragen. Ihre Gedanken

überschlugen sich regelrecht. Was würde noch alles auf sie zukommen? Wie würde sie Selina und Kira vor den drohenden Gefahren bewahren können? Und wer steckte hinter dem mysteriösen Brief? Wer war der Verfasser solcher Gemeinheiten?

Wenn sie nur wüsste, bei wem sie Antworten finden könnte!

Dahlia blieb so abrupt stehen, dass Kira geradewegs in sie hineinlief.

»Was ist denn los? Ist irgendetwas?«, fragte Kira überrascht.

»Nein, es ist nichts. Mit fällt gerade ein, dass ich bei meinem letzten Volleyballtraining etwas vergessen habe. Geht doch schon mal vor, ich komme gleich nach, okay?«

Kira sah nicht ganz überzeugt aus. Gerade wollte sie etwas entgegnen, als Selina sie mit sich zerrte und sagte: »Geht in Ordnung. Komm mit, Kira. Aber beeil dich, ja? Du weißt doch, dass um diese Zeit kaum ein Stuhl in der Cafeteria frei ist. Und ich weiß nicht, ob wir deinen Platz lange verteidigen können.«

Dahlia lächelte. Ja, Selina wusste, wie man sie zum Lachen und vor allem auf andere Gedanken brachte.

Dahlia wartete einen Augenblick, bis die beiden aus ihrem Sichtfeld verschwunden waren. Dann ging sie schnurstracks durch den Hinterausgang der Gymnastikhalle und lief über den kleinen, mit Kies ausgelegten Weg, der zu den Gartenanlagen des Internats führte. Sie sah schon von Weitem die Statue der Fee und den Brunnen, der sie umgab. Ein glitzernder Wasserstrahl floss aus ihrem Blumenstrauß und die winzigen Lichtkugeln, die das Wasser warf, sahen aus wie kleine tanzende Glühwürmchen.

Dahlia war urplötzlich eingefallen, wer ihr eventuell weiterhelfen könnte. Wenn es jemanden gab, der mehr wusste, dann war es Luca. Immerhin hatte er sie über die

Eigenschaften des Amuletts aufgeklärt. Und mit dem Erhalt des lila schimmernden Briefes, in dem das Amulett steckte, hatten diese mysteriösen Ereignisse erst begonnen.

Er musste mehr wissen. Ja, sie war sich ganz sicher, dass er ihre Fragen beantworten konnte. Ob er jedoch bereit dazu sein würde, war eine andere Sache.

Sie sah ihn schon von Weitem auf der Bank sitzen. Luca hatte ihr gestern erzählt, dass er gerne zum Entspannen in den Park ging, da ihn die Stille und das sanfte Plätschern des Wassers an seine frühere Heimat erinnerten. Wo er wohl herkam?

Kapitel 10

Luca schreckte auf, als er einen knackenden Ast hinter sich hörte. Ja, auf so etwas verstand er sich, seine Ohren waren wie die eines Hundes. Er verließ sich mehr auf sein Gehör als auf seine Augen. Wieso gab es denn den Spruch »Der Schein trügt«?

Er drehte sich reflexartig um und sah direkt in das Gesicht von Dahlia. In ihre strahlend blauen Augen, die nicht von dieser Welt zu sein schienen. Ihre braunen, schulterlangen Locken wogen sich im Wind.

Als ihm auffiel, dass er sie musterte, schaute er schnell weg. Ob sie es wohl bemerkt hatte? Sie sah genauso aus wie ihre Mutter. Die vollen roten Lippen, die kleinen Grübchen beim Lachen und ihre in der Sonne glänzenden Haare. Wahnsinnig, wie Töchter ihren Müttern ähnlich sehen konnten, fast gespenstisch.

»Darf ich mich setzen?«, fragte Dahlia.

Luca nickte nur und machte ihr Platz.

»Wir sind das letzte Mal nicht gerade im Guten auseinandergegangen, nicht wahr?«, begann sie. »Ich wollte mich für mein Verhalten bei dir entschuldigen. Vielleicht habe ich etwas überreagiert. Aber du hast meinen Freund beschuldigt, und das war einfach zu viel für mich.«

Luca sagte nichts. Er mochte es, ihr einfach nur zuzuhören. Ihre Stimme konnte jeden überzeugen. Sie klang wie der süßeste Honig in seinen Ohren. Er wusste, dass sie nicht nur deshalb gekommen war, ihr Gesicht verriet sehr viel über sie. Also ließ er sie weiterreden.

»Weswegen ich eigentlich gekommen bin«, sie holte einmal tief Luft, bevor sie weitersprach: »Du weiß anscheinend viel über meine Kette mit dem Amulett. Ich denke, dass der Angriff auf Kira hier im Garten irgendetwas damit zu tun hat. Also frage ich dich nun: Weißt du mehr darüber? Weißt du, wer oder was dahintersteckt und warum sich Herr Smaragd auf die Frage nach dem Ring so merkwürdig verhalten hat?«

Luca schaute auf den Boden und schob mit seinen Füßen den Kies hin und her. Er konnte ihr im Moment nicht in die Augen sehen.

»Ich würde dir gerne weiterhelfen, aber ich weiß wirklich nicht mehr wie du.«

Er wusste, er konnte ihr die ganze Wahrheit nicht ewig verschweigen. Aber wenn es nur für die nächste Zeit war, würde es ihm ein wenig Spielraum verschaffen.

Sie schien ihm jedoch zu glauben, denn ihr Gesicht entspannte sich und sogar ein Lächeln konnte er sehen.

»In Ordnung, einen Versuch war es wert. Es ist aber gut zu wissen, dass ich in dir einen verständnisvollen Freund gefunden habe.«

Anscheinend vertraute sie ihm tatsächlich und er könnte sich selbst ohrfeigen dafür. Nein, er war es wirklich nicht wert, mit ihr befreundet zu sein.

Plötzlich schlang Dahlia ihre Arme um ihn und er tat es ihr gleich.

Na toll, dachte er, *jetzt fühle ich mich nur noch mieser.*

Sie duftete nach Jasmin und Vanille. Es kam ihm vor wie eine halbe Ewigkeit, bis sie sich wieder voneinander lösten.

Luca fühlte sich unglaublich zu ihr hingezogen und wurde leicht rot. Das lag vielleicht auch an der Sonne, die heute genauso warm schien wie an den vergangenen Tagen. Er sah an Dahlias Gesichtsausdruck, dass sie dasselbe fühlte wie er.

Sie lächelte ihn noch einmal strahlend an, verabschiedete sich und ging wieder den Weg zurück, den sie gekommen war.

Kapitel 11

Dahlia hing ihren Gedanken nach, während sie auf die Schule zuging. Nachdenklich tippte sie auf ihrem Handy eine kurze Nachricht an ihre in der Cafeteria wartenden Freundinnen, dass sie sich nicht so wohl fühle und lieber gleich in ihr Zimmer gehen wolle.

Sie glaubte nicht, dass Luca ihr die Wahrheit gesagt hatte. In ihr regte sich ein Gefühl, das ihr immer wieder sagte: *Er hat dich angelogen. Und du ihn auch.*

Vielleicht lag es an seinen Augen, die sich während des Gesprächs so schlagartig verändert hatten. Es sah fast so aus, als wäre all die Freude, die sich zuvor darin gespiegelt hatte, wie weggewischt.

Das machte Dahlia misstrauisch. *Wieso kann er mir nicht die Wahrheit sagen? Wieso vertraut er mir denn nicht?*

Vermutlich, weil du es auch nicht tust, gab sich Dahlia selbst die Antwort.

Diese Ungewissheit machte sie fast verrückt. Nicht zu wissen, was mit ihr geschah und warum dies alles überhaupt passierte. Und dann das merkwürdige Gespräch zwischen Luca und dem Direktor! Warum wollte ihr denn keiner etwas sagen, wenn auch nur eine Kleinigkeit?

Sie musste es selbst herausfinden. Allein. Und zwar ganz allein. Keiner ihrer Freunde sollte in diese Sache weiter verwickelt werden. Sie würde alle, die ihr nahe standen, nur unnötig in Gefahr bringen.

Aber wie sollte sie ihren Freundinnen beibringen, dass sie sich von nun an weniger sehen würden? Als sie daran dachte, zerriss es ihr fast das Herz, so sehr schmerzte es. Nein, das konnte sie nicht.

Seit dem Kindergarten waren Selina und Kira so etwas wie ihre Familie geworden. Schwestern im Herzen, immer verbunden miteinander. Sie hatten alles geteilt, jeden

Kummer, jede Sorge zusammen durchgestanden. Und nun hatte sie so viele Geheimnisse vor ihnen.

Als sie endlich in ihrem Zimmer ankam, schloss sie erst einmal ihre Türe ab. Sie wollte jetzt niemanden sehen. Zunächst musste sie das Gedankenchaos in ihrem Kopf sortieren und sich überlegen, wie sie nun vorgehen sollte.

Zuallererst war da dieser bedrohliche Brief, von dem bisher nur Kira und Selina wussten. Doch ihre beiden Freundinnen wollte sie auf keinen Fall weiter in Gefahr bringen.

Ihrem Rektor, der ihr bisher sehr gutmütig vorkam, konnte sie nicht mal mehr in die Augen sehen, wenn sie sich zufällig auf den Schulfluren begegneten. So sehr schämte sie sich dafür, gelauscht zu haben.

Aber da war noch ein anderes Gefühl. Dahlia fühlte sich hintergangen von dem Mann, der noch vor wenigen Tagen zu ihr gesagt hatte, wenn sie irgendein Problem hätte, könne sie ruhig zu ihm kommen, er hätte immer ein offenes Ohr. Sie konnte sich keinen Reim darauf machen, wieso er so merkwürdig auf ihre Frage nach dem Ring reagiert hatte. Nun konnte sie nur noch Missachtung für ihren in die Jahre gekommenen Direktor fühlen, so kalt hatte sich seine Stimme noch nie angehört. Ja, er hatte sich in den letzten Tagen sehr verändert. Es schien fast so, als hätte er sein strahlendes Lächeln verloren. An dessen Stelle war ein sorgenvolles und trauriges Gesicht getreten.

Nein, auch ihm konnte sie nicht trauen.

Jonas wollte sie solch eine Bürde nicht aufhalsen. Er hatte momentan ohnehin kaum Zeit für sie und wirkte allgemein sehr abwesend. Seit ihrem letzten Treffen hatten sie sich nur einmal kurz in der Pause gesehen. Dahlia dachte sich jedoch nichts dabei. Sie wusste, dass in wenigen Wochen die Basketballmeisterschaft stattfinden sollte. Er musste sich jetzt auf seine sportliche Karriere konzentrieren, danach würde er bestimmt wieder Zeit für sie haben.

Vielleicht hat er sich aber schon zu weit von dir entfernt, Dahlia, flüsterte es leise in ihr. Oder hatte sie sich schon von ihm entfernt? Eigentlich kannten sie sich noch gar nicht lange. Konnte man in so kurzer Zeit schon Vertrauen aufbauen?

Bliebe nur noch Luca. Nein, ihm konnte sie auch nicht trauen, so wie er ihr ins Gesicht gelogen hatte.

Auch wenn da etwas sehr Vertrautes zwischen ihnen war.

Sie konnte es nicht beschreiben, dieses Gefühl der Wärme und Geborgenheit, das sie empfand, wenn sie in seiner Nähe war. So ähnlich musste sich die Geborgenheit in einer Familie anfühlen.

Doch nun musste sie erst einmal diese Nacht hinter sich bringen, die ihr wahrscheinlich, wie die Nächte zuvor, nicht viel Schlaf bescheren würde.

Kapitel 12

Dahlia lief vom Fechttraining zurück in ihr Zimmer und hing ihren Gedanken nach. Es war bereits Ende Oktober und die Herbstferien standen bevor.

Die letzten Wochen waren wie im Flug vergangen.

Jonas hatte ihr zwar verziehen, dass sie seinen Ring angeblich bei einem Training in der Umkleide verloren hatte, war aber dennoch eher abwesend, wenn sie sich trafen.

Dahlia war dennoch einfach nur froh, dass sich all die Dinge wieder einigermaßen gefügt hatten und nichts Außergewöhnliches mehr passiert war.

Beim Fechten hatte sie sich auch deutlich gesteigert: Ihre Geschicklichkeit nahm von Mal zu Mal zu und sie fühlte sich nach jeder Stunde von allem befreit, was ihr durch den Kopf ging.

Auch Luca war dies aufgefallen und er hatte sie heute gelobt, da sie so schnell dazulernte und sich verbesserte. Allgemein hatte sich ihre Beziehung zueinander vertieft und Dahlia gab ihm öfters einen Einblick in ihre doch oftmals verwirrende Gedankenwelt. Egal, ob es nun um die Probleme mit Jonas ging oder mit einem Schulfach, das ihr Sorgen machte. Er hörte ihr aufmerksam zu und nahm sie ernst. Das gefiel ihr. Besonders, da Jonas sich phasenweise wirklich seltsam benahm und sie sich nach wie vor kaum an ihn wenden konnte. An einigen Tagen kam es ihr so vor, als ob sie für ihn fast eine Last wäre. In der nächsten Sekunde war er dann wieder ihr Jonas, in den sie sich verliebt hatte, und konnte die nettesten Dinge zu ihr sagen.

Vermutlich ist das in jeder Beziehung einmal so, es ist einfach eine Phase, dachte sich Dahlia. *Die geht, wie alles, vorüber.*

Auch Selina verhielt sich in der letzten Zeit komisch, sie zog sich immer mehr zurück. Die lustigen DVD-Abende jeden Samstag verpasste sie meistens. Dabei hatten sie früher so viel gelacht, tonnenweise Süßigkeiten und Chips verdrückt und sich beim Singstar-Spielen gegenseitig selbst übertroffen.

Auf die andauernden sorgenvollen Fragen von Kira und Dahlia, was denn mit ihr los sei, wieso sie samstags kaum noch käme, antwortete Selina immer mit: »Ich mache im Moment einiges mit, leider kann ich euch nichts Genaueres darüber sagen.« Oder: »Ich fühle mich heute nicht besonders wohl, macht euch doch zu zweit einen schönen Abend, ja?«

Dahlia machte sich Sorgen um ihre Freundin und sie wusste nicht, wie sie ihr helfen konnte. Selina schien eine Dunkelheit zu umgeben, zu der weder Kira noch Dahlia durchdringen konnten.

Der mysteriöse Briefeschreiber hatte sich zum Glück nicht mehr gemeldet und Dahlia glaubte, dass er das Interesse an den Bildern zwischenzeitlich verloren hatte. Sie hoffte manchmal, dass alles wieder so werden würde wie früher.

Als Dahlia am nächsten Morgen erwachte, stand ihr Wecker auf 6:00 Uhr. Sie hatte vergessen, ihn abzustellen. Es war der erste Tag der Herbstferien und sie konnte nicht einmal länger schlafen.

Dahlia wollte sich gerade in ihrem Bett umdrehen, als sie entdeckte, was auf ihrem Nachttischchen lag: ein kleiner, violetter Brief mit ihrem Namen darauf.

Wie kam der denn plötzlich hierher? Sie war sich sicher, dass er gestern noch nicht dort gelegen hatte.

Wie vom Blitz getroffen rannte sie zur Tür, um sich zu vergewissern, ob sie am Abend auch wirklich abgeschlossen hatte. Sie drückte die Klinke nach unten und atmete erleichtert auf.

Aber wie war der Brief denn dann auf ihr Tischchen gekommen? Etwa durch das Fenster? Ihr Blick huschte zu dem kleinen kugelförmigen Bullauge. Nein, das war auch verschlossen. Und es waren nirgends Einbruchspuren zu sehen.

Ihr Herz begann zu rasen, es schlug so heftig gegen ihre Brust, dass sie sich kaum traute zu atmen.

»Er ... er wird doch nicht ...«, ihre Stimme begann zu zittern, »... nicht noch in meinem Zimmer sein?«

Nein, nein, das konnte nun wirklich nicht sein. *Und warum nicht?*, mischte sich eine flüsternde Stimme in ihrem Kopf ein.

Reiß dich mal zusammen, Dahlia! Die Zeiten, als sie sich vor Monstern unter dem Bett fürchtete, waren doch längst Geschichte.

Trotzdem öffnete sie mit zitternden Händen und einem mulmigen Gefühl im Bauch langsam ihren Schrank.

Sofort polterte ihr etwas entgegen.

Vor Schreck fuhr sie zusammen und stolperte nach hinten. Sie wäre fast auf den Boden gefallen, hätte dort nicht ihr Bett gestanden, das sie sanft auffing. Ihr Herz pochte immer noch wie wild, als sie erkannte, was sie so erschreckt hatte.

Ihr Clownskostüm vom letzten Karneval war aus dem Schrank gefallen.

Mensch, Dahlia! Jetzt erschrak sie schon vor ihren eigenen Sachen!

Unter ihrem Bett konnte nichts sein, da sich dort nur der Bettkasten befand.

Vor lauter Aufregung vergaß sie fast den Brief, der immer noch auf ihrem Nachttisch lag. Sie ließ sich auf ihr Bett plumpsen und öffnete ihn zögerlich. Sofort erkannte sie die gleiche schöne Schrift wie schon beim ersten Brief des Unbekannten:

Morgen um 16 Uhr, im Park bei dem Brunnen, an dem alles geschah.

P.S.: Nur du alleine, alles klar? Sollte ich noch irgendjemanden außer dir dort sehen, verschwinde ich sofort, aber glaub ja nicht, dass du mich dann loshaben wirst.

Ich werde immer in deiner Nähe sein, egal wo du bist und was du machst. Ich finde dich überall, verlass dich darauf!

Dahlia ließ vor Schreck den Brief fallen. Wieso meldete er sich jetzt erst? Nach mehreren Wochen des Schweigens? Damit hatte sie nicht mehr gerechnet.

Was sollte sie nun tun?

Sie musste unbedingt mit Luca darüber reden. Er war in den letzten Wochen eine wichtige Bezugsperson für Dahlia geworden.

Schnell zog sie sich ihren Morgenmantel an und stieg in ihre Hausschuhe. Mit den beiden Briefen des Unbekannten in ihrer Hand lief sie ein Stockwerk tiefer, zu den Jungenschlafsälen, möglichst leise natürlich. Schließlich wollte sie keinen aufwecken. Nicht dass noch jemand ihren morgendlichen Besuch bei den Jungs mitbekam. Hoffentlich war Luca schon wach und öffnete ihr nicht im Schlafanzug die Tür.

Sie lief von Namensschild zu Namensschild, bis sie endlich sein Zimmer fand. Dahlia stutzte kurz, bevor sie anklopfte. Anders als bei den restlichen Jungs stand bei ihm kein Nachname an der Tür, nur »Luca«.

Sie musste ihn wirklich mal fragen, woher er kam. Vielleicht aus einem der Nachbarorte? Wäre möglich.

Luca öffnete sofort, als hätte er schon auf sie gewartet. Er trug zum Glück keinen Schlafanzug, nein, er war komplett angezogen. Und er sah durchaus nicht schlecht aus mit seinen dunklen Haaren und seinen braunen Augen. Mal ganz abgesehen von seinem verschmitzten Lächeln, das nun in ein Grinsen überging, weil sie ihn so anstarrte.

Erst als Luca sich räusperte, kehrte sie aus ihren Gedanken zurück.

Dahlia, aufwachen! Das tut jetzt absolut nichts zur Sache!

Sie schaute kurz verlegen zur Seite. »Ähm ... Tschuldigung, dass ich dich so früh am Morgen störe, aber ich muss dir unbedingt etwas erzählen.«

Sie gab sich große Mühe, gefasst zu klingen, aber ihre Stimme verriet, dass es nichts Gutes war, weswegen sie ihn so früh weckte.

»Schon okay. Ich konnte sowieso nicht gut schlafen. Komm doch herein.« Er machte eine einladende Geste und Dahlia setzte sich auf sein Bett.

Sie sah sich in seinem Zimmer um, doch das Einzige, was ihr ins Auge stach, war eine halb vertrocknete Topfpflanze. Der Raum war nur spärlich eingerichtet. Es sah fast so aus, als hätte Luca vor, nicht mehr allzu lange hierzubleiben oder jeden Augenblick aufzubrechen.

Luca schien ihrem Blick gefolgt zu sein, denn er deutete auf die Pflanze und sagte: »Ich hatte kaum Zeit, mich um die Einrichtung des Zimmers zu kümmern, geschweige denn, meine Pflanze zu gießen.«

»Bevor ich anfange, muss ich dich etwas fragen, und bitte sei ehrlich zu mir, ja?« Dahlia sah Luca tief in die Augen, als erhoffte sie sich, dort eine Antwort auf all ihre Fragen zu bekommen. Sie verlor sich beinahe in seinem Blick.

»Ja«, antwortete Luca knapp.

»Kann ich dir auch wirklich vertrauen?«, flüsterte sie, als hätte sie Angst, dass sie jemand belauschte.

Luca zögerte.

War diese Frage so schwer zu beantworten? Für ihn wohl schon. Zumindest antwortete er nicht sofort, und das machte Dahlia stutzig. Sie zog auffordernd ihre Augenbrauen nach oben.

Er jedoch wandte sein Gesicht ab und schaute durchs Fenster in die aufgehende Morgensonne.

»Ich kann dir versprechen, dass ich nichts von dem, was du mir sagen wirst, jemals einem anderen gegenüber erwähnen werde. Aber es gibt zu viele Hindernisse, weswegen ich dir nicht mit einem klaren Ja antworten kann.«

Luca sah ihr nun direkt in die Augen, als er weitersprach: »Verstehst du mich? Du hast mein Wort, dass ich nichts sagen werde, aber mehr kann ich dir leider nicht versprechen.«

Luca wartete auf eine Antwort. Dahlia verzog keine Miene, bis sie schließlich lächelte.

»Mehr hatte ich auch nicht erwartet. Es tut nur gut, mit jemandem offen über die Dinge, die in der letzten Zeit geschehen sind, reden zu können. Danke für dein offenes Ohr, Luca.«

Dahlia grinste ihn an und er tat es ihr gleich.

Nun lag es an ihr, ihn aufzuklären. Sie erzählte ihm alles von Anfang an. Wie sie das Amulett ihrer Mutter bekam, dem Mal auf ihrer Schulter und von den beiden Briefen des Unbekannten, die sie dazu gebracht hatten, sich ihm jetzt anzuvertrauen. Sie versuchte sich an alle Details zu erinnern, damit sie auch nichts übersah. Luca hörte ihr die ganze Zeit über geduldig zu, und als sie fertig war, seufzte er.

Sie saßen eine Weile schweigend nebeneinander, jeder den eigenen Gedanken nachhängend.

»Und? Was sagst du dazu?«, fragte sie dann.

Luca atmete tief ein. Es schien ihm nicht leicht zu fallen, diese Frage zu beantworten.

»Ich kann dir einiges dazu sagen, wenn auch nicht alles, aber immerhin so viel, dass du verstehen wirst, was in letzter Zeit hier vor sich ging.«

Seine ständigen Sprechpausen machten Dahlia ganz nervös. Was sollte das schon wieder heißen? Wieso bestand denn alles, was er sagte, aus Rätseln?

»Es ist sicher besser, wenn ich es dir zeige. Dann wirst

du es verstehen.« Luca flüsterte diese Worte fast, als hätte er ebenfalls Angst, belauscht zu werden.

Er streckte ihr seine Hand entgegen und Dahlia umfasste sie gespannt. Was wollte er ihr nun zeigen?

Kapitel 13

Er konnte nicht mehr länger warten. Dahlia hatte es verdient, zumindest einen Teil der Wahrheit zu erfahren. Auch wenn es Herrn Smaragd, der ihn aufgefordert hatte, das Internat wieder zu verlassen, missfallen würde.

Hand in Hand verließen sie das Zimmer. Er lief mit ihr durch den breiten Korridor, die knarrenden Treppen hinunter und hinaus ins Freie. Dahlia zog fröstelnd ihren Bademantel enger, als sie die frische Morgenluft einatmete. Die Bäume und Wiesen waren mit einem feinen Raureif überzogen, alles glitzerte um sie herum, es sah fast unwirklich aus.

Sie stapften zusammen durch den Internatsgarten, an dem Feenbrunnen vorbei und weiter in Richtung Wald. Luca merkte, dass Dahlia kurz zögerte, als sie am Rand des Waldes standen. Sie drückte seine Hand stärker als zuvor. Besorgt sah Luca sie an.

»Alles okay bei dir, Dahlia?«

Sie nickte nur und der Druck ihrer Hand ließ nach, was Luca sichtlich beruhigte, denn sie schien sich entspannt zu haben. Was sie wohl kurz zurückgehalten hatte? Sie vertraute ihm wohl noch immer nicht ganz.

Der Boden unter ihnen knisterte leise, als die beiden den Waldweg entlanggingen. Die Bäume waren mit Raureif bedeckt und glitzerten unter den ersten Sonnenstrahlen. Es wirkte alles sehr friedlich hier.

Luca hielt an einer kreisrunden Lichtung an, die von kleinen Blättern übersät war.

»Dahlia«, er sah ihr tief in die Augen, bevor er weitersprach, »was ich dir jetzt zeige, muss unter uns bleiben, verstanden?«

Sie nickte gespannt. Pure Neugier stand ihr ins Gesicht geschrieben.

Luca ließ ihre Hand los, entfernte sich einige Schritte von ihr und murmelte dann ein unverständliches Wort, bevor …

Sie traute ihren Augen nicht. Das, was sie sah, konnte nicht real sein. Es war schlicht unmöglich!

Luca schwebte plötzlich einige Meter über dem Boden. In seinem Gesicht war keine Gefühlsregung zu erkennen, einzig seine haselnussbraunen Augen glitzerten. Es schien fast so, als würde er an einem unsichtbaren Seil emporgehoben. Immer weiter nach oben, bis zu den Baumgipfeln.

Sie konnte es nicht glauben. Nein, nein, das konnte einfach nicht sein. Sie kniff ihre Augen zu. Vermutlich hatte sie nur wieder einen ihrer zu real wirkenden Träume und würde gleich aufwachen.

Nur langsam öffnete sie die Augen wieder. Aber alles war wie zuvor. Mit einem erschrockenen und dennoch faszinierten Blick folgte sie Lucas graziösen Bewegungen. Er wand sich mühelos durch die Bäume, so wie ein Blatt, das in einer leichten Brise davonschwebte. Ihn schien es nicht im Geringsten anzustrengen.

Ein kleiner Teil von ihr wollte weglaufen und wieder in die Realität zurückkehren, aber etwas Stärkeres in ihr hielt sie an Ort und Stelle fest. Sie konnte nicht weg, und es fühlte sich plötzlich gar nicht mehr so surreal an.

Dahlia dachte, dass sie gerade wohl ziemlich komisch aussah mit ihrem verblüfften Gesichtsausdruck. Aber sie war sich nicht sicher, ob sie nun den Verstand verlor oder nur träumte.

Plötzlich, fast wie aus dem Nichts, stand Luca wieder direkt vor ihr und zog die Stirn in Falten.

»Dahlia? Alles in Ordnung mit dir?«, fragte er mit besorgter Miene.

»Ja, denke schon«, murmelte sie verblüfft und spürte

ihren trockenen Hals. »Was? Wie ist so etwas …«, sie rang nach Atem und konnte es immer noch nicht fassen.

»Möglich?«, beendete er die Frage für sie.

Dahlia schaute zu ihm auf. Er sah nun nicht mehr so besorgt aus wie zuvor.

»Nun ja. Wenn ich dir jetzt die Wahrheit sagen würde, hieltest du mich wahrscheinlich für verrückt. Deshalb möchte ich dir nur so viel sagen: Ich bin nicht der, für den du mich gehalten hast. Ich komme auch nicht von hier oder aus der Nähe. Dort, wo ich aufgewachsen bin, gibt es keine Menschen.« Er sah Dahlia aufmerksam an.

Sie war zu erstaunt, um etwas Sinnvolles zu sagen, deshalb ließ sie ihn weiterreden.

»Es ist alles ziemlich schwer zu erklären, geschweige denn, zu verstehen. Ich denke deshalb nicht, dass ich derjenige sein sollte, der dir dies alles erläutert. Du wirst es bald selbst erkennen.«

Dahlia blieb die Luft weg, sie starrte ihn mit offenem Mund an.

Warum sprach er denn immer in Rätseln? Und wieso sagten alle, sie müsse es selbst herausfinden, wenn es doch Menschen gab, die all das Wissen besaßen, das sie so sehr begehrte?

Dahlia dachte, dass sie wirklich ziemlich nahe dran war, den Verstand zu verlieren. Und was hatte Luca gesagt? Dort, wo er aufgewachsen war, gäbe es keine Menschen?

In diesem Moment, ganz plötzlich, fiel ihr die Geschichte wieder ein, die Kira ihr in der Bibliothek vorgelesen hatte. Aber das war doch ein Märchen, nicht real! Jetzt fing sie schon zu fantasieren an. Ein leichtes Schwindelgefühl stieg in ihr hoch. Es war eindeutig zu viel an diesem Morgen. Erst der Brief des Unbekannten und nun der fliegende Luca …

Er sah sie besorgt an, als sie endlich ihre Stimme wiederfand.

»Ich kann nicht glauben, was ich da gerade gesehen

habe. So etwas ist nicht möglich! Vermutlich träume ich noch. Sei mir nicht böse, Luca, aber das kann einfach nicht wahr sein. Daher ist es wohl besser, wenn ich jetzt gehe. Ich muss das alles erst verdauen.«

Dahlia wollte gerade auf den Waldweg zurückkehren, als Luca sie an ihrem Oberarm packte.

Sie drehte sich zu ihm um und er sah ihr direkt in die Augen. Seine Augen waren so unergründlich wie die Ozeane. Sie könnte sich darin verirren, wenn sie zu lange hineinschaute.

Dahlia bewegte sich, wie von Geisterhand gelenkt, auf ihn zu und hielt erst an, als ihre Gesichter nur noch Millimeter voneinander entfernt waren. Lucas Blick hatte fast eine hypnotisierende Wirkung auf sie.

»Ich weiß, dass es nicht einfach für dich ist, das alles zu verstehen. Aber ich weiß auch, dass du schlau genug bist, es selbst herauszufinden, wenn du nur all die Ereignisse, die in der letzten Zeit passiert sind, zusammenzählst. Hör zu, Dahlia! Ich muss, nein, will dir nun einiges erklären, damit du zumindest verstehst, was sich hier im Moment abspielt, in Ordnung?«

Dahlia sah ihn misstrauisch an. Sie wusste nicht, was sie tun sollte. Ein Teil von ihr war neugierig darauf, was Luca zu berichten hatte. Allerdings gab es einen kleinen Teil in ihr, der stark dagegen rebellierte und ihr sagte, sie solle lieber all das vergessen und wieder in die Normalität zurückkehren. Wenn es diese überhaupt noch gab.

»Du musst mir nur zuhören. Danach kannst du selbst entscheiden, ob du mir glaubst oder nicht«, riss Luca sie aus ihren Gedanken.

»Na gut, ich werde dir zuhören«, sagte sie schweren Herzens.

Erleichterung zeigte sich in Lucas Miene, sofort entspannten sich seine Gesichtszüge und er ließ ihre Hand wieder los.

»Alles klar, fangen wir an. Das, was du hier gerade gesehen hast, ist nur ein Bruchteil dessen, was du selbst kannst.«

»Was? Ich?! Ich soll das auch können? Unmöglich. Wenn ich so etwas könnte, wüsste ich davon. Du hältst mich wohl für besonders dämlich«, unterbrach ihn Dahlia scharf.

»Ganz ruhig, alles der Reihe nach, okay? Könntest du mich jetzt bitte nicht mehr unterbrechen?!«, entgegnete Luca sichtlich angespannt.

Dahlia versuchte sich zu beherrschen und nickte kurz.

»Gut. Also, wo waren wir? Bei deinen Fähigkeiten, richtig. Du kannst genauso fliegen wie ich, aber das ist so ziemlich alles, was wir gemeinsam haben. Was deine anderen Fähigkeiten betrifft, bin ich mir nicht sicher, da es außer dir nur eine einzige Person gibt, die so ist wie du, das heißt, halb Mensch und halb Elf.«

Dahlia starrte ihn entgeistert an. Sie war nicht fähig, etwas zu erwidern. War er jetzt verrückt geworden? Oder war sie diejenige, die fantasierte?

Unbeeindruckt von ihrem Blick fuhr Luca fort: »Bei uns entwickeln sich die Fähigkeiten erst ab dem 16. Lebensjahr, und zwar sobald man etwas von seinen Eltern bekommt, was diese bereits von ihren Eltern erhalten haben. In deinem Fall ist es das Amulett deiner Mutter. Deshalb bat mich Justus, dich im Fechten zu unterrichten und ihn über jeden deiner Fortschritte zu informieren. Auf jeden Fall darf keiner, wirklich keiner aus meiner Welt wissen, dass du existierst. Vor allem deshalb hat mich Herr Smaragd hierher ins Internat geholt, um auf dich aufzupassen.«

Er hielt kurz inne, sah ihr in die Augen und nahm ihre Hände in seine.

»Dahlia, du bist leider unfreiwillig in einen Krieg geraten, der schon viele Jahrhunderte andauert.«

Dahlia starrte ihn noch immer ungläubig an. Doch langsam löste sich ihre Schockstarre und jetzt meldete sich ein anderes Gefühl in ihr.

Wütend sagte sie: »Ich weiß nicht, ob ich dir glauben kann. Aber wenn es stimmt, frage ich dich, wieso ihr mir nicht längst etwas davon gesagt habt? Ist das so schwer? Oder haltet ihr mich für zu schwach dafür? Was ist der Grund? Sag schon!«

Lucas Schweigen war ihr Antwort genug.

Dahlia riss sich von ihm los, sie brauchte Abstand. Obwohl sie noch etwas neben sich stand, begriff sie zumindest so viel, dass andere sie für zu schwach für die Wahrheit hielten. Als wäre sie ein kleines Mädchen! Dabei hätte sie so gerne schon vor einigen Wochen erfahren, was hier vor sich ging. Sie konnte sehr wohl damit umgehen!

»Beruhige dich! Wir halten dich überhaupt nicht für schwach, ganz im Gegenteil. Justus und ich denken, dass du zu mehr fähig bist als jemals irgendjemand in dieser und in unserer Welt. Bis jetzt gab es keinen, der ein Mal wie deines auf der Schulter hatte. Laut Legende der eindeutige Beweis dafür, dass du unsere Welt retten kannst. Und gerade deshalb mussten wir auf dich aufpassen. Wir wussten auch nicht, ob deine Kräfte vielleicht ganz plötzlich aus dir herausbrechen würden. Du könntest ein unendliches Chaos damit anrichten, und das wäre für die Menschen unerklärlich. Glaube mir, es war nur zu deiner Sicherheit.«

Dahlia schwieg einen kurzen Moment.

»Wer bist du?«, fragte sie zögerlich und sah ihn eindringlich an.

Luca räusperte sich und begann: »Meine Familie gehört zu den Elfen, ich komme aus Anila. Wie du vielleicht weißt, haben Elfen nach oben spitz zulaufende Ohren. Sobald wir die Menschenwelt betreten, sehen unsere Ohren aber so aus wie eure.«

Dahlia starrte ihn verblüfft an. Es klang geradezu absurd, was er ihr erzählte. Aber die Geschichte war so verrückt, dass er sich das unmöglich alles ausgedacht haben konnte. Und als sie in seine Augen blickte, hatte sie das dringende Bedürfnis, ihm zu glauben.

Dahlias Gesicht entspannte sich allmählich. Luca gehörte also zu den Elfen. Gut. Und was sollte sie noch mal sein? Ein Halbelf? Nein, das konnte nicht stimmen. Wenn sie ein Halbelf wäre, dann müssten ihre Eltern ebenfalls etwas mit dieser mysteriösen Elfenwelt zu tun gehabt haben.

»Was ist mit meinen Eltern? Waren sie etwa auch Elfen? Sie sind bei einem Unfall gestorben, als ich zwei Jahre alt war. Moment …« Dahlia hielt inne. »Oder war das etwa gelogen? Sind sie noch am Leben?«

Das war eindeutig zu viel für sie. Plötzlich drehte sich alles um sie herum und in ihrem Kopf überschlugen sich die Fragen. Dahlia sackte zusammen. Doch bevor sie auf der Erde aufschlug, war Luca bei ihr und fing sie auf.

Dahlia blickte ihn an und sah aufrichtige Besorgnis in seinem Gesicht. Schnell besann sie sich wieder, rappelte sich auf und entfernte sich einige Schritte von Luca. Zwar befanden sie sich im Wald, aber was, wenn sie trotzdem jemand beobachtete? Schließlich hatte sie einen Freund. Jonas. Es sollte sich nicht das Gerücht herumsprechen, dass sie ein mehr als nur freundschaftliches Verhältnis zu Luca pflegte.

Luca schien ihre Verlegenheit zu spüren, denn er vermied es nun, ihr direkt in die Augen zu schauen. In ruhigem Ton fuhr er fort: »Ich denke, das genügt fürs Erste. Lass uns wieder zurück zum Internat gehen, bevor dich deine Freundinnen beim Frühstück vermissen.«

Er grinste sie schief an. Sein Lächeln brachte Dahlia sofort auf andere Gedanken. Sie konnte einfach nicht anders, als zurückzulächeln.

»Nein, das wollen wir nun wirklich nicht«, sagte Dahlia nun ebenfalls grinsend.

Gemeinsam gingen sie den Waldweg zurück zum Internatsgebäude. Obwohl Dahlia noch leicht wütend auf Luca war, überwog die Neugier auf die Wahrheit über ihre Herkunft. Tausend unbeantwortete Fragen kreisten in ihrem Kopf, aber auch Unsicherheit und Besorgnis über all das, was noch kommen würde.

Ob Luca tatsächlich etwas über ihre Eltern wusste? Plötzlich war sie sich nicht mehr sicher, ob sie die Wahrheit wirklich erfahren wollte.

Kapitel 14

Am nächsten Morgen kitzelten sie die Sonnenstrahlen wach. Dahlia reckte und streckte sich genüsslich. So gut wie im Moment hatte sie sich lange nicht gefühlt. Sie hatte nun endlich jemanden, mit dem sie über alles, wirklich alles, reden konnte.

Sie freute sich schon auf heute Abend, denn dann wollte ihr Luca alles erzählen, was er wusste. Anders als der Direktor, der es als besser erachtete, wenn sie so wenig wie möglich erfuhr, um sie zu schützen. Eine merkwürdige Begründung. Wieso sollte Unwissenheit sie schützen?

Sie stand auf und blickte in ihren Spiegel.

Oh je! Sie sah furchtbar aus! Dunkle Schatten zeichneten sich unter ihren Augen ab und ihr Gesicht sah mit den vielen Schlaffalten beinahe alt aus.

Schnell zog sie sich an, wusch ihr Gesicht und schminkte sich anschließend dezent.

Na also, geht doch! Zufrieden betrachtete sie erneut ihr Spiegelbild.

Ihre Augen wanderten hinunter zu dem Verband auf ihrer Schulter. Bisher hatte zum Glück niemand das eingebrannte Zeichen auf ihrer Haut gesehen, und das sollte auch so bleiben.

Die Sonnenstrahlen, die durch ihr Fenster fielen, sagten ihr, dass heute eindeutig wieder T-Shirt-Wetter war. Es war zwar Herbst, aber schon die letzten Tage waren ungewöhnlich warm gewesen.

Dahlia dachte an ihr Oberteil mit halbhohen Ärmeln, das sie von ihrem letzten Schulausflug nach Spanien mitgebracht hatte. Aber wo war das noch mal?

Plötzlich fiel etwas auf ihr Bett. Sie drehte sich ruckartig um und entdeckte das Oberteil, an das sie gerade gedacht hatte. Es lag direkt neben ihr. Das war doch nicht möglich! Wo kam das denn so schnell her?

Nach dem, was sie gestern erfahren hatte, schien sie nun nichts mehr überraschen zu können. Was, wenn das eine ihrer neuen Fähigkeiten war, von denen Luca gesprochen hatte?

Sie musste es einfach probieren, ihre Neugier siegte mal wieder. Konzentriert dachte sie an ihre Haarbürste im Schrank, mit fest zusammengekniffenen Augen. Nach einer Weile blinzelte sie und sah ... die Bürste vor ihrem Gesicht schweben. Erschrocken fuhr sie zurück und fiel rücklings auf ihr Bett. Die Haarbürste tat es ihr gleich und fiel zu Boden.

Verblüfft und ein wenig stolz auf sich selbst, hob Dahlia sie auf.

»Es hat tatsächlich funktioniert!«, sagte sie zu sich selbst und konnte einen kleinen Jubelschrei nicht unterdrücken.

»Was hat funktioniert?«

Dahlia zuckte kurz zusammen und sah irritiert zu ihren Freundinnen, die plötzlich in der Tür standen.

Sie hatte sie gar nicht reinkommen gehört, so fasziniert war sie von der Tatsache, dass sie Dinge allein durch die Kraft ihrer Gedanken zu sich holen konnte. Sie fragte sich, ob das auch bei Menschen funktionieren würde.

Schnell zog sie sich das Shirt über. Ihre Freundinnen hatten den Verband auf ihrer Schulter zum Glück nicht gesehen. Davon und von den Kräften des Amuletts brauchten sie nicht zu wissen, es war ohnehin schon gefährlich genug für alle.

»Ich habe mir gerade eine neue Methode ausgedacht, um Vokabeln zu lernen, und es hat endlich funktioniert!«, sagte Dahlia mit gespielter Freude und fragte sich gleichzeitig, ob ihre Freundinnen ihr das abkaufen würden.

»Freut uns«, antwortete Kira. »Wir dachten, wir kommen dich abholen und fragen, ob du Lust dazu hättest, mit uns an den Badesee zu gehen und dort zu frühstücken. Wir haben auch schon alles in den Picknickkorb gepackt.«

»Gerne, ich komme gleich nach unten. Ich packe nur schnell meine Sachen zusammen«, sagte Dahlia freudig. Etwas Abwechslung war genau das, was sie jetzt brauchte.

Selina grinste verschmitzt. Das kam in letzter Zeit leider nicht mehr so häufig vor. Meistens wirkte sie sehr ernst und nicht so unternehmungslustig wie sonst.

Da Selina mit dem Grinsen gar nicht aufhörte, boxte ihr Kira in die Seite, was Dahlia neugierig werden ließ.

»Gibt es sonst noch was? Wieso grinst ihr beide denn so? Habe ich was in meinem Gesicht oder einen Witz verpasst?«

»Wir haben Jonas auch eingeladen, er wartet unten auf dich!«, Selina schaute Dahlia feixend an.

»Danke, Mädels. Ihr seid einfach die Besten!« Sie freute sich, dass Jonas heute Zeit für sie hatte, bevor er morgen nach Hause in die Ferien fahren würde.

Sie umarmte ihre beiden Freundinnen und pikste sie jeweils in die Seite. Die brauchten sich doch nicht so seltsam zu benehmen und immerzu grinsen, wenn sie über Dahlias Freund redeten.

Lachend gingen Kira und Selina nach unten, um ihre Freundin packen zu lassen.

Kapitel 15

Nach einer Weile war auch Dahlia so weit und ging die Treppen hinunter. Auf dem zweiten Stockwerk wartete bereits ein breit grinsender Jonas auf sie.

Dahlia lächelte verlegen. Es kam ihr zeitweise immer noch komisch vor, dass er ihr fester Freund war – ausgerechnet einer der heißesten Jungs dieser Schule!

Sie umarmte ihn, gab ihm einen innigen Kuss zur Begrüßung und sie gingen Hand in Hand die Treppen hinunter.

In der Eingangshalle warteten schon etliche Schülerinnen und Schüler.

»Na, ihr zwei Turteltäubchen, auch schon da?«, fragte Emma aus ihrem Volleyballteam kichernd.

Dann machten sich alle zusammen auf den Weg zum Badesee, der nur einige Gehminuten vom Internat entfernt lag. Dahlia fand diesen See schon immer faszinierend. Die unberührte Natur hier war einfach fantastisch.

Der See war noch vollkommen leer um diese Uhrzeit und außer ein paar morgendlichen Joggern war keiner so früh unterwegs. Schließlich waren ja Ferien. Es war angenehm warm an diesem Morgen, obwohl der Herbst bereits seine volle Pracht entfaltete und die Blätter auf den Bäumen bunt färbte.

Es werden wohl die letzten warmen Tage des Jahres sein, dachte Dahlia bei sich.

Die meisten aus dem Internat waren bereits zu ihren Familien nach Hause gefahren, wie so oft in den Ferien. Sie waren jetzt wahrscheinlich schon in den Urlaub unterwegs. Einige der Internatsschüler hatten, wie Dahlia, jedoch keine Eltern oder Verwandten, bei denen sie die Ferien verbringen konnten. Andere wiederum blieben freiwillig hier. Es sei viel zu stressig zu Hause, war die häufigste Begründung. Die Waisen unter ihnen schüttelten darüber nur ihre Köpfe. Sie hätten gerne eine Familie gehabt.

Umso dankbarer war Dahlia, dass Kira, Selina und Jonas erst morgen nach Hause fahren wollten. Sie waren extra einen Tag länger geblieben und Dahlia rechnete ihnen das sehr hoch an.

»Wo willst du dich hinlegen, Dahlia?«, holte sie Jonas aus ihren Gedanken.

Sie standen vor dem Badesee, der im Sonnenlicht glitzerte. Außenherum reihten sich kleine Bäume aneinander, die den Badegästen im Sommer Schatten spendeten. Zudem hatte man um den ganzen See einen Sandstrand angelegt, um den Urlaubsflair zu verstärken.

Statt zu antworten, zog Dahlia ihren Freund direkt zu ihrer Lieblingsstelle. Sie lag etwas entfernt, auf einem kleinen Hügel, wo man alles gut im Blick hatte und trotzdem ein bisschen für sich sein konnte.

Sie legten eine Decke auf die Wiese und setzten sich darauf. Die anderen lagerten etwas weiter weg und näher am See.

»Ist echt schön hier, besonders morgens«, meinte Jonas und breitete seine Arme aus, damit sich Dahlia zu ihm legen konnte.

Sie kuschelte sich an ihn und er legte schützend seine Arme um sie.

»Einfach nur wunderschön«, antwortete Dahlia.

Sie sah zu ihm auf und küsste ihn leidenschaftlich. Jonas nahm sie nun noch fester in die Arme und erwiderte ihren Kuss. Sie wollte ihre Lippen nie mehr von den seinen lösen. Ach, wie würde sie ihn in den Ferien vermissen!

Sie lagen sich eine gefühlte Ewigkeit in den Armen. Jonas seufzte leicht und strich ihr eine Locke aus ihrem Gesicht.

»Wäre das Leben nur immer so perfekt wie in diesem

Moment«, meinte er. In seiner Stimme schwang leichte Wehmut mit und er seufzte erneut.

»Ja, das ist es. Perfekt«, sagte Dahlia. Sie ignorierte seinen Seufzer und auch ihre innere Stimme, die ihr zuflüsterte, dass es vielleicht etwas zu perfekt sei. Glücklich schlang sie ihre Arme um Jonas, der sie jedoch leicht von sich wegschob. Irritiert sah Dahlia zu ihm auf.

»Wollen wir nicht zu den anderen runtergehen und uns in den See stürzen?«, fragte er und fing schon an, sein T-Shirt auszuziehen, wodurch sein durchtrainierter, muskulöser Oberkörper zum Vorschein kam.

Dahlia war davon völlig abgelenkt, dass sie fast vergaß, was sie fragen wollte.

»Ähm ...«, war alles, was sie im ersten Moment herausbrachte. Doch allmählich löste sie sich aus ihrer Starre.

»Geht es dir gut, Jonas? Du wirkst manchmal so abwesend.« Sie sah, dass sie wohl die richtige Frage gestellt hatte, denn sein Gesicht verfinsterte sich leicht und er sah zur Seite, bevor er antwortete.

»Ja, alles in bester Ordnung. Ich hatte nur durch das harte Training viel um die Ohren, das ist alles. Ich verspreche, es wird bald alles besser werden.«

Er gab Dahlia einen flüchtigen Kuss auf die Stirn und lief zu den anderen an den See. Sie sah ihm etwas perplex hinterher.

Was war das denn gerade? Es kam ihr ein wenig seltsam vor, dass er von der einen zur anderen Minute wie ausgewechselt schien. Konnte das wirklich nur an dem Training liegen. Oder war da noch was anderes?

Etwas stimmte hier absolut nicht. Aber heute wollte sie sich darüber keine Gedanken machen – sie wollte den letzten Tag mit ihren Freunden nicht grübelnd verbringen. Ab morgen konnte sie sich noch genug den Kopf darüber zerbrechen.

Dahlia breitete sich auf der Decke aus und döste in der wärmenden Sonne ein.

Jemand rüttelte sie ziemlich unsanft an ihrer Schulter. Dahlia schreckte sofort auf und blickte in das Gesicht von Luca.

»Was machst du denn hier?«, fuhr sie ihn an.

Dahlia schaute schnell nach unten zu den anderen, die sich immer noch im Wasser tummelten. Sie seufzte erleichtert, stand auf und zog Luca rasch hinter den nächstbesten Busch, damit sie niemand zusammen sah.

»Also noch mal: Was willst du hier? Ich dachte, wir reden heute Abend?« Sie versuchte, leise zu sein, damit keiner sie hörte, konnte sich aber nur schwer beherrschen.

»Ich hab dich die ganze Zeit nicht aus den Augen gelassen, um sicherzugehen, dass nichts Unvorhersehbares passiert …«, begann Luca, wurde aber von Dahlia unterbrochen.

»Danke, mir geht es gut. Du kannst jetzt wieder gehen.«

»Tut mir leid, Dahlia. Aber ich mache mir ständig Sorgen um dich, wenn ich nicht in deiner Nähe bin, das macht mich verrückt«, sagte er angespannt.

»Wieso denn? Ich bin hier vollkommen sicher. Jonas passt auf mich auf. Und was soll mir schon passieren? Du hörst dich gerade so an, als wäre deine Welt kurz vorm Untergehen!«, meinte Dahlia empört.

Nun konnte sich Luca nicht mehr halten. Er packte sie ziemlich unsanft an den Schultern und drückte sie leicht gegen den Busch. Sie war so überrascht davon, dass sie sich nicht wehrte.

»Oh ja! Genau das könnte passieren! Du bist unsere letzte Hoffnung! Du kannst IHM als Einzige die Stirn bieten! Da kann dir nicht mal dein Jonas helfen!«, wisperte er ihr zähneknirschend ins Ohr.

Luca ließ sie los. Dahlia rieb sich ihre Schultern und starrte ihn verwirrt an.

»Wer ist ER?«, fragte Dahlia stirnrunzelnd. »Von wem sprichst du?«

»Ich habe dich und deine Freundinnen schon länger beobachtet, schon bevor wir uns begegnet sind.«

»Das wird ja immer besser«, warf Dahlia schnippisch ein.

Luca ignorierte das und fuhr fort: »Erinnerst du dich an die Geschichte, die ihr am Tag vor deinem Geburtstag in der Bibliothek gefunden habt? Sie ist wahr. Auch das, was über Gideon darin geschrieben steht. Er ist außer dir der einzige Halbelf. Gideon ist für das Gesetz verantwortlich, das vorschreibt, dass ein Mensch und ein Elf niemals zusammen sein dürfen, geschweige denn Kinder bekommen dürfen. Er regiert seit Jahrhunderten unsere Welt und tyrannisiert jeden. Er ist so stark wie keiner von uns, darum ist es uns nie gelungen, ihn zu stürzen.

Wenn er wüsste, dass es außer ihm noch einen Halbelf gibt, würde er alles tun, um ihn auszuschalten. Deshalb darf keiner von deiner Existenz wissen.«

Luca sah Dahlia an und versuchte abzuschätzen, wie sie diese Informationen aufnahm.

Dahlias Miene war erstarrt und ihr Körper zitterte. »Ist das der Grund, wieso meine Eltern nicht mehr leben?«, fragte sie leise.

Luca schwieg.

Dahlia fuhr aufgeregt fort: »Habt ihr sie umgebracht, weil sie mich trotz eures Gesetzes bekommen haben?« Kalte Wut kroch langsam ihren Rücken hoch. »Rede!«, schrie sie ihn an.

»Ganz so einfach ist das nicht. Aber ja, das war der Grund, warum deine Eltern starben. Es tut mir so leid, Dahlia«, versuchte Luca sie zu beruhigen.

Dahlia konnte nicht anders, sie fing an zu weinen.

Luca war sofort bei ihr und nahm sie schützend in seine Arme. Sie wehrte sich zunächst mit Händen und Füßen dagegen. Lucas Sippe war für den Tod ihrer Eltern verantwortlich! Sie hätte eine Familie gehabt! Trotzdem beruhigte sie seine Anwesenheit auf seltsame Weise.

Er nahm ihre Hände in seine und strich ihr sanft über das lockige Haar. Dann blickte er zum Himmel, der sich schlagartig verdunkelte. Wie aus dem Nichts zogen riesige Gewitterwolken auf.

»Dahlia, hör mir zu, du musst dich beruhigen und mit deinen Freunden hier verschwinden. Hast du verstanden?«, sagte Luca ernst.

Dahlia nickte zur Bestätigung, wollte seine Hand aber nicht loslassen. Sanft löste er ihre Hände von den seinen.

»Ich komme heute Abend zu dir und wir reden weiter, ja? Aber jetzt geh!« Er gab ihr einen flüchtigen Kuss auf die Stirn und verschwand.

Dahlia versuchte sich zusammenzureißen und wischte sich mit ihrem T-Shirt die Tränen weg. Dann lief sie zu Jonas, der schon lautstark nach ihr rief, und etwas entfernt sah sie ihre Freunde, die hektisch zusammenpackten.

Kapitel 16

Platschnass kamen sie im Internat an. Dahlia verabschiedete sich mit einem Kuss von Jonas und begab sich zu Kira und Selina.

»Puh, da sind wir ja mitten in einen heftigen Regenschauer geraten. Ich glaube, ich geh erst mal duschen und zieh mir neue Kleider an«, sagte Selina schlotternd.

Ihre Freundinnen nickten zustimmend. Bevor sie ihre Zimmer aufsuchten, verabredeten sie sich für das heutige Abendessen bei ihrem Lieblingsitaliener um die Ecke.

Dahlia trocknete als Erstes ihre Haare, die sich nach dem vielen Regen wie große Spiralen um ihren Kopf lockten. Dann setzte sie sich auf ihr Bett und starrte gedankenverloren ihren Wecker an. Schon zwei Uhr nachmittags. War die Zeit so schnell vergangen? Ihr kam es vor, als wären sie lediglich eine Stunde am See gewesen und nicht ganze vier.

Schon auf dem Rückweg ins Internat hatte sie versucht, sich an die Geschichte aus dem Buch in der Bibliothek zu erinnern. Was stand da noch mal? Irgendetwas von einem Schreckenskrieg und dass ein gewisser Mike dafür verantwortlich war, der ein getreuer Gefolgsmann von ... von ... Mist! Wie hieß der noch gleich?

Gideon!! Oh Gott, Mike war der Gefolgsmann von Gideon! Demjenigen, dem sie niemals begegnen sollte.

Von da an herrschte also Gideon über diese mysteriöse andere Welt. Dahlia konnte sich nicht mit dem Gedanken anfreunden, dass noch eine zweite Welt existieren sollte, von der niemand etwas zu wissen schien. Es kam ihr alles ziemlich absurd vor. Und was hatte sie mit der ganzen Sache zu tun? Was konnte sie schon großartig gegen einen solch mächtigen Gegner ausrichten? Vielleicht ihn mit ihrer herbeischwebenden Bürste erschrecken?

Absurd!

Sie starrte zum Fenster und sah dort den zusammengeknüllten lila Briefumschlag liegen. Schlagartig fiel ihr ein, dass heute die Übergabe der Bilder stattfinden sollte. Nein! Das hatte sie völlig vergessen!

Was, wenn nun Gideon der Unbekannte war? Was, wenn er einen Weg gefunden hatte, in diese Welt zu gelangen? Aber wieso hatte er sie dann nicht schon längst umgebracht? Gelegenheiten dazu hätte er sicher viele gehabt.

Dahlia schwirrte der Kopf. Aber sie musste etwas unternehmen. Kurzerhand beschloss sie, in Kiras Dunkelkammer zu gehen und die Fotos selbst zu entwickeln. Sie hatte ihrer Freundin oft genug dabei über die Schultern geschaut und traute es sich durchaus zu.

Die Fotos waren in den vergangenen Wochen in den Hintergrund geraten. Kira hatte das Erlebnis im Park doch mehr zugesetzt, als sie zugeben wollte, und Dahlia wollte sie mit dem Entwickeln der Bilder nicht unnötig belasten.

Solange sich der Unbekannte nicht gemeldet hatte, war das auch kein Problem. Aber jetzt musste sie die Sache selbst in die Hand nehmen.

An der Kellertüre angekommen atmete sie noch einmal tief ein. Sie mochte die unterirdischen Gänge nicht besonders, die noch so aussahen wie vor Hunderten von Jahren. Dunkel, kalt und düster, ähnlich einer Tropfsteinhöhle.

Sie ließ ihre Hand vorsichtig an den nassen Steinwänden hinabgleiten, bis sie den Lichtschalter ertastete und einmal darauf drückte. Der lange und sehr enge Korridor erhellte sich. Ah, schon deutlich besser. Dunkelheit behagte ihr absolut nicht. Dahlia musste sich beim Gehen ein wenig bücken, so niedrig war die Decke hier unten.

Endlich vor der Kammer angekommen schloss sie die Türe auf. Den Schlüssel hatte sie gerade von Kira bekommen, nachdem sie ihr in überzeugenden Worten erklärt hatte, warum sie die Bilder unbedingt heute brauchte.

Erneut ging das Licht an, dieses Mal jedoch von alleine und es schien angenehm rot. Früher hatte sie stundenlang mit Kira in diesem Raum gesessen und über alles Mögliche gequatscht.

Sie ging an der Wäscheleine entlang, die sich quer über den Raum erstreckte, und entdeckte ein Körbchen mit Fotopapier darin. Kiras Name stand schön säuberlich auf einem Post-it-Zettel an der Seite des Korbes. Sie hatte bereits die Negative auf das Fotopapier vergrößert, sodass Dahlia lediglich den letzten Schritt der Entwicklung machen musste.

Dahlia nahm eines der fünf noch weißen Fotos heraus, tunkte sie in die Schale mit Entwicklerflüssigkeit und schwenkte es darin. Nach und nach wurde das Bild sichtbar. Sie hängte es an die Wäscheleine und wiederholte den Vorgang mit den restlichen Fotos.

Gespannt schaute sie sich das erste Bild an. Darauf war der Angreifer nur von hinten zu sehen. Merkwürdig war aber, dass im Hintergrund noch jemand stand, der das Geschehen beobachtete. Vielleicht ein Komplize?

Dahlia nahm das zweite Foto von der Leine und erstarrte augenblicklich. Darauf konnte sie deutlich das erschrockene Gesicht des Angreifers erkennen und wollte nicht glauben, was sie da sah. Nein, das konnte nicht wahr sein!

Dahlia fuhr zusammen. Plötzlich, wie aus dem Nichts, trat jemand neben sie und griff nach den Fotos in ihrer Hand. Sie stand dem Angreifer nun direkt gegenüber und schaute in sein vertrautes Gesicht.

Kapitel 17

Wie …? Warum? … Du?«, stammelte sie vor sich hin. Der Schock saß ihr noch zu tief in den Knochen, als dass sie einen vernünftigen Satz hätte formulieren können. Sie hatte ihn gar nicht kommen sehen. Wie machte er das nur?

»Hör zu, Dahlia. Ich habe deiner Freundin nichts angetan. Die Fotos lassen zwar etwas anderes vermuten, aber ich möchte, dass du mir dieses eine Mal vertraust. Ich schwöre dir, dass ich nichts damit zu tun habe«, meinte Luca ernst.

Dahlia wich zurück und ging einige Schritte zur Tür. Wie konnte er jetzt vor ihr stehen und behaupten, er habe Kira nichts getan? Die Fotos waren doch ein eindeutiger Beweis! Sie wusste nicht, wohin mit ihren Gefühlen. Im Moment verspürte sie gar nichts, völlige Leere breitete sich in ihr aus. Wie konnte sie der einzige Mensch, dem sie alles anvertraute, so hintergehen?

Plötzlich stieg eine enorme Wut in ihr auf.

»Wie kannst du mir nur so dreist ins Gesicht lügen? Bei so eindeutigen Beweisen! Ich fasse es nicht. Ich habe dir vertraut. Und jetzt soll ich dir abkaufen, dass du nur zufällig dort warst? Ich will nichts mehr mit dir zu tun haben, Luca! Das war's!«, schrie sie ihn wutentbrannt an.

Luca versuchte sie zu beruhigen: »Hör mir doch bitte zu. Ich war nur dort, um euch zu beschützen. Ich habe gesehen, wie ihr euch aus dem Internat geschlichen habt, und bin euch nach. Das habe ich getan, damit dir nichts passiert.«

Dahlia sah ihn durchdringend an. »Ach ja. Na, das erklärt natürlich einiges. Pah! Auf den Fotos bist nur du und kein anderer zu sehen. Vermutlich hast du Kira das angetan!«, antwortete Dahlia mit zusammengebissenen Zähnen.

»Nein, so war es nicht. Ich habe versucht, ihr zu helfen!

Bitte, Dahlia. Ich bitte dich, du kannst mir vertrauen«, meinte Luca sanft und legte seine Hand auf ihre Schulter. Doch Dahlia schüttelte sie ab, griff nach der Kiste mit den Negativen und rannte aus der Dunkelkammer.

Sie lief den kalten steinigen Gang entlang, hinaus in die Eingangshalle. Nicht ein einziges Mal drehte sie sich um.

Sie rannte, so schnell sie konnte, zu ihrem Zimmer und hielt erst an, als sie die Tür hinter sich zuschlug. Sofort schmiss sie sich auf ihr Bett und fing zu schluchzen an. Nach einer Weile schlief sie erschöpft ein.

Sie fiel in einen unruhigen Traum. Unbekannte Menschen schrien ihren Namen und sie wusste nicht, wen sie zuerst anhören sollte. Es war ein wahlloses Durcheinander von Stimmen und Menschen, die auf sie zuströmten. Dahlia wollte weglaufen, aber ihre Beine blieben wie angewurzelt stehen, und was sie auch versuchte, um sie zu bewegen, es wollte einfach nicht klappen.

Die Meute von Menschen kam immer näher und Panik stieg in ihr auf. Nun fing sie an zu schreien und wand sich hin und her in der Hoffnung, ihrer aussichtslosen Situation doch zu entkommen.

Jetzt konnte sie sogar hören, was sie alle im Chor riefen. Die Stimmen erklangen nicht mehr durcheinander, sondern fanden sich zu einem Ruf zusammen.

»Dämon!«, »Hexe!«, nannten sie sie und spuckten sie an.

Dahlia stand plötzlich auf einem riesigen Haufen von Holzblöcken und Ästen, ihre Hände waren an einem Pfahl hinter ihrem Rücken zusammengebunden. Das raue Seil rieb auf ihrer Haut und hinterließ rote, aufgeschürfte Stellen an ihren Handgelenken.

Ein buckeliger, weißhaariger Mann sagte etwas in einer merkwürdig klingenden Sprache und die Menge jubelte. Mit einem kurzen Handzeichen brachte er sie wieder zum Schweigen.

Eine Fackel wurde durch die Menge gereicht und landete in den Händen des Mannes. Dahlia schrie fürchterlich auf, da sie nun wusste, was auf sie zukam. Sie wollten sie bei lebendigem Leibe verbrennen!

Der Mann entfachte das Feuer und es fraß sich durch den ganzen Holzhaufen hindurch bis zu Dahlias Füßen. Es knisterte und loderte unter ihr.

Sie schrie um ihr Leben. Die ersten Hautblasen bildeten sich an ihren Füßen. Es war unglaublich heiß und durch den qualmenden Rauch musste sie ständig husten. Noch schlimmer war allerdings der brennende Schmerz an den Stellen, wo sich die Flammen nach ihrer Haut verzehrten.

Dahlias Kräfte schwanden von Minute zu Minute, sie fühlte, wie sie in einen Dämmerzustand hinüberglitt und das Bewusstsein verlor.

Plötzlich wachte sie schweißgebadet und schwer atmend auf. Ihre Kehle fühlte sich fürchterlich trocken an. Sie griff nach ihrer Wasserflasche, die gleich neben dem kleinen runden Nachttischchen stand, und nahm einen kräftigen Schluck daraus.

Als sie auf ihren Wecker schaute, bemerkte sie, dass es schon kurz vor 16 Uhr war. Fast hätte sie den Zeitpunkt der Übergabe verschlafen! Nun wusste sie zumindest, dass es sich um Luca handelte, da er eindeutig auf den Fotos zu sehen war.

Obgleich sie total wütend auf ihn war, wollte sie ihm die Negative geben. Die Fotos hatte er ja bereits. Aber er sollte ganz aus ihrem Leben verschwinden. So einen Freund wie Luca brauchte sie nicht. Sie war besser ohne ihn dran.

Vorsichtshalber nahm sie die Kette ihrer Mutter aus der Schublade. Vielleicht hatte Luca ja nicht bei allem gelogen und dieses Schmuckstück konnte sie wirklich schützen. Auch vor ihm, falls nötig. Auf jeden Fall ging davon eine enorme Kraft aus, das hatte sie bereits bemerkt.

Sie legte sich das Medaillon um den Hals und sofort

spürte sie, wie Wärme in ihr aufstieg. Dahlia fühlte sich nun für alles gewappnet, was immer auf sie zukommen mochte.

Entschlossen griff sie nach der Kiste mit den Negativen und verließ ihr Zimmer.

Am vereinbarten Treffpunkt angekommen, lehnte sie sich gegen die steinerne Außenwand des Brunnens und schaute auf ihre Uhr. Zumindest war sie pünktlich. Doch von Luca war weit und breit keine Spur.

Nach zehn Minuten war sie es leid, länger auf ihn zu warten. Wahrscheinlich traute er sich nicht hierher – jetzt, da sie wusste, was er getan hatte.

Gerade als sie sich wieder auf den Rückweg machen wollte, sah sie einen Schatten hinter einem Gebüsch unweit des Brunnens.

Von Neugier getrieben ging sie langsam darauf zu. In diesem Moment schaltete sich ihre Vernunft aus, obwohl sie inzwischen wusste, dass sie in solchen Situationen besonnener handeln müsste. Sie ging um den Busch herum und blieb ratlos stehen.

»Ich wusste, du würdest darauf reagieren und mir folgen«, sagte eine tiefe, raue Männerstimme, die so gar nicht nach Luca klang.

Dahlia drehte sich überrascht in alle Richtungen. Doch da war niemand. Ihre Augen suchten alles ab, die Bäume, den Himmel und die Büsche, jedoch vergebens.

Plötzlich hörte sie ein schallendes Gelächter hinter sich. Dahlia wirbelte herum und erblickte eine Gestalt, die in einen dunklen Kapuzenumhang gehüllt war.

»Ich hatte fast vergessen, wie witzig ihr Menschen euch doch verhaltet, wenn ihr etwas hören, aber nicht sehen könnt. Wenn du mich fragst, ist das eure größte Schwäche, abgesehen von dem verschwenderischen Leben, das ihr führt.«

Trotz der Kapuze konnte Dahlia sehen, dass es nicht Luca war, so viel stand fest. Groß war er auch nicht, jedenfalls nicht für einen Mann. Und sein zerlumpter, schwarzer Umhang war von Dreckflecken übersät. Er irrte wohl schon ziemlich lange so umher und hatte keine Gelegenheit dazu, auf sein Äußeres zu achten. Oder ihn kümmerte es einfach nicht. Seine rot unterlaufenen Augen verrieten, dass er wohl in letzter Zeit kaum geschlafen hatte. In seinem jetzigen Zustand war er womöglich in seiner Reaktionsfähigkeit eingeschränkt.

Dahlia sah hierin ihre Chance, falls er seine Meinung nach der Übergabe ändern würde und sie auch als Zeugin aus dem Weg haben wollte.

Wenn sie dann den richtigen Zeitpunkt erwischte, könnte sie so schnell wie möglich zurück auf den Schulhof laufen. Dort wäre sie geschützt. Zumindest vorerst.

Doch ihr war klar, dass er sie keineswegs so einfach gehen lassen würde. Dahlia schaute möglichst unauffällig auf ihre Uhr. Die große Schulglocke würde in ein paar Minuten zu schlagen anfangen. Sie wurde selbst in den Ferien nicht abgestellt. Es wäre die perfekte Ablenkung. Alles, was sie bis dahin noch brauchte, war ein Gesprächsthema.

»Wieso wollen Sie die Bilder überhaupt? Würde es Ihnen nicht reichen, wenn ich Ihnen verspreche, sie niemandem zu zeigen?«, fing Dahlia an.

Wieder ertönte schallendes Gelächter, doch dieses Mal klang es herablassend. So als wäre sie ein kleines Kind und er müsste ihr erklären, wie die Welt funktioniert.

»Das ist doch ziemlich offensichtlich. Deine kleine Freundin hat einen meiner Freunde bei einem Auftrag von mir fotografiert. Und das, meine Liebe, kann ich keinesfalls dulden. Da stimmst du mir doch sicherlich zu, oder?«

Der vermummte Mann kam einige Schritte auf Dahlia zu. Er griff nach einer ihrer Locken, ließ sie durch die Finger gleiten und lächelte dabei. Dahlia wich automatisch zurück.

»Alles muss man heutzutage selber machen. Ich gebe dir einen Rat: Stelle niemals Mitarbeiter ein. Du selbst kannst die Sachen viel besser erledigen. Aber erlaube mir, noch eines zu erwähnen: Du ähnelst deiner Mutter wirklich sehr.«

Irgendwo hatte Dahlia diesen Satz schon einmal gehört, und sie war sich sicher, dass es nicht bei Luca gewesen war.

»Doch genug jetzt mit diesem sinnlosen Vorgeplänkel. Gib mir endlich diese Fotos!«, entgegnete der Mann barsch. Nun war ihm endgültig jede Höflichkeit entglitten.

Das gierige Funkeln in seinen Augen bestärkte Dahlia nur in ihrem Entschluss, so schnell wie möglich nach der Übergabe zu fliehen.

Auf einmal schallte ein greller Glockenton auf.

Dahlia warf dem Angreifer die Kiste entgegen, nutzte dessen Verdutztheit und spurtete sofort los in Richtung Schule. Ohne viel nachzudenken, rannte sie, so schnell sie konnte. Noch nie zuvor in ihrem Leben hatte sie so einen Sprint hingelegt. Ihre Sportlehrerin, die sich immer über ihre schlechte Kondition beklagte, wäre jetzt wahrscheinlich mächtig stolz auf sie.

Dahlia wagte es nicht, zurückzuschauen, ob ihr der schwarzgekleidete Mann folgte oder nicht. Sie konnte kaum richtig Luft holen, so sehr schmerzten ihre Lungen bei jedem Atemzug.

Im Moment konnte sie keinen klaren Gedanken fassen. Nur eines wusste sie: Sie musste rennen, um ihr Leben rennen, kein anderer Gedanke als *»Renn!«* war mehr da. Ihr wurde fast schwarz vor den Augen, als sie vor lauter Aufregung mit jemandem zusammenstieß und hinfiel.

Völlig benommen richtete sie sich mit dessen Hilfe auf. Dahlia versuchte sich zu konzentrieren und derjenige, der nun vor ihr stand, nahm immer klarere Konturen an.

Nein. Nicht das auch noch. Bitte nicht!

»Geht es dir gut, Dahlia? Hast du dir irgendetwas getan?«, fragte er.

»Mir geht es schon wieder gut, danke«, entgegnete Dahlia so gleichgültig und kühl wie nur irgend möglich.

Sie stieß Lucas Hand weg, die sich immer noch an ihrem rechten Oberarm befand, und ging schnurstracks, ohne auch nur mit der Wimper zu zucken, an ihm vorbei.

Sie war schon fast in ihrem Zimmer angekommen, als Luca sie auf der letzten Treppenstufe überholte.

»Dahlia, was ... was ist denn los? Können wir nicht einen Moment reden? Bitte, Dahlia!«, keuchte er leicht außer Atem.

»Ich wüsste nicht, worüber wir noch reden sollten. Du sagst mir sowieso nie die ganze Wahrheit. Wieso sollte ich noch mit dir reden wollen?«, fragte sie bitter.

»Hör zu, Dahlia. Ich weiß, dass ich in letzter Zeit einiges falsch gemacht habe und wir nicht gerade den besten Start hatten. Aber ich bitte dich, gib mir noch eine zweite Chance, dir zu beweisen, dass ich es wert bin, dein Freund zu sein.«

Für einige Sekunden herrschte eisige Stille zwischen ihnen und keiner sagte etwas.

»Keine Geheimnisse mehr, nur noch die Wahrheit?«, fragte Dahlia auffordernd und stemmte die Hände in die Hüften, um ihren Worten Bedeutung zu verleihen. Es fiel ihr schwer, ihm noch irgendetwas zu glauben. Aber Luca war der Einzige, mit dem sie über alles reden konnte, ohne ihn dadurch in Gefahr zu bringen. Und er wusste anscheinend viel über sie, das sie gerne erfahren würde.

Dennoch fiel es ihr nicht leicht, ihm zu verzeihen.

»Keine Geheimnisse mehr, versprochen.« Lucas Haltung entspannte sich bei diesen Worten ein wenig, er war sichtlich erleichtert.

Dahlia schloss ihre Türe auf und machte eine Geste in Richtung Luca, der dankbar in ihr Zimmer ging.

»Du kannst dich gerne setzen, wenn du willst«, bot sie ihm an.

»Danke, aber ich stehe lieber.«

Dahlia zuckte mit den Schultern und ließ sich auf ihr Bett fallen.

»Also, wovor bist du weggerannt?«, fragte Luca.

»Ich? Weggerannt? Ich hatte es nur eilig, wollte meine Lieblingsserie …«, Dahlia stockte.

Luca zog misstrauisch eine Augenbraue nach oben. Dann erinnerte sie sich daran, dass sie auch ehrlich zu Luca sein musste, damit wieder ein freundschaftliches Verhältnis zwischen ihnen zustande kommen konnte.

Vertrauen. Darauf basieren Freundschaften.

Dahlia holte tief Luft und erzählte ihm, was sie am Brunnen erlebt hatte.

»Wie bitte? Bist du noch zu retten? Was hast du dir dabei gedacht? Ohne jeglichen Schutz!«, Luca war nun außer sich. »Ich dachte, die Übergabe hätte sich erledigt, nachdem du der Meinung warst, dass ich der Übeltäter sei!«

»Beruhig dich. Mir ist doch nichts passiert«, versuchte Dahlia ihn zu besänftigen.

»Aber es hätte dir etwas passieren können!«, sagte Luca verzweifelt.

Kapitel 18

Nun setzte er sich doch neben Dahlia aufs Bett, nahm ihre Hände in seine und schaute ihr tief in die Augen.

»Versprich mir bitte, dass du so etwas nie wieder tust, ja?«

»Aber es ist doch wirklich nich...«

»Versprichst du es mir?«, schnitt ihr Luca das Wort ab.

Sie nickte.

Erleichtert ließ er ihre Hände los.

»Und nun bist du an der Reihe. Du hast versprochen, mir die Wahrheit zu sagen«, erinnerte Dahlia ihn.

»Bist du sicher, dass du die Wahrheit wirklich hören willst?«, hakte Luca nach.

»Ja. Und nicht wieder nur die Hälfte. Alles«, entgegnete sie entschlossen.

»Gut, schieß los. Was willst du wissen?«, fragte Luca zögerlich.

»Weißt du, wer mir diese Drohbriefe schreibt? Hast du nur im geringsten etwas damit zu tun? Warst du wirklich nur zu unserem Schutz da, als Kira angegriffen wurde?«, sprudelte sie los.

»Das sind aber mehrere Fragen auf einmal.«

Dahlia schaute Luca schief an, der daraufhin sofort weitersprach.

»In Ordnung. Der Reihe nach. Ich habe nur eine Vermutung, wer hinter den Briefen stecken könnte. Meiner Meinung nach ist es derselbe, der Kira den *Magus*-Fluch entgegenschickte.«

»Was? Einen Fluch? Was soll das denn heißen?«, unterbrach ihn Dahlia. Sie hatte in letzter Zeit zu viel Unglaubliches gesehen und gehört, was sie zuvor für völlig unmöglich gehalten hätte. Schon allein, dass es übermenschliche Fähigkeiten oder andere Wesen geben sollte, überstieg ihre Vorstellungskraft. Ein klein wenig von ihrem menschlichen Verstand war ja schließlich noch übrig.

»Dahlia, also wirklich. Langsam solltest du dich daran gewöhnt haben, dass Flüche und Zauber genauso existieren wie Autos oder Flugzeuge. Ja, Kira wurde mit einem Fluch belegt, einem nicht so verheerenden, aber trotzdem ernstzunehmenden. Er lähmt die Sinne und jegliche körperlichen Fähigkeiten für einige Stunden und selbst danach muss man sich erst wieder an die einfachsten Dinge wie das Laufen oder Reden gewöhnen. Ich war wirklich nur dort, weil ich die Anwesenheit des Angreifers spürte, der aus meiner Welt stammt. Kira hat dank mir nicht den ganzen Fluch abbekommen, da ich ihn abwehrte, und so ist auch ihre schnelle Genesung im Krankenhaus zu erklären.«

Luca machte eine kurze Pause, bevor er weiterredete.

»Auf jeden Fall ist sicher, dass wir es nicht mit einem Anfänger zu tun haben. Es muss jemand sein, der zwar vieles über dich weiß, aber zu wenig, um deine wahre Herkunft zu kennen. Andernfalls wärst du schon lange nicht mehr am Leben oder zumindest in Gefangenschaft. Und was mich betrifft: Ich war bei Kiras Angriff nur zur falschen Zeit am falschen Ort. Sicher, das klingt nicht gerade überzeugend …«

»Allerdings«, entgegnete Dahlia und erntete damit einen Blick von Luca, der sie zum Schweigen brachte.

»Aber so war es«, fuhr er fort. »Ich habe den Auftrag von deinem Direktor bekommen, dich im Auge zu behalten und sicherzugehen, dass dir nichts passiert. Und ich sollte verhindern, dass du mit deinen Fähigkeiten, die sich erst allmählich entwickeln, irgendwelchen Schaden anrichtest.

Ich wusste nicht sofort, woher der Fluch kam, aber dann sah ich jemanden davonrennen. Es war sicherlich zu schnell für euer menschliches Auge. Ich bin natürlich gleich hinterhergerannt, konnte aber nur noch erkennen, wie er sich vor meinen Augen in Luft auflöste.«

»Wow«, sagte Dahlia perplex. »Falls das alles stimmt, bin ich dir sehr dankbar, dass du mir endlich die Wahrheit gesagt hast, und vor allem, dass du Kira vor weiterem Schaden beschützt hast.«

Luca sah ihr direkt in ihre blauen Augen und sagte: »Alles, was ich getan habe, war nur, damit dir und deinen Freundinnen nichts passiert.«

Eine Weile saßen sie schweigend nebeneinander, bevor Dahlia das ansprach, was ihr am meisten am Herzen lag.

»Weißt du etwas über meine Eltern? Ich meine, wie sie ... wie sie ...«

Sie konnte es nicht aussprechen. So lange hatte man ihr eingeredet, ihre Eltern seien bei einem Autounfall verunglückt. Und nun ... nun ... Was war mit ihnen geschehen?

Dahlia fasste all ihren Mut zusammen und fragte: »Wie sind sie gestorben?« Tränen schwammen in ihren Augen, aber sie versuchte sich zu beherrschen. Nach all den Jahren, und obwohl sie sich nicht mehr an sie erinnerte, schmerzte es immer noch sehr.

Luca schaute sie eine Weile an, um herauszufinden, ob sie dafür schon bereit war.

»Also, um das alles zu verstehen, würde es Monate dauern. Ich versuche aber, dir so viel wie möglich zu erklären.

Dein Vater hieß John. Er war einst Direktor dieses Internats und wurde von allen wegen seiner Gutmütigkeit und Freundlichkeit bewundert. Jedenfalls traf er eines Tages deine Mutter, die Elfe Yolanda.

Deinem Vater war sofort bewusst, dass sie etwas Besonderes war. Sie gingen einige Male miteinander aus und eins kam zum anderen: Sie verliebten sich ineinander. Doch dieser Liebe standen einige Hürden entgegen. Wie du ja gelesen hast, durften seit dem Schreckenskrieg keine Menschen mit Feen oder Elfen eine engere Beziehung, geschweige denn eine Liebesbeziehung miteinander eingehen, denn Gideon fürchtete um seine Macht.

Als deine Mutter deinem Vater erzählte, sie sei eine Elfe, glaubte er ihr zuerst nicht. Wie ich dir schon gesagt habe, verlieren wir hier in deiner Welt unsere besondere Ohrenform, sodass wir wie normale Menschen aussehen. Erst als sie ihm mehr von Anila berichtete, glaubte er ihr.

Trotz des Verbotes entschied er sich dazu, deine Mutter weiterhin zu treffen. Ihre Liebe zueinander war unbeschreiblich. Damit sie nicht aufflogen, mussten ihre Treffen geheim bleiben, und so wurde dein Vater John Bings von dem Ältestenrat zum Vermittler der beiden Welten auserwählt.

Sie trafen sich immer unter dem Vorwand, den einzigen Eingang in unsere Welt zu überwachen und dafür zu sorgen, dass keiner ihn bemerkte. Dieser musste immer von einem Vermittler der Menschen und einem der Elfen bewacht werden.

Als deine Mutter feststellte, dass sie schwanger war, wussten die beiden nicht weiter, denn sie wollten das Baby auf jeden Fall zur Welt bringen. Dann wandten sie sich an Justus Smaragd und dieser organisierte eine kleine Truppe von Pjoras, man könnte sie mit den Menschenrechtlern und Verteidigungskämpfern deiner Welt vergleichen, unter ihnen waren die geschicktesten und klügsten aller Elfen. Ihr Ziel ist es, Gideons Herrschaft zu stürzen und somit Anila zu befreien.

Bis zu deiner Geburt beschützten sie Yolanda und John vor Gideon und seinen Leuten, sie schotteten sie komplett ab. Damit niemand Verdacht schöpfte, erzählten sie das Gerücht, die beiden seien vergiftet worden. Welch Ironie! Somit konntest du auf die Welt kommen. Deine Mutter nannte dich übrigens nach ihrer Lieblingsblume, der Dahlie«, beendete er seine Erzählung.

Luca sah in Dahlias Gesicht. Sie schien von den Informationen überwältigt zu sein und blickte stumm vor sich hin.

»Alles klar mit dir, Dahlia?«, erkundigte sich Luca besorgt. »Alles gut. Erzähl weiter.« Sie bemühte sich um ein schwaches Lächeln.

Zögernd sprach Luca weiter, ließ aber nicht den Blick von ihr ab: »Jedoch hatten die Pjoras ein schwarzes Schaf in ihren Reihen. Bis heute weiß keiner, wie der Ältestenrat von Anila davon erfahren hat, dass du existierst. Ein gutes Jahr, nachdem du geboren wurdest, stürmten die Wachen des Ältestenrates das Versteck deiner Eltern. Sie wurden beide zum Tode verurteilt. Was mit dir geschehen sollte, war ebenfalls klar. Du solltest ihr Schicksal teilen.«

»Wie bitte? Sie wollten ein unschuldiges Baby töten? Was sind das nur für Leute?«, entgegnete Dahlia erschrocken über diese Kaltblütigkeit.

»Schlimmer noch, sie wollten dich erst nach deinen Eltern umbringen, sie wollten, dass du es mit ansehen musst. Deinen Vater ermordeten sie einen Tag vor deiner Mutter, er musste Gift schlucken. Deine Mutter hatte fürchterlich geschrien und flehte darum, dich zu verschonen. Dann brachten sie auch Yolanda vor deinen Augen um. Sie wurde verbrannt. Es muss grauenhaft gewesen sein.«

Dahlia erinnerte sich an ihren Traum, in dem sie auf einem Scheiterhaufen verbrannte. Konnte das wirklich …? Nein, das war nicht möglich. War das ihre Mutter? Und sie hatte ihren Feuertod bei lebendigem Leib miterlebt? Ein kalter Schauer lief ihr den Rücken hinunter, als die Bilder aus dem Traum vor ihrem inneren Auge wieder auflebten.

»Es gelang Justus Smaragd, dich zu befreien und zu verstecken«, fuhr Luca fort. »Er gab dir einen anderen Nachnamen und du wuchst zuerst im Waisenhaus und später in seinem Internat auf. Alle glaubten, du wärst tot, Justus hätte dich still und heimlich umgebracht. Zum Beweis dafür brachte er die Leiche eines kürzlich verstorbenen Säuglings zum Ältestenrat.«

Dahlia konnte es nicht fassen. All die Jahre hatte sie sich gefragt, ob ihre Eltern leiden mussten bei ihrem Unfall. Nun hatte sie mehr erfahren, als ihr lieb war. Sie fing laut zu schluchzen an.

Luca war sofort bei ihr und schloss sie in seine Arme.

»Sch, sch. Alles wird gut, ganz ruhig«, er sprach mit ihr wie mit einem kleinen Kind und fuhr ihr mit seiner Hand tröstend über die Haare.

Sie wollte ihm gerne glauben, dass alles wieder gut werden würde, aber das würde nicht passieren, zu viel war schon geschehen.

Kapitel 19

Es musste eine halbe Ewigkeit vergangen sein, bis sich Dahlia wieder beruhigt hatte. Mit verheulten und aufgequollenen Augen sah sie Luca an.

»Geht es wieder?«, erkundigte er sich.

»Ein wenig. Das war eine ganze Menge auf einmal. Woher weißt du das alles so genau?«, hakte sie nach.

»Manches habe ich in der Schule gelernt, schließlich gehört das zu unserer Geschichte. Aber das meiste davon würden sie niemals ihren Schülern erzählen. Da ich von Natur aus neugierig bin, habe ich mich ab und zu in die verbotene Bibliothek unserer Schule geschlichen und vieles darüber gelesen. Leider war ich eines Tages zu unvorsichtig und ließ die Tür zur Bibliothek offen. Einer meiner Lehrer erwischte mich beim Lesen. Ich dachte schon: Das war's jetzt, die werfen dich bestimmt aus der Schule. Aber ich hatte Glück. Herr Smaragd, mein damaliger Lehrer, war sehr gnädig mit mir, vor allem, weil er meine Neugier nach mehr Wissen teilte, und so erzählte er mir auch, wie deine Eltern starben.«

»Warte mal, heißt das, Herr Smaragd stammt auch aus Anila?« Gespannt schaute Dahlia zu Luca.

»Richtig. Er ist auch ein Elf, genau wie ich. Er hat sich schon immer für eine Versöhnung von Menschen und den Völkern von Anila eingesetzt und wurde der Nachfolger deiner Eltern als Vermittler.«

»Dann wollte er mich immer nur beschützen«, sagte Dahlia, mehr zu sich als zu Luca.

»Ja, genau. Du besitzt einige Fähigkeiten, von denen du selbst noch nichts weißt. Auch ich bin mir unschlüssig darüber, es könnte alles Mögliche sein. Justus wollte einfach nur, dass du diese nicht unabsichtlich in der Öffentlichkeit zeigst und dich oder andere womöglich noch verletzt.« Luca runzelte nachdenklich die Stirn.

»Ich glaube, dass ich schon eine Fähigkeit entdeckt habe. Rein zufällig. Neulich dachte ich an mein T-Shirt, da ich nicht mehr wusste, wo ich es hingelegt hatte. Und plötzlich lag es auf meinem Bett. Ich versuchte es gleich noch mal, aber dieses Mal mit meiner Haarbürste. Und sie schwebte ganz plötzlich vor mir. Denkst du, dass das eine der Fähigkeiten sein könnte?«, meinte Dahlia und schaute erwartungsvoll zu Luca.

»Ja, ganz sicher sogar. Einige der Elfen, die ich kenne, können das auch. Man nennt es *Chil*. Es ist die Fähigkeit, Gegenstände mit Hilfe der Gedanken auftauchen zu lassen. Du wirst vermutlich noch weitere Fähigkeiten in der nächsten Zeit entdecken. Eine davon ist überhaupt noch nie in unserer Geschichte aufgetreten. Das ist die sogenannte ›dritte Fähigkeit‹. Zwei sind für uns normal und unter den Elfen weit verbreitet, doch die letzte ist es, die dich von uns allen unterscheidet, die auch gleichzeitig deine stärkste Waffe sein wird.«

»Wie lange dauert es denn, bis alle drei Fähigkeiten sich entwickelt haben?«, fragte Dahlia neugierig.

»Das ist sehr unterschiedlich. In der Regel nicht länger als ein halbes Jahr. Aber es gab schon Fälle, bei denen es Jahre gedauert hat. Sehr selten ist es, wenn sich bereits nach wenigen Tagen alle Fähigkeiten entwickeln.«

»Was sind deine Fähigkeiten?«, fragte Dahlia.

Anstatt zu antworten, nahm er ihre Hand und ging zum Fenster. Als Luca auf das Fensterbrett steigen wollte, riss Dahlia ihre Hand aus seiner.

»Was hast du vor? Willst du etwa springen? Was soll das?«, rief Dahlia entsetzt und mit weit aufgerissenen Augen.

Luca stand vor dem Fenster und sah Dahlia mit durchdringendem Blick an.

»Ja, ich werde springen. Und du mit mir. Ich hab da eine Idee. Vertrau mir einfach, ja?«

Dahlia verschränkte die Arme vor der Brust und schüttelte energisch den Kopf. Doch dann fiel ihr plötzlich ein, was sie im Wald gesehen hatte. Luca konnte fliegen, eindeutig.

»Und du lässt mich auch nicht los?«, fragte sie zögernd.

»Niemals, versprochen.«

Luca streckte erneut seine Hand aus, und Dahlia nahm sie mit einem unguten Gefühl im Magen an.

Als sie beide auf dem Fensterbrett standen, ließ Luca seinen Bick über die Umgebung schweifen, um sicherzugehen, dass sie niemand sah. Dann schaute er Dahlia an, und erst als diese mit zusammengekniffenen Augen leicht nickte, sprang er.

Es war ein unbeschreibliches Gefühl. Obwohl sich Dahlia nicht traute, ihre Augen zu öffnen, fühlte sie sich nun so leicht, als ob ihr alles gelingen könnte. Nach einer Weile sagte Luca, sie solle sich mal die schöne Aussicht ansehen, und Dahlia öffnete ganz vorsichtig die Augen.

Sie waren am Rande des Dorfes und schwebten über einem nahegelegenen Hügel. Von hier oben sah alles so klein aus, die winzigen Miniaturautos auf den Straßen und die Nebelschleier, die Alley Marbel abends wie einen Kokon umhüllten. Es war so unbeschreiblich schön, Dahlia konnte kaum aufhören, alles zu beobachten und zu betrachten.

Als die Lichter in den Straßen angingen, kam sie kaum noch aus dem Staunen heraus. Das ganze Dorf sah aus wie ein einziges Lichtermeer aus tausenden kleinen Formen und Farben.

»Dahlia! Sieh doch nur!«, ertönte Lucas verblüffte Stimme.

Sie wusste nicht, was er meinte, und da merkte sie, dass er sie losgelassen hatte. Doch nichts geschah, sie stürzte nicht in die Tiefe, bewegte sich aber auch nicht von der Stelle.

Dahlia schrie kurz auf, als ihr klar wurde, dass sie ohne Lucas Hilfe in tausend Metern Höhe schwebte. Kaum hatte sie diesen Gedanken gefasst, fiel sie schon meterweit in die Tiefe.

Ihr Schrei glich einem leisen Fiepen und die Lichter unter ihr kamen immer näher. Sie segelte direkt auf eine Wiese zu, etwas außerhalb von Alley Marbel. Doch kurz vor dem Aufprall fingen sie zwei Hände auf und setzten sie sanft auf dem Boden ab.

»Was? ... Wie? ... Aber ...«, stammelte Dahlia schwer atmend und versuchte, das eben Geschehene zu begreifen.

»Ich würde mal behaupten, dass das wohl deine zweite Fähigkeit ist. Du bist in der Luft geschwebt, ich habe es genau gesehen! Du hast nur die Kontrolle verloren, weil du selbst so erschrocken bist. Unglaublich, manche brauchen Jahre dafür, um nur Sekunden in der Luft zu bleiben! Und du hast es einfach so geschafft! Unglaublich.« Lucas Stimme klang ziemlich erstaunt. Er betrachtete Dahlia anerkennend, so als hätte sie gerade einem Menschen das Leben gerettet.

»Aber ich ... ich ... Ich bin geflogen! Wahnsinn! Meine zweite Fähigkeit! Fehlt nur noch eine. Was das wohl sein kann? Wie lange, meinst du, brauche ich dazu, um so fliegen zu können wie du? Wie lange hast du gebraucht?«, fragte sie gespannt.

Diesmal war es Dahlia, die Luca aus seinen Gedanken riss. Etwas perplex erwiderte er ihren Blick, in dem die reine Neugierde stand.

»Lass uns jetzt lieber wieder zurückgehen, bevor noch jemand deine Abwesenheit bemerkt«, sagte er nur.

Kapitel 20

Dahlia wunderte sich über Lucas kalten Blick, seine Gesichtszüge versteinerten geradezu.

Was hat er denn? Habe ich etwas Falsches gesagt? Sie konnte sich keinen Reim darauf machen.

»Geht's dir gut, Luca? Du siehst so blass aus«, fragte sie behutsam und sah ihn besorgt an.

Er versuchte sich sichtlich zu beherrschen, brachte aber nur ein gezwungenes Lächeln zustande. »Alles in Ordnung. Ich bin nur etwas müde, das ist alles. Können wir jetzt gehen?«

Dahlia nickte, auch wenn sie seine Reaktion nicht verstand. Warum hatte ihn ihre letzte Frage so schlagartig verändert? Es gab noch so viel, das sie nicht wusste.

Luca hielt ihr seine Hand hin, Dahlia ergriff sie und sie stiegen auf in die Lüfte. Der Rückflug war nicht mehr ganz so schlimm, langsam gewöhnte sie sich daran.

Zurück in Dahlias Zimmer, verabschiedete sich Luca und flog durch das geöffnete Fenster in die sternenklare Nacht hinaus.

Dieser Anblick war immer noch seltsam für Dahlia und sie schüttelte leicht den Kopf darüber. Das Piepsen ihres Handys lenkte ihre Aufmerksamkeit wieder ins Hier und Jetzt. Die Nachricht kam von Kira, die fragte, ob Dahlia denn nicht mit zum Italiener wollte.

Oh, Mist! Das hatte sie total vergessen!

Sie war müde und ziemlich mitgenommen von all den neuen Informationen, die sie gerade erfahren hatte. Daher schrieb sie ihrer Freundin, dass sie sich nicht so gut fühle und sich morgen früh von ihnen verabschieden würde.

Es kam ein trauriger Smiley als Antwort – gleich gefolgt

von verständnisvollen Worten. Sie würden morgen früh zu Dahlia kommen und sich für die Ferien verabschieden.

Gerade als sie sich ins Bett legen wollte, hörte sie ein seltsames Geräusch an der Tür. Jemand schob einen zusammengefalteten Zettel durch ihren Türspalt. Danach klirrte etwas und Jonas' Ring kam ebenfalls durch.

Dahlia hob beides schnell auf, riss die Türe auf und rannte in Richtung Treppe.

»Hey! Was machst du denn hier? Was soll das?« Dahlia wedelte vor Jonas' Gesicht mit dem Zettel und dem Ring.

»Oh, hey. Ich dachte, du schläfst schon, und ich wollte ... wollte dich nicht wecken«, entgegnete er verunsichert.

Dahlia schaute ihn schräg an. Etwas sagte ihr, dass Jonas sie gerade belog, aber diesen Gedanken schob sie so schnell wieder beiseite, wie er gekommen war. Sie war einfach froh, ihn zu sehen. Nach all den Informationen über ihre Herkunft brauchte sie jemanden, der sie daran erinnerte, dass sie ganz normal war, wie jeder andere auf dieser Schule.

»Es ist schön, dich zu sehen«, mit diesen Worten fiel Dahlia Jonas um den Hals.

Überrascht von dieser Geste, brauchte er einen Moment, bevor er sie umarmte. Dann schloss er sie in seine Arme, als wäre es das letzte Mal.

»Was ist mit diesem Zettel?«, hakte Dahlia nach, als sie sich von ihm löste. »Hast du mir etwa einen Brief geschrieben?«

Jonas nickte. »Kannst du ihn bitte erst lesen, wenn ich gegangen bin? Ich bin schon sehr müde. Wie du weißt, fahre ich morgen recht früh zu meinen Eltern in die Ferien.«

Wieso war er denn jetzt zu müde? So spät war es doch noch gar nicht! Langsam kam ihr sein Verhalten äußerst merkwürdig vor. Da stimmte doch etwas nicht.

Dahlia brachte nichts weiter zustande, als zu nicken.

Jonas gab ihr einen sanften Kuss auf die Stirn, murmelte etwas von es tue ihm leid, und wünschte ihr eine gute Nacht, bevor er die Treppe nach unten lief.

Dahlia blieb verdutzt zurück, mit dem Ring und dem zusammengefalteten Zettel in der Hand, und konnte sich zuerst nicht bewegen. Was war denn gerade passiert? Wofür hatte er sich denn entschuldigt? Oder hatte sie ihn falsch verstanden? Sie wusste nicht, wie lange sie so dastand und ihren Gedanken nachhing.

Nach einer Weile lief sie in ihr Zimmer zurück, packte den Ring in die Außentasche ihres Rucksacks und legte sich in ihr Bett, wo sie direkt einschlief. Den Zettel steckte sie sich vorher noch geistesabwesend in ihre Hosentasche.

Mitten in der Nacht wachte sie von einem Geräusch auf. Sie öffnete verschlafen die Augen und erschrak. Eine schattenhafte Gestalt, mit einem knielangen Umhang bekleidet, stand an ihrem Schrank und warf irgendwelche Sachen wahllos in ihren Rucksack. Sie wollte gerade aufschreien, als die Schattengestalt ihr den Mund zuhielt und flüsterte: »Ganz ruhig. Mach jetzt bloß keinen Lärm, ja?«

Dahlia erkannte die Stimme.

»Luca?«, fragte sie perplex.

Als Antwort nahm Luca die schwarze Mütze seines Umhangs ab und gab sich zu erkennen.

Schlaftrunken stand Dahlia auf. »Was tust du da? Ist etwas passiert?«

Als Luca ihr wieder keine Antwort gab und weiter ihren Schrank ausräumte, wurde Dahlia wütend und musste sich beherrschen, ihn nicht gleich anzuschreien. Sie packte ihn unsanft an den Schultern, sodass er ihr direkt ins Gesicht sehen musste.

»Was – ist – hier – los?« Sie zog die Worte extra in die Länge, um ihm klarzumachen, dass sie sich nicht von der

Stelle bewegen würde, bevor er ihr nicht sagte, was das alles sollte.

Resignierend hob Luca die Hände.

»Schon gut. Sei einfach leise, ja? Wir müssen, so schnell es geht, weg, du bist hier nicht mehr sicher. Jemand hat herausgefunden, wer du bist, und ist vermutlich schon unterwegs, um diese Neuigkeit geradewegs Gideon zu erzählen«, flüsterte Luca verbittert.

»Wer wusste denn noch von mir, außer dir und Herrn Smaragd?«, fragte Dahlia besorgt.

»Ich weiß nicht, wie jemand von dir erfahren konnte. Es war alles so gut geplant.« Letzteres sagte er mehr zu sich selbst als zu Dahlia. »Ich erkläre dir mehr, wenn wir in Anila sind. Aber jetzt müssen wir wirklich los«, drängte Luca.

»Anila? Wieso denn gerade in deine Welt?«, fragte Dahlia nachdenklich. War es wirklich klug, an den Ort zu gehen, an dem sich dieser Gideon befand?

»Wir suchen das Versteck der Pjoras auf. Es ist momentan der einzig sichere Ort für dich«, erklärte Luca.

Dahlia zögerte. Tausend Gedanken schossen ihr durch den Kopf.

Was würden ihre Freundinnen denken, wenn sie morgen früh merkten, dass sie verschwunden war? Und wie würde es in Anila sein? Würde sie sich dort überhaupt zurechtfinden? Bestimmt sprachen sie eine andere Sprache oder unterhielten sich nur mit Händen, Füßen oder Gesten.

Aufregung überkam sie, gemischt mit starken Zweifeln und Trauer darüber, dass sie ihre Freunde für eine unbestimmte Zeit nicht sehen würde. Sie wusste nicht, was sie tun sollte.

»Dahlia, wir müssen uns wirklich beeilen«, drängte Luca. Er bemerkte jedoch ihr Zögern. »Ich weiß, dass das sehr überraschend und merkwürdig für dich sein muss, aber zu deiner eigenen Sicherheit und der deiner Freunde müssen wir fliehen. Justus wird schon eine Geschichte einfallen, wo du dich aufhältst. Ich verspreche, dir alles genauer zu erklären, wenn wir erst einmal in Anila angekommen sind, aber bis dahin musst du mir einfach vertrauen. Tust du das?«

Lange sagte Dahlia nichts, war tief in ihren Gedanken versunken. Luca trat ungeduldig und nervös von einem Fuß auf den anderen.

»Natürlich vertraue ich dir, Luca«, meinte sie schließlich.

Erleichtert seufzte Luca auf und gab Dahlia einen schwarzen Umhang. Sie nahm ihren gepackten Rucksack auf den Rücken und sah, wie Luca sich eine Umhängetasche umwarf.

Dahlia schlang die Arme um Lucas Hals und er flog mit ihr hinaus, in die Dunkelheit der Nacht.

Sie schwebten über das schlafende Alley Marbel hinweg und Dahlia schaute etwas wehmütig nach unten. Ob ihren Freunden am Morgen sofort auffallen würde, dass sie nicht mehr da war? Sie vermisste Kira, Selina und Jonas schon jetzt wahnsinnig. Sie wünschte sich, dass sie wenigstens die Zeit gehabt hätte, ihnen auf Wiedersehen zu sagen. Es wäre ihr bestimmt etwas eingefallen, um ihre Abreise zu erklären. Vielleicht hätte sie behauptet, dass noch irgendwo in Australien oder in Grönland lebende Verwandte von ihr gefunden wurden, und sie wollte unbedingt mehr über ihre Wurzeln erfahren. Sie hätte alle ganz fest umarmt und ihnen versprochen, sich zu melden. Hätte sie nur ein bisschen Zeit gehabt. Dann würde Dahlia jetzt kein so schlechtes Gefühl haben, sie ohne jegliche Nachricht zurückzulassen. Es tat ihr unglaublich in der Seele weh, wenn sie daran dachte. Ihre Augen füllten sich mit Tränen, die sie so gut wie möglich zu unterdrücken versuchte.

Von hier oben sah alles so friedlich aus. Manchmal sah sie ein einzelnes Auto auf den verlassenen Straßen fahren oder hörte irgendwo Hunde bellen. Obwohl sie weit oben flogen, waren die Geräusche aus ihrer Heimatstadt so nah, dass sie meinte, jede kleine Bewegung zu spüren.

Was, wenn sie nie mehr zurückkehrte? Nach einer Weile würde niemand mehr an sie denken. Sie wäre schnell vergessen, keine trauernden Eltern oder Verwandten und kaum Freunde. Das Leben würde weitergehen, ohne sie.

Traurig und betrübt merkte sie kaum, dass sie schon gelandet waren. Dahlia schaute sich verwirrt um.

Wo sind wir? Diese Gegend kam ihr überhaupt nicht bekannt vor. Vielleicht lag es auch daran, dass sie mitten in der Nacht kaum ihre eigenen Hände erkennen konnte. Lediglich das schwache Mondlicht gab ihr Orientierung.

Hinter ihr fluchte Luca leise vor sich hin. Sie drehte sich zu ihm um und sah ihn fragend an.

»Mist, verdammter! Hast du dein Amulett dabei?«, fragte er Dahlia nervös.

»Ja, ich habe es seither nicht mehr abgenommen, wieso?«

»Gott sei Dank! Ich dachte schon, wir müssten noch einmal zurück, um es zu holen. Dass ich auch nicht daran gedacht habe! Komm mit, ich muss dir etwas zeigen«, sagte Luca erleichtert.

Er nahm Dahlia bei der Hand und führte sie vor ein Feld mit tausend gleich aussehenden Blumen. Im Dunkeln konnte sie nicht erkennen, um welche Sorte es sich handelte. Hinter dem scheinbar nicht endenden Blumenmeer ragte eine Engelsstatue auf einem Sockel in die Höhe. Ihre Größe ließ sie nur noch ehrfürchtiger wirken.

Als sie vor der Statue standen, sah es so aus, als ob der Engel ihnen direkt in die Augen schauen würde. Er hatte beide Hände um eine Rose geschlungen und seine Flügel waren zur vollen Größe gespannt. Ausgehend vom Sockel schlang sich eine Efeuranke bis hinauf zu seinem Hals. Die vielen abgeblätterten oder fehlenden Stücke ließen erahnen, dass die Statue wohl schon einige Jahrhunderte dort stand.

Dahlia zupfte an Lucas Ärmel. »Wo sind wir hier?«, fragte sie.

»Wir sind in einem abgelegenen Park, etwas außerhalb von Alley Marbel. Hier befindet sich der Eingang in meine Welt«, antwortete Luca.

»Ich sehe aber keinen Eingang.«

Luca lächelte über ihre fantasielose Unwissenheit.

»Ihr Menschen habt den Blick für die kleinen und wesentlichen Dinge im Leben verloren. Es gibt so viele bedeutende Orte in eurer Welt, an denen ihr täglich vorbeilauft, ohne zu sehen, worum es sich tatsächlich handelt. Mit den Jahren stumpft ihr ab und habt keinen Platz mehr für Fantasie in euren Köpfen. Das Streben nach Macht und Geld macht euch Menschen völlig blind.« Luca schüttelte seufzend den Kopf. »Scharen von Menschen laufen hier täglich vorbei und doch hat noch keiner von ihnen den Eingang entdeckt, weil nie jemand genau hinsieht. Nur Kinder spüren die Energie, die von diesem Ort ausgeht, weil sie ihre Fantasie noch nicht verloren haben.«

Dahlia war baff über seine direkten Worte.

»Was ich damit sagen will: Nur weil du nichts siehst, bedeutet das nicht, dass nicht doch etwas da sein kann«, sagte er.

Dahlia nickte stumm. Was sollte sie darauf auch sagen?

»Leider kann ich den Eingang nicht selbst öffnen, so weit bin ich in meiner Ausbildung noch nicht«, erklärte Luca. »Justus hat ihn für mich geöffnet und mich hierher in deine Welt gebracht.«

Dahlia stutzte. »Und wie geht es jetzt weiter?« Sie schaute ihn stirnrunzelnd an. »Soll das etwa heißen, dass ich ihn öffnen soll, obwohl ich ihn gar nicht sehen kann?«, fragte sie verblüfft.

»Ja, genau richtig erkannt! Nur du kannst ihn öffnen, und zwar mit deinem Amulett.«

»Wieso bringt uns Herr Smaragd nicht nach Anila?«

»Er kann nicht so schnell von hier fort, weil er der Vermittler unserer Welten ist. Das heißt, dass er hier aufpassen muss, zum Beispiel auf deine Freunde, falls Leute von Gideon diesen Eingang finden und nach dir suchen«, erklärte Luca.

Dahlia war einen Moment wie gelähmt, daran hatte sie noch gar nicht gedacht. Sie hatte ihre Freunde durch ihre Flucht in große Gefahr gebracht. Sie wollte sich gar nicht erst vorstellen, was Gideons Gefolgsleute mit ihnen machen würden, um an Informationen zu gelangen. Sofort tauchten schreckliche Bilder vor ihrem inneren Auge auf. Kira, Selina und Jonas, wie sie, alle drei an Stühle gefesselt, von ihren Peinigern geschlagen und gefoltert wurden, da sie keine Antwort auf die ihnen gestellten Fragen wussten. Dahlia sah ihre schmerzerfüllten Gesichter direkt vor sich.

»Luca, ich kann doch nicht von hier fortgehen, wenn meine Freunde in so großer Gefahr sind. Wir müssen sie schützen!«, meinte sie mit zitternder Stimme.

»Sei versichert, dass deine Freunde und alle, die auch nur im Geringsten mit dir zu tun haben, bestens geschützt sind. Es gibt noch andere außer Justus, die jetzt hier sind, um zu verhindern, dass die Menschen etwas von unserer Welt erfahren. Du hast also keinen Grund, besorgt zu sein«, versuchte Luca Dahlia zu beruhigen.

»Du redest von den Pjoras?«, fragte Dahlia.

Luca nickte. »Wir haben uns dazu verpflichtet, deine Sicherheit und die deiner Freunde zu gewähren«, erklärte er.

»Dann gehörst du auch zu ihnen? Zu den Pjoras?«, hakte Dahlia nach.

»Ja, das kann man so sagen.«

Etwas beruhigter durch Lucas Worte verdrängte Dahlia ihre Sorgen, um sich auf ihre jetzige Aufgabe zu konzentrieren.

»Gut, was muss ich tun?«, fragte sie.

»Das weiß ich nicht genau. Justus meinte, du bräuchtest nur dein Amulett dazu. Den Rest würdest du wissen. Ach so, noch etwas ...«

Luca beugte sich nach unten und pflückte eine der Blumen, die um sie herum wuchsen.

»Kennst du diese Blume?«

Dahlia schüttelte ahnungslos den Kopf.

»Es sind Dahlien. Ich habe dir schon gesagt, dass deine Mutter dich nach ihrer Lieblingsblume benannt hat. Und es ist gewiss kein Zufall, dass gerade hier all diese wunderschönen Dahlien blühen. Deine Mutter hat sie angepflanzt.«

Dahlia betrachtete die Blume in Lucas Hand für einen Moment und wusste nicht recht, was sie antworten sollte. Ihre kleinen spitzen Blütenblätter mit den vielen schönen Mustern darauf, die wie Farbkleckse ineinander verliefen, bildeten eine große, runde, bauschige Blütenform. Es war eine wunderschöne Blume.

Dahlia fühlte sich hier sofort geborgener, da sie ahnte, dass sich ihre Mutter früher oft an diesem Ort aufgehalten haben musste.

Sie wandte sich an Luca: »Und wie kommen wir jetzt in die andere Welt? Herr Smaragd meinte tatsächlich, ich solle einfach mein Amulett nehmen und dann wird mir schon etwas einfallen«, sagte Dahlia in fast spöttischem Ton. »Ernsthaft?!«

Luca wusste darauf nichts zu antworten und nickte nur.

Dahlia seufzte und versuchte, in der Dunkelheit irgendetwas zu erkennen. Da klopfte ihr Luca mit etwas Hartem auf die Schulter.

»Damit findest du vielleicht besser, was du suchst.« Er reichte ihr schmunzelnd eine alte Taschenlampe.

Dahlia zog sie ihm, vielleicht etwas zu ruppig, aus der Hand.

Na ganz toll, jetzt macht sich Luca auch noch über mich lustig! Darauf hätte ich auch selber kommen können, dass eine Taschenlampe im Dunkeln sinnvoll wäre.

Dahlia knipste sie an, beugte sich zu den Füßen der Statue und nahm das Amulett von ihrem Hals. Sie beleuchtete mit der Lampe den Boden und fing an, das Gestrüpp von dem Sockel zu entfernen. Mit ihrer freien Hand fuhr sie über den rauen Stein. Dahlia wusste nicht genau, wieso sie hier unten suchte, aber ihr Gefühl sagte ihr, dass irgendetwas dort sein musste.

Plötzlich fing ihr Amulett an zu vibrieren, nur leicht, aber es reichte aus, um Dahlias Aufmerksamkeit auf eine bestimmte Stelle zu lenken. Sie entdeckte einen kaum zu erkennenden kleinen Knopf am Sockel und drückte darauf. Doch nichts passierte.

Luca, der sich über sie gebeugt hatte, sagte: »Vielleicht musst du ihn ja auch drehen?«

Dahlia versuchte es. Und plötzlich bewegte sich die Statue nach rechts.

Dahlia erschrak so heftig, dass sie ruckartig in die Höhe schoss und auf Luca prallte, bevor sie rücklings umfiel und er ebenfalls.

Keiner der beiden war zu einer Regung imstande, sie starrten wie gebannt auf das Loch im Boden, das die Statue nun freigab.

Dahlia war die Erste, die wieder ihre Worte fand: »Geht's dir gut? Es tut mir leid, aber ich habe mich so erschrocken.«

Sie erhob sich vom Boden, klopfte den Staub ab und half Luca mit einer Hand auf.

»Schon gut. Ist nichts Schlimmes passiert. Nur mein

Kopf tut mir etwas weh.« Luca rieb sich mit leicht verzerrtem Gesicht die Stirn.

Dahlia ging auf das Loch zu, das die Statue freigegeben hatte, und leuchtete hinein. Luca nahm sich ebenfalls eine Lampe aus seiner Tasche und folgte ihr.

Sie blickten auf eine schmale, steinerne, mit Spinnweben verhangene Treppe. Es ging so tief hinab, dass sie selbst mit ihren beiden Taschenlampen kaum erahnen konnten, wie viele Stufen es gab.

Dahlia zögerte, als Luca schon auf der ersten Treppenstufe stand. Sie hasste es, in dunkle Räume zu gehen, wo sie nicht wusste, was sie erwartete. Im Dunkeln fühlte sie sich stets unbehaglich und jedes Geräusch ließ sie immerzu aufschrecken.

Okay, ganz ruhig, Dahlia, du schaffst das!, redete sie sich Mut zu. Sie schluckte einmal kräftig und folgte Luca nach unten, der schon fast nicht mehr zu sehen war.

Nach ungefähr 20 Stufen hatten sie wieder festen Boden unter sich. Die Treppe endete an einer langen Steinwand. Mit den lichtspendenden Taschenlampen fiel es Dahlia gar nicht mal so schwer, hier unten zu sein.

Plötzlich ertönte oben ein lautes Girren und Dahlia stieß einen Schrei aus. Die Statue schob sich wieder zurück an ihren gewohnten Platz.

Panisch lief Dahlia die Stufen hinauf und versuchte, mit ihrer Hand den Stein zu bewegen. Schnell merkte sie, dass es sinnlos war.

»Wir kommen hier nicht mehr raus, Luca! Hilf mir doch mal!«, schrie sie nach unten.

Aber Luca hörte nicht auf sie und tastete lieber die Steinwand mit den Händen ab.

»Warte doch mal, Dahlia. Ich habe hier etwas gefunden. Es sieht fast so aus wie ... Aber natürlich! Dahlia, bring dein Amulett bitte her!«, rief Luca begeistert.

Dahlia stieg widerstrebend nach unten. Als sie wieder

festen Boden unter den Füßen hatte, war Luca gerade dabei, einige Spinnweben von einer Erhebung in der Wand zu entfernen. Und jetzt sah sie es auch. Das Zeichen, das sich auf ihrer Schulter eingebrannt hatte. Darunter befand sich eine kleine Vertiefung.

Dahlia nahm ihre Kette und schob den lilafarbenen Stein auf ihrem Amulett in die Vertiefung. Es passte perfekt.

Im selben Moment begann sich die Wand zu verändern. Ihre Konturen verschwammen, Nebelschleier in allen Farben stiegen auf und das Amulett schwebte mittendrin. Dahlia sah Luca erstaunt an.

Luca steckte zögerlich seine Hand nach dem Farbenmeer aus und augenblicklich verschwand sie darin.

»Das ist der Eingang, Dahlia! Du hast es geschafft!«, rief Luca.

»Wir. Wir haben es geschafft!«, korrigierte sie ihn freudig.

»Okay. Wir gehen jetzt gemeinsam durch. Bereit?«

Dahlia nickte dem immer noch strahlenden Luca zu und nahm seine Hand.

Kapitel 21

Sobald sie das Tor nach Anila betreten hatte, durchdrang ihren Körper ein erdrückendes Gefühl. Dahlia meinte, keine Luft mehr zu bekommen, und ihr Magen schnürte sich so zusammen, dass sie glaubte, sich übergeben zu müssen. Als ob das nicht schon reichte, stolperte sie auch noch und schlug auf etwas sehr Hartem auf. Sie keuchte und ein stechender Schmerz durchdrang ihre Brust bei jedem Atemzug.

Hände fassten nach ihr und zogen sie nach oben. Aber Dahlia sackte sofort wieder zusammen und blieb benommen am Boden sitzen. Alles war verschwommen und drehte sich vor ihren Augen. Ihr war noch nie so übel wie in diesem Moment.

»Ganz ruhig. Das geht bald vorbei. Versuche einfach, so tief wie möglich ein- und auszuatmen. Dein Körper muss sich erst an die neue Atmosphäre gewöhnen. Bei mir war es nicht anders, als ich das erste Mal auf die Erde kam«, erklärte Luca und gab ihr einen Schluck Wasser aus einer ledernen, schlauchartigen Flasche.

Dahlia hustete erneut und spuckte einen Teil des soeben aufgenommenen Wassers wieder aus.

»Bäh, was ist ... das denn ... für ein Zeug?«, brachte sie nur schwer hervor und verzog das Gesicht. Ihr war immer noch übel und sie konnte kaum sprechen.

Luca lachte amüsiert über ihren verzerrten Gesichtsausdruck und fuhr dann beruhigend fort: »Das ist *Maisan*, eine heilende Pflanze in Anila. Sie hilft dir dabei, besser und schneller wieder normal zu atmen. Außerdem heilt sie auch kleinere Wunden.« Als er das sagte, deutete er mit einem Finger auf ihre Stirn.

Dahlia fasste sich automatisch dorthin und spürte etwas Zähflüssiges unter ihren Fingern. Bis jetzt war ihr noch gar nicht aufgefallen, dass etwas sehr Warmes an ihrer Stirn herunterrann.

Dahlia öffnete schon den Mund, aber Luca war schneller.

»Du bist nicht gerade sanft gelandet. Wir sind mitten auf einem Berg, nordwestlich der Burg Akya, wenn ich mich nicht täusche. Da du es noch nicht gewohnt bist, durch die Welten zu reisen, bist du gestolpert und ziemlich heftig auf einem Stein aufgeschlagen.«

Dahlia versuchte aufzustehen, aber irgendetwas hielt sie davon ab. Es war, als ob sie auf der Erde festkleben würde. Anscheinend hatte ihr Kopf doch ordentlich etwas abbekommen.

Luca reichte ihr erneut die längliche Flasche, in der sich der *Maisan* befand. Zögerlich und mit angewidertem Gesichtsausdruck nahm Dahlia den ledernen Schlauch entgegen und zwang sich dazu, etwas davon zu trinken.

Es schien noch scheußlicher und ekelerregender zu schmecken als zuvor. Dahlia hustete stark und dachte erneut, sie bekäme keine Luft mehr. Sie fasste sich an ihren Hals und spürte das leichte Brennen, das in Richtung ihrer Lungen vorzudringen schien. Mit weit aufgerissenen Augen sah sie Luca an und begann ganz flach zu atmen.

»Tief ein- und ausatmen. Es wird dir gleich besser gehen, vertrau mir.«

Dahlia wollte ihm am liebsten an die Gurgel springen und ihn mit sämtlichen Schimpfwörtern, die sie kannte, anschreien. Aber sie konnte sich nicht bewegen oder auch nur ansatzweise sprechen.

Plötzlich merkte sie, dass das Brennen in ihrer Brust langsam nachließ. Sie atmete tief ein.

»Dafür bringe ich dich höchstpersönlich um!«, schrie sie Luca an, als sie ihre Stimme wiederfand.

»Etwas anderes hätte ich bei deinem Temperament auch nicht erwartet. Ist dir eigentlich schon aufgefallen, dass du wieder normal sprechen und dich bewegen kannst?«, entgegnete Luca mit einem schiefen Lächeln.

Dahlia stand langsam auf und glaubte nicht, dass sie sich tatsächlich vom Boden gelöst hatte. Es wehte ein leichter Wind, der ihr die Haare ins Gesicht blies. Erst jetzt drehte sie ihren Kopf und schaute sich genauer um.

Von dem kleinen Berg, auf dem sie sich befanden, hatte man einen guten Blick auf ganz Anila. Dahlia sah einen riesigen Wald und einige kleine Dörfer, aus denen kleine Rauchwolken aufstiegen und deren Lichter im Anbruch der Dunkelheit leicht funkelten. Eine lange Gebirgskette zog sich durch den schier endlosen Wald bis hin zu einem großen Fluss.

Etwas jedoch stach ihr sofort ins Auge. Es war die größte Ortschaft, die sie in der Dämmerung erkennen konnte. Von hier oben sah sie zwar nur die roten Ziegeldächer der Häuser und den riesigen türkisfarbenen Fluss, der sich quer durch das Städtchen zog, dennoch war sie sich sicher, noch nie etwas so Schönes gesehen zu haben.

»Das ist die Hauptstadt von Wino. Laut einer Sage hat der Fluss diese besondere Farbe, weil die Feen früher dort drin gebadet haben«, merkte Luca an, als er ihrem Blick folgte.

Dahlia war völlig fasziniert von der unberührten Natur, die sie umgab. Irgendetwas in ihr schien zu spüren, dass sie nun endlich angekommen war. All die Fragen, die sie plagten, würden hier mit Sicherheit Antworten finden. Dies war ihr Zuhause, schon immer gewesen. Hier hatte sie nicht das Gefühl, fehl am Platz zu sein.

Dahlia drehte sich nun leicht nach rechts und musste aufpassen, dass sie nicht stolperte. Das, was sie nun sah, stand in krassem Gegensatz zu der schönen Idylle, die sie gerade noch bewundert hatte. Sie konnte nur erahnen, was sich hinter der Gebirgskette verbarg. Doch das, was sie sah, ließ Dahlia einen kalten Schauer über den Rücken laufen. Eine riesige Wüste breitete sich an der Grenze zu Wino kilometerweit aus. Rotbrauner Rauch stieg hinter den Gipfeln der Berge auf.

»Das ist das Wüstenplateau von Ijog. Dort regiert Gideon nun schon seit Jahrhunderten und tyrannisiert alle umliegenden Völker mit Folter und Verfolgung. Es ist einfach nur grausam, was er mit seinen Gefangenen macht.«

Luca stockte, was Dahlia dazu bewegte, ihn direkt anzusehen.

Er stand ganz plötzlich hinter ihr und sein schmerzverzerrtes Gesicht erweckte in Dahlia das spontane Bedürfnis, ihn in den Arm zu nehmen. Doch sie hielt sich zurück und wartete, bis er sich wieder entspannte. Irgendwann würde sie ihn danach fragen. Aber nicht jetzt.

»Was sind eigentlich Gideons Fähigkeiten?«, fragte sie stattdessen. »Er hat doch auch drei?«

Luca sah ihr nun direkt ins Gesicht und in seinem Blick lag eine ungewohnte, fast angsteinflößende Ernsthaftigkeit.

»Seine erste Fähigkeit ist deiner erstaunlicherweise sehr ähnlich. So wie du die Dinge mit der Kraft deiner Gedanken bewegen kannst, kann er mit seinen Gedanken andere Menschen manipulieren. Er dringt so weit in ihren Geist ein, bis sie alles tun, was er ihnen sagt. Gideon bricht ihnen im wahrsten Sinne des Wortes den Willen. Nur sehr wenige konnten bisher seiner Macht standhalten, und diese ließ er gleich am nächsten Tag hängen.«

Luca machte eine kleine Pause und sah Dahlia an. Sie war sehr interessiert und gespannt darauf, was er zu erzählen hatte.

»Gideons zweite Gabe war lange Zeit unbekannt«, fuhr Luca fort. »Einige sagten, er könne Pflanzen und Gestein mit seinem bloßen Willen befehligen, andere wiederum waren der Annahme, dass er alle Naturgewalten beherrschen würde. Erst seit einiger Zeit ist klar, worin seine zweite Fähigkeit besteht: Er kann Gewitter hervorrufen und Blitze gezielt auf Leute leiten. Das ist übrigens eine seiner beliebtesten Foltermethoden, seine Gefangenen mit Blitzen solange zu quälen, bis sie schmerzerfüllt und an der Schwelle des Todes stehen, um an gewisse Informationen zu kommen, oder einfach nur zum Spaß.« Bei diesen Worten verfinsterte sich sein Gesicht. Dahlia kam nicht umher daran zu denken, dass sie ihn vielleicht doch schon früher als gedacht danach fragen würde, wieso er so viel über Gideons Vorgehensweise wusste.

»Gideons letzte Gabe ist es, das Feuer zu bändigen. Dies ist die mächtigste seiner Fähigkeiten. Und glaube mir, wenn ich dir sage, dass er überall dafür bekannt ist, die Macht des Feuers an seinen Gefangenen auszuprobieren. Man erzählt sich, dass er einen Mann eine ganze Woche lang mit Feuer gefoltert hat, bis man in ganz Anila den Geruch von verbranntem Fleisch roch. Die Schmerzensschreie des Unglücklichen hörte man tagelang durch jedes Dorf hallen.«

Dahlia konnte darauf nichts antworten. Sie war wie erstarrt von der Grausamkeit dieses Mannes. Und sie sollte die Einzige sein, die war wie er? Der Gedanke schien ihr unvorstellbar.

Sie sah Luca direkt an. Erst jetzt, als der Wind seine Haare zur Seite wehte, sah Dahlia, dass sich seine Ohren verändert hatten. Sie hatten nun die typisch spitz zulaufende Form von Elfen.

»Deine Ohren…«, fingt sie an und Luca entgegnete grinsend: »Achja, das. Da wir nun wieder in Anila sind, haben meine Ohren auch ihre ursprüngliche Form angenommen. Hübsch, oder?«

»Allerdings. Du kannst es definitiv tragen!«, scherzte Dahlia, wobei sie sich verkneifen musste, dass er dadurch in der Tat noch attraktiver aussah.

Luca kramte einen zerknitterten Zettel aus seiner Umhängetasche hervor und gab ihn Dahlia.

»Das hier hast du vorhin, als du gestürzt bist, verloren.«

Dahlia nahm das gefaltete Stück Papier entgegen und erinnerte sich wieder an den Brief von Jonas. Bei dem Gedanken an ihren Freund stiegen ihr Tränen in die Augen, doch sie blinzelte kurz und hoffte, dass Luca es nicht gesehen hatte.

Sie entfaltete das Papier und las:

Liebe Dahlia,

die Zeit mit dir war wirklich wunderschön und ich möchte sie nicht missen, aber wie du sicherlich bemerkt hast, war ich in letzter Zeit abweisender als sonst zu dir.

Ich wünschte, ich hätte den Mut, dir das persönlich zu sagen, aber das mit uns funktioniert einfach nicht mehr. Ich habe mich vor einiger Zeit in jemand anderen verliebt und es wäre dir gegenüber nicht fair, so zu tun, als wäre alles wie immer.

Deshalb mache ich jetzt mit dir Schluss. Ich hoffe, du kannst mir irgendwann verzeihen.

Jonas

Der Brief glitt aus ihren Fingern und jetzt versuchte sie nicht mehr, ihre Tränen zurückzuhalten, sie ließ sich einfach auf ihre Knie sacken und weinte.

Plötzlich spürte sie, wie Luca seine Arme um ihre Schultern legte. Sie drehte sich nur leicht in seine Richtung und lag schluchzend in seinen Armen.

Doch nach den Tränen kam die Wut.

»Wie kann dieser verblödete Idiot mir so etwas antun? Und dann kann er mir nicht einmal in die Augen sehen und es mir persönlich sagen, dass er eine andere hat! Dieses miese, verlogene, hinterhältige Ar...«

»Sch, sch. Ganz ruhig, Dahlia, hörst du mich? Du musst dich jetzt beruhigen, es ist nicht gerade der passende Zeitpunkt dafür«, versuchte Luca sie zu besänftigen. Er hatte sie sachte an den Schultern gepackt und ihr direkt in die Augen geschaut.

Dahlia befreite sich aus seinem Griff in Sekundenschnelle. Sie wollte sich jetzt nicht beruhigen, wollte nicht vernünftig sein. Wie konnte Jonas ihr das antun?

Sie war am Boden zerstört und konnte keinen klaren Gedanken fassen. Die Wut übermannte sie.

»Lass mich in Ruhe! Ich will mich jetzt nicht beruhigen! Ihr Männer seid doch alle gleich! Zuerst ist alles gut und schön, und im Nachhinein so feige sein und per Brief Schluss machen! Ihr seid nichts als hormongesteuerte Idioten! Und du … du …«, Dahlia zeigte mit hoch erhobenem Zeigefinger auf Luca, der reflexartig einen Schritt zurückwich. »Du hast mich einfach hierher verschleppt und verlangst von mir, alles zu verlassen, was mir jemals etwas bedeutet hat, um eure kleine, süße Welt vor dem bösen, bösen Gideon zu retten! Hat mich mal jemand gefragt, ob ich das eigentlich will? NEIN! Wieso denn auch, ich bin ja eine Frau, und die kann man einfach so benutzen, wie man will, und wenn man sie nicht mehr braucht, wirft man sie weg wie ein Stück Müll!«

Die letzten Sätze schrie sie direkt in Lucas Richtung, der sie verdutzt anguckte.

Dahlia atmete schwerfällig, ihr Herz pochte, als wollte es herausspringen. Eine mächtige Wut stieg in ihr auf, mit der sie niemals gerechnet hatte, und Hitze durchströmte ihren Körper. Ihre Gefühle waren ein einziges Chaos. Sie wusste nicht mehr, was sie tun oder denken sollte. Vor lauter Verzweiflung schrie sie so laut auf, dass sie meinte, die Erde würde unter ihr zu beben beginnen.

Doch als Luca sie plötzlich von hinten an ihrem Arm zog, merkte sie, dass das Gestein unter ihren Füßen wirklich zu wanken anfing. Vor ihr tat sich ein riesiger Riss auf und alles wackelte und bebte noch viel stärker als zuvor. Ohne jede Vorwarnung spritzte eine gewaltige Wasserfontäne aus der kleinen Schlucht, die sich durch das Beben gebildet hatte.

Dahlia wollte gerade etwas sagen, als die enormen Wassermassen schon auf sie einstürzten. Einige Sekunden lang dachte sie wieder, sie müsste ersticken. Dann sackte sie zu Boden.

Völlig durchnässt lag sie quer über Luca, der schwer nach Luft rang.

Wie ein Fisch an Land, dachte Dahlia, bevor sie von ihm herunterstieg und ihm ihre Hand reichte. Eigenartigerweise hatte sie nun kein Problem mehr, Luft zu bekommen. Im Gegenteil: Dahlia hatte sich noch nie so erholt und fit gefühlt wie jetzt. Ihre Wut war plötzlich wie weggeblasen, oder besser: weggespült. Irgendetwas musste mit ihr gerade geschehen sein.

»Wenn das mal eben ... nicht deine dritte Fähigkeit ... gewesen ist«, sagte Luca bewundernd, aber immer noch schwer atmend. Er stützte sich gegen den einzigen Baum auf dem Berg und schaute fasziniert zu Dahlia.

»Was? Was soll das denn sein? Erde zum Beben zu bringen oder eine Wasserader zu finden?«, Dahlia sah ihn perplex an.

»Dass ich darauf nicht schon vorher gekommen bin!«, meinte Luca mehr zu sich selbst. Noch etwas wankend, aber entschlossen ging er auf Dahlia zu.

»Was ist wohl das Gegenteil von Feuer?«, fragte er gespannt.

Dahlia überlegte einen Moment, bevor sie schließlich »Wasser!« antwortete.

»Ganz genau. Dein Element ist das Wasser, wie es bei Gideon das Feuer ist. Durch deinen Wutanfall hat sich deine Kraft enorm gesteigert, was deine dritte und entscheidende Fähigkeit offenbarte. Gut zu wissen«, sagte er mit einem verschmitzten Lächeln auf den Lippen, was ihm einen leichten Seitenhieb von Dahlia einbrachte.

»Wirklich sehr komisch! Reizen wir die Kleine doch einfach ein bisschen und schon entfaltet sich ihre ganze

Kraft. Ha, ha, ha, wahnsinnig witzig. An deiner Stelle würde ich lieber aufpassen, was du sagst, also reiz mich nicht zu sehr!«, entgegnete sie ihm gespielt beleidigt.

»Freut mich zu sehen, dass es dir wieder besser geht«, sagte Luca.

»Ja, es ist ziemlich seltsam. Aber es fühlt sich so an, als hätte das Wasser die Wut und Trauer über Jonas gelindert. Ist das möglich?«, fragte sie Luca.

»Ja, das ist es. Wasser hat eine heilende Wirkung und kann somit durchaus helfen, seelische Schmerzen zu mildern. Jede Fähigkeit wirkt sich jedoch anders auf seinen Träger aus – es kann sein, dass es einem anderen mit denselben Fähigkeiten nicht vergönnt ist, jemals mit Wasser zu heilen. Wie Fingerabdrücke sind auch die Fähigkeiten einzigartig.«

Dahlia war völlig fasziniert. Die schmerzenden Gedanken an Jonas waren zwar noch da und würden auch nicht so schnell verschwinden, aber das Wasser zeigte eindeutig Wirkung. Sie fühlte sich losgelöst und befreit. Auch wenn dieses Gefühl eventuell nicht allzu lange anhalten würde, im Moment genoss sie das Hier und Jetzt.

»Aber nun zu einem anderen Thema: Wir sollten uns einen Plan machen, wie wir weiter vorgehen. Und vor allem würde mich interessieren, wo Justus so lange bleibt«, riss sie Luca aus ihren Gedanken.

»Hat er denn gesagt, dass er nachkommen würde? Wollte er nicht in meiner Welt aufpassen, dass niemandem etwas passiert?«, sagte sie etwas beunruhigt.

»Er meinte, er komme nach, wenn alles geregelt wäre.« In Lucas' Stimme schwang Besorgnis mit.

Dass der Direktor hier sein sollte, es aber nicht war, behagte Dahlia nicht. Sie hatte plötzlich ein mulmiges Gefühl. Justus pochte sonst immer auf Pünktlichkeit, und es gab in der Vergangenheit keine Veranstaltung in der Schule, bei der er nicht mindestens eine Stunde zuvor anwesend war.

»Vielleicht ist er schon vor uns hier gewesen und längst zu dem Versteck der Pjoras gegangen?«, dachte Dahlia laut nach.

»Das wäre durchaus möglich. Wahrscheinlich hast du recht. Hier nun lange auf ihn zu warten, wäre bestimmt reine Zeitverschwendung. Am besten, wir brechen sofort auf, damit wir keine Zeit verlieren.«

Dahlia nickte. Trotzdem konnte sie den Gedanken, dass hier etwas nicht stimmte, nicht ganz beiseiteschieben. Um sich abzulenken, sah sie Luca beim Entfalten einer großen Karte zu.

»Also gut. Wir müssten ungefähr hier sein«, er tippte kurz mit dem Finger auf eine Stelle der Karte, die Unmengen von Wegen und Flüssen zeigte. »Da du das Fliegen noch nicht beherrschst und es zu auffällig wäre, müssen wir den Weg zu Fuß zurücklegen. Das heißt, wir sind etwa anderthalb Tagesmärsche von dem Versteck entfernt. Müsste also zu bewältigen sein, es sei denn, wir werden bei den Grenzwächtern von Wino aufgehalten.«

Luca sah aus, als würde er angestrengt über etwas nachdenken. Auf seiner Stirn zeichneten sich kleine Falten ab. Als er Dahlia von oben bis unten musterte, wurden sie sogar noch größer.

So unter Beobachtung zu stehen, ließ Dahlia erröten und sie fühlte sich extrem unbehaglich. Umso dankbarer war sie, als Luca endlich den Blick wieder von ihr löste.

»So kannst du hier nicht herumlaufen, das wäre zu auffällig«, meinte Luca und machte eine kurze Handbewegung von oben nach unten, was Dahlia automatisch an sich herabschauen ließ.

Ihre Kleidung schien ihr nicht sehr auffällig. Mit der abgetragenen knielangen Jeans, den blauen Sneakers und ihrem lila Trägertop würde sie in ihrer Welt mit Sicherheit kaum Blicke auf sich ziehen. Aber sie fragte sich, ob die »Wesen«, die hier lebten, überhaupt Jeans kannten oder immer noch in Leinenkleidung herumliefen.

»Ich habe nur noch einen zweiten Umhang und meine eigene Kleidung dabei«, sagte Luca. »Wie wir das mit deiner Kleidung machen, weiß ich nicht. Darüber habe ich mir bisher keine Gedanken gemacht. Aber Moment mal, mir fällt da gerade was ein!« Er sah sie grinsend an.

»Was denn?«, fragte Dahlia leicht verwirrt und runzelte die Stirn.

»Wenn du nur stark genug an etwas denkst, erscheint es doch wie aus dem Nichts vor dir, oder?«

»Ja. Aber ich glaube nicht, dass ich weiß, was man hier so trägt«, antwortet Dahlia nachdenklich.

»Kein Problem. Ich kann dir beschreiben, welche Bekleidung eine junge Frau wie du hier trägt, und du versuchst, es dir vor deinem inneren Auge einfach vorzustellen, in Ordnung?«, fragte er erwartungsvoll.

Einfach? Wie sollte so etwas einfach sein? Schon in der Schule hatte sie Probleme damit, den Lehrern zuzuhören, wenn diese mal wieder meinten, lange Vorträge über Gott und die Welt halten zu müssen. Wie sollte sie sich dann Lucas Worte einprägen? Am Schluss würde wahrscheinlich nur ein Fetzen Stoff vor ihren Füßen erscheinen. Hervorragend.

»Naja, einen Versuch wäre es zumindest wert«, meinte sie nicht ganz überzeugt. Als sie Lucas erleichterten Gesichtsausdruck sah, warnte sie ihn: »Aber ich kann dir nicht versprechen, dass auch etwas dabei herauskommt.«

Luca nickte und fragte Dahlia, ob sie bereit sei.

Sie setzte sich auf einen hervorstehenden Stein und versuchte sich zu entspannen, bevor sie ebenfalls nickte und Luca damit signalisierte, dass er anfangen konnte.

»Also gut. Beginnen wir bei den Schuhen. Bei einer Frau bestehen diese meistens aus schwarzem Leder und einer schmalen Birkenrinden-Sohle. Der Schuh ist von der Mitte des Fußes bis knapp unter dem Knie überkreuzt geschnürt.« Luca machte eine kurze Pause.

Dahlia saß angespannt auf dem rauen Felsen. Vor ihrem

inneren Auge zeichnete sich allmählich der Schuh ab, den Luca soeben beschrieben hatte. Damit sie sich nicht in ihrer Konzentration gestört fühlte, beeilte sich Luca, mit der Beschreibung fortzufahren.

»Fast alle Frauen hier tragen lange Kleider.«

Dahlia stöhnte bei diesen Worten leicht auf. *Was auch sonst!*

Luca fuhr unbeirrt fort: »Damit dein Kleid nicht so auffällt, nehmen wir einen dunkelblauen Farbton. Es hat einen leichten V-Ausschnitt, der durch ein beiges, mit Pailletten verziertes Band geschmückt ist. Die Ärmel werden zur Hand hin etwas weiter, in der Höhe deines Ellenbogens befindet sich eine Schnürung. Das Kleid geht etwa bis über deine Knie, wo es leicht geöffnet ist, zur uneingeschränkten Bewegung. Um deine Hüfte hängt ein brauner Ledergürtel. Unter dem Kleid trägst du eine beige, enganliegende Hose.«

Mit diesen Worten beendete Luca seine Umschreibungen und sah erneut zu Dahlia, die immer noch konzentriert auf dem Stein saß.

Er ging langsam zu ihr, und erst als er sie sanft an der Schulter fasste, riss sie erschrocken die Augen auf und zuckte leicht zurück.

»Wow. Das hat sich so echt angefühlt, ich wusste genau, wie das Kleid aussieht, ich sah es vor meinem inneren Auge. Deine Stimme war zudem sehr beruhigend, was es mir leichter machte, mich zu konzentrieren«, meinte Dahlia, immer noch sichtlich fasziniert darüber, dass sie über ein so enormes Talent verfügte. Es war eine ganz neue Erfahrung für sie.

Früher hatte sie überhaupt kein besonderes Talent, mal abgesehen von ihrem Rhythmusgefühl beim Tanzen. Ansonsten hatte sie immer andere aus ihrer Schule für deren künstlerische, sportliche oder wissenschaftliche Begabungen beneidet.

»Und das Ergebnis kann sich ebenfalls sehen lassen«, fügte Luca hinzu und hob das Kleid auf, das vor Dahlia lag.

Dahlia nahm es begeistert entgegen. Wow, das hatte sie soeben aus dem Nichts herbeigezaubert!

»Es ist einfach wunderschön. Danke, Luca«, sagte Dahlia und fiel ihm glücklich strahlend um den Hals.

»Das ist alles dein Verdienst, nicht meiner, Dahlia«, antwortete er.

Sie sah zu ihm hoch, bis er ihr in die Augen blickte, dann sagte sie: »Trotzdem danke.«

Damit löste sie sich wieder von ihm und begann sich auszuziehen.

Luca kleidete sich ebenfalls um. Er zog sich ein weißes Hemd, ein ledernes Wams und eine eng anliegende, schwarze Hose an.

Aus dem Augenwinkel sah Dahlia, dass Luca sie einen Moment lang anstarrte und ihre Figur betrachtete. Sie neigte kurz ihren Kopf in seine Richtung. Als er ihren Blick bemerkte, drehte er sich beschämt um. Sie musste sich ein Grinsen verkneifen, als sie sein Gesicht rot anlaufen sah.

Langsam zog sie das unbequem scheinende Kleid an. So etwas hätte Dahlia höchstens zu Fasching angezogen, denn normalerweise mochte sie überhaupt keine Kleider.

»Luca? Kannst du mir kurz helfen, es hinten zuzumachen?«

Nickend kam Luca zu ihr und schnürte ihr Kleid zu. Dabei fragte er mehrmals, ob es denn auch nicht zu eng sei.

»Schon gut, Luca. Spätestens, wenn ich keine Luft mehr bekomme, würdest du merken, dass das Kleid zu eng war.« Dahlia wollte damit eigentlich die Stimmung aufheitern, doch als sie Lucas ernsten Blick sah, gefror ihr das Lächeln schon im Anflug.

»Über so etwas macht man keine Scherze, klar?« Luca packte Dahlia leicht an den Schultern und zwang sie somit, ihm direkt in die Augen zu schauen.

»Du bist unsere einzige Hoffnung, um das Elend Anilas zu beenden. Du kannst dir nicht vorstellen, wie lange wir schon auf diesen Moment gewartet haben. Also bitte, mach in Zukunft keine Scherze mehr darüber, wie du vielleicht sterben könntest. Dafür ist die Lage zu ernst.«

»Tschuldigung«, entgegnete Dahlia kleinlaut.

»Gut.« Er ließ ihre Schultern los und drehte sich um. »Wir sollten uns jetzt beeilen, wenn wir das Versteck der Pjoras noch rechtzeitig vor dem nächsten Vollmond erreichen wollen.« Mit diesen Worten warf er Dahlia eine braune Ledertasche zu.

»Wo ist mein Rucksack?«, fragte sie.

»In der Tasche, wie auch deine anderen Sachen. Die Leute hier haben sicher noch nie einen Rucksack gesehen.«

Immer schön unauffällig bleiben, um dann im entscheidenden Moment zuzuschlagen, war Lucas erstes Gebot. Dies hatte er ihr bereits beim ersten Fechttraining eingebläut. Dahlia gewöhnte sich nur allmählich daran.

»Dahlia?«, fragte Luca.

»Ja?«

»Die hier habe ich noch für dich« – er reichte ihr seltsame rosafarbene Plastikohren. »Damit du nicht so auffällst. Es gibt hier zwar auch andere Wesen, die den Menschen sehr ähnlich sehen und keine spitzen Ohren haben, aber es ist besser, man hält dich für einen Elfen. Es gibt nämlich auch Elfen, die überhaupt keine Fähigkeiten haben, wobei alle anderen Bewohner von Anila mindestens eine besitzen. Somit wird dich auch keiner auffordern, deine Kräfte zu offenbaren.«

Dahlia versuchte sich die recht unbequemen Ohren irgendwie aufzusetzen, wobei sie sich Lucas Gesichtsausdruck zufolge, wohl sehr ungeschickt verhielt.

»Warte, ich helf dir!«, lachte Luca und verschob die Ohren in die richtige Position.

»So, jetzt sitzen sie perfekt«, meinte er und strich Dahlia sanft ihre vorderen Haare hinter das Ohr. Seine Berührung ließ ihr wie immer einen kleinen Schauer über den Rücken laufen.

Bevor sie aufbrachen, bat Dahlia ihn, noch einen kurzen Moment zu warten. Sie kramte in der Ledertasche nach dem Brief von Jonas und begab sich dann an den Rand eines Felsvorsprungs. Langsam zerriss sie den Zettel in kleine Stücke und ließ sie in der Morgendämmerung vom Wind davontreiben. Jeder kleine Riss im Papier machte den Schmerz über die Trennung etwas leichter.

Nun begann ein neues Kapitel. Dafür musste sie ihre Vergangenheit hinter sich lassen und sich auch von dem Gedanken an Jonas verabschieden. Tief Luft holend sah sie ein letztes Mal den kleinen Papierfetzen nach, bevor sie sich zu Luca umdrehte und ihm folgte.

Kapitel 22

Eine ganze Weile lief Dahlia schweigend hinter Luca her. Sie gingen einen schmalen, steinigen Weg entlang, der den Berg hinunterführte, vorbei an verdorrten Büschen und dahinvegetierenden Pflanzen. Hier war definitiv schon lange kein Regen mehr gefallen. Die Sonne war noch nicht ganz aufgegangen und tauchte somit alles in einen leichten rötlichen Schimmer, der die kahle Landschaft nicht gerade einladender machte.

Dahlias Füße fingen langsam zu schmerzen an und sie fragte sich, wie die Leute hier wochenlang in diesen Schuhen laufen konnten. Sie sehnte sich sehr nach ihren bequemen Sneakers.

Nach einem dreistündigen Fußmarsch in schweigender Stille kamen sie an einem Bergsee vorbei. Sein Wasser war so blau wie ein strahlender Himmel im Sommer. So etwas Wunderschönes hatte Dahlia noch nie gesehen. Staunend blieb sie stehen.

»Das ist der See Esra. Einer der wenigen Seen hier in der Gegend«, erklärte Luca, als er Dahlias faszinierten Blick sah.

Aufgeschreckt von Lucas Stimme drehte sie sich zu ihm um.

»Was? Wie …? Entschuldigung, du hast so lange nichts mehr gesagt, dass ich gerade erschrocken bin, als du anfingst zu reden«, meinte Dahlia.

»Schon in Ordnung, das habe ich mir fast gedacht«, entgegnete Luca grinsend.

»Darf ich dich etwas Persönliches fragen, Luca?«, sagte Dahlia, als sie weitergingen. Es war nun an der Zeit, um Luca eine der Fragen zu stellen, die ihr schon länger auf der Seele lagen.

Mittlerweile war der Weg so breit, dass sie neben Luca

laufen konnte, und auch die anfängliche Einöde wandelte sich langsam in saftiges grünes Wiesenland.

Erst als Luca unsicher nickte, redete Dahlia weiter.

»Ich frage mich schon eine Weile, woher du all diese Sachen über Gideons Foltermethoden weißt und wieso sich dein Gesicht jedes Mal, wenn du darüber redest, verfinstert.«

Jetzt war es raus und nun lag es an Luca, ob er ihr mehr erzählen oder sie weiter mit Andeutungen im Dunkeln lassen wollte.

Luca schwieg kurz. Aber dann atmete er tief durch und begann: »Als ich fünf Jahre alt war, überfielen Gideons Schergen, die Elgogs, mein Dorf. Keine schönen Wesen, glaub mir. Sie sind so groß wie Bären, haben zwei hervorstehende Zähne und nur ein riesiges Auge, womit sie meilenweit sehen können. Jedenfalls war ich zu diesem Zeitpunkt mit meiner Mutter im Wald, Beeren sammeln. Wir sahen schon von Weitem, dass unser Dorf Rauch fing, und liefen schnell zurück, um das Feuer zu stoppen. Wir wussten nicht, dass es ein Angriff der Elgogs war. Es wäre wohl besser gewesen, wir wären geflohen, aber stattdessen liefen wir diesen Bluthunden direkt in die Arme.

Im Dorf herrschte das totale Chaos, überall Rauch, schreiende und umherirrende Eltern, die ihre Kinder suchten. Kinder, die weinend im Dreck lagen und nach ihren Müttern riefen. Alles roch nach verkohltem Fleisch, Blut und Schweiß. Väter kämpften bis zum blutigen Ende gegen die Elgogs, doch wir waren ihnen zahlenmäßig unterlegen. Sie töteten alle Erwachsenen. Meine Mutter versuchte mich zu beschützen und stellte sich mutig vor mich. Ich sah meine Mutter und meinen Vater vor meinen Augen sterben.«

Luca machte eine kurze Pause. Dahlia sah ihm an, dass es ihm nicht leicht fiel, darüber zu sprechen. Sein Gesicht war schmerzerfüllt, als würde er alles noch einmal durchleben.

Dahlia hatte Tränen in den Augen. Sie konnte sich nicht mal ansatzweise vorstellen, wie grausam es sein mochte, seine Eltern und all die Leute, mit denen man aufgewachsen war, sterben zu sehen.

»Sie nahmen alle Kinder mit. Zu diesem Zeitpunkt wusste ich noch nicht, dass unser Dorf nicht das einzige war, das angegriffen wurde. Damals geschah das beinahe überall. Wir Kinder wurden zu Scharen zusammengedrängt und an Händen und Füßen gefesselt. Sie schmissen uns in ihre Kerker und einer ums andere wurde nach oben in Gideons schauriges Labor gebracht. Dort führte er Experimente mit uns durch.

Einige überlebten nicht einen Tag. Ich war einer der Letzten, die übrig geblieben sind, und irgendwann gelang mir die Flucht. Vielleicht verstehst du jetzt, wieso ich so viel über seine Foltermethoden weiß, ich bekam sie Tag für Tag am eigenen Leib zu spüren.«

Dahlia wusste nicht, was sie darauf antworten sollte. Sie hatte nicht damit gerechnet, dass Luca selbst von Gideon gefoltert worden war.

Intuitiv nahm sie Luca in den Arm, der, leicht irritiert von der Geste, eine Weile brauchte, bis er die Umarmung erwiderte.

»Das habe ich nicht geahnt. Das mit deiner Familie und alles, was du durchstehen musstest, tut mir sehr leid«, sagte Dahlia betroffen und löste sich langsam von ihm.

Luca nickte leicht und wandte sich wieder dem Weg zu.

Dahlia hätte nicht mit so viel Offenheit gerechnet und schon gar nicht mit so einer schrecklichen Geschichte. Sie schämte sich richtig dafür, überhaupt gefragt zu haben. Jetzt verstand sie aber auch, warum Luca immerzu vorsichtig und besorgt um sie war, bedacht darauf, dass ihr nichts passierte. Seine Geschichte hatte ihn geprägt.

Sie gingen schweigend nebeneinander her. Nach einer Weile räusperte sich Luca.

»In etwa einer Stunde müssten wir das kleine Dörfchen Arim erreichen, es liegt kurz vor Wino. Aber ich denke, es ist besser, wenn wir in Arim übernachten und uns umhören, ob die Grenzpatrouillen immer noch in Wino stationiert sind. Seit Gideons Herrschaft sind die Wächter der Städte immer in Alarmbereitschaft und sehr misstrauisch gegenüber Leuten, die die Stadtgrenzen durchqueren.«

Erleichtert über den Themenwechsel seufzte Dahlia auf. »Wo genau liegt eigentlich das Versteck der Pjoras?«

»Einen festen Ort gibt es nicht. Da wir nicht entdeckt werden wollen, wechseln wir unser Versteck alle paar Monate. Wir haben Glück, dass es in der nächsten Zeit nicht regnen soll, ansonsten hätten es unsere Späher nicht leicht, jedem einzelnen Mitglied den neuen Standort mitzuteilen«, erklärte ihr Luca.

Sie waren mittlerweile auf einer Ebene angelangt, die mit blühenden und duftenden Blumen übersät war. Der Weg vom Berg hinunter ins Tal ging zwar recht schnell, und doch war Dahlia überrascht, dass die Sonne schon bald wieder untergehen würde.

An einer Wegkreuzung bogen sie rechts ab und konnten schon das kleine Dörfchen mit seinen vielen aneinandergereihten Häusern sehen, aus denen kleine Rauchschwarten aufstiegen.

»Wer oder was sind denn diese Späher?«, hakte Dahlia neugierig nach.

Luca ging etwas langsamer, sodass Dahlia nun direkt neben ihm lief.

»Sie sind den Pjoras seit Jahrhunderten treu ergeben. Späher sind halb Adler und halb Mensch. Die Tatsache, dass sie sich nur abends in Späher verwandeln können, kommt uns auch gelegen. So müssen wir uns nicht ständig Sorgen machen, dass sie bei Tageslicht gesehen oder von Gideons Gefolgsleuten bemerkt werden könnten. Tagsüber wandeln sie wie ganz normale Landsleute unter uns. Nachts verwandeln sie sich in riesige Greifvögel mit einer Spannbreite von fünf Metern. Wenn ich richtig liege, müsste uns heute Abend eine Nachricht von den Pjoras erreichen, wo genau sie sich versteckt halten.«

Dahlia nickte gedankenverloren. So ganz konnte sie sich noch nicht an den Gedanken gewöhnen, dass es hier solche Wesen gab. Es kam ihr immer noch alles ziemlich unwirklich vor.

Langsam näherten sie sich den Toren von Arim und Dahlia wurde plötzlich nervös. Ihre Hände fingen leicht zu zittern an. Sie wusste absolut nicht, wie sie sich verhalten sollte, um nicht aufzufallen. Wie lebten die Leute hier? War es wie im Mittelalter, wo alle Untertanen ihren Herrn in der dritten Person anreden mussten? Durften die Frauen das Wort direkt an einen Mann oder Herrn richten oder wurde dies womöglich noch als eine Todsünde geahndet? So verunsichert war sie das letzte Mal vor der Theateraufführung vor einem Jahr gewesen. Damals wäre sie vor Aufregung beinahe ohnmächtig geworden, hätten nicht alle um sie herum ihr gut zugeredet.

Luca schien ihre Aufregung zu spüren und hielt kurz vor den riesigen hölzernen Stadttoren an.

»Du brauchst dir keine Sorgen zu machen, Dahlia. Überlass das Reden einfach mir, ich weiß schon, was ich zu tun habe, damit du nicht auffällst. Alles Weitere erkläre ich dir dann später. Du musst mir lediglich versprechen, nichts zu sagen, okay?«

»Alles klar. Nichts sagen. Dir alles überlassen. Kapiert«, murmelte sie wie ein Mantra vor sich hin.

»Und, Dahlia?«

»Hm?« Sie schaute ihm direkt ins Gesicht.

»Atmen nicht vergessen.« Luca grinste sie an und zwinkerte ihr zu.

»Wenn ich nicht reden darf, bleibt mir ja nichts anderes übrig, oder?« Dahlia lachte und Luca stimmte mit ein.

Amüsiert machten sie sich auf den Weg zu den Wachen, die vor dem geschlossenen Tor standen.

Kapitel 23

Die beiden Männer hatten ihr Visier nach oben geschoben und beobachteten die Fremden von Weitem mit argwöhnischen Augen. Die Rüstung der zwei bestand aus einem Brust- und Rückenstück, welche an einem metallenen Gürtel endeten, der wiederum mit einem eisernen Schurz verbunden war. Dieser stand vorne etwas offen, sodass nur die Oberschenkel bedeckt waren. Ansonsten trugen sie nur – was Dahlia überraschte – schwarze, enganliegende Hosen und ebenso schwarze Schuhe. Auf ihrer Brust prangte das Abbild eines großen Adlers.

Sie verschränkten ihre beiden Speere vor Dahlia und Luca.

»Sagt, Fremder, was führt euch in unser bescheidenes Dorf?«, sagte der Größere der beiden mit rauer Stimme. Dahlia meinte sogar, dass ihr ein Hauch von Alkohol in die Nase stieg, als er sprach. Bah, sie rümpfte ihre Nase, ein Geruch, den sie gar nicht ausstehen konnte.

»Ich bin mit meiner kranken Schwester unterwegs. Sie hat schreckliche Hustenanfälle und kann kein einziges Wort mehr sprechen. Wie ich hörte, habt ihr zurzeit einen Heiler im Ort, dem man magische Hände nachsagt.«

Luca sprach so überzeugend, dass sogar Dahlia glaubte, krank zu werden. Sie bemühte sich wirklich, todkrank auszusehen, was ihre ohnehin schon blasse Haut noch verstärkte.

»Ihr sprecht bestimmt von *Hablan Sojilo*, nicht wahr?«, meldete sich der kleinere Wachmann zu Wort, der ziemlich einschüchternd wirkte. Dahlia musste sich bemühen, seinem scharfen Blick standzuhalten.

»Eigentlich dachte ich, er hieße *Hablan Eliah*«, entgegnete Luca. »Doch, dessen bin ich mir sicher, so heißt er.«

Das Gesicht der beiden Männer entspannte sich und sogar der Ansatz eines Lächelns huschte über das Gesicht des Größeren.

»Es tut uns leid, mein Herr. Aber in der letzten Zeit versuchen immer mehr Diebe und anderes Gesindel in unser schönes Dorf einzudringen. Deshalb war es unserem Dorfältesten ein großes Anliegen, Fremde zuerst auszufragen, ob diese auch wirklich gute Absichten haben«, entschuldigte sich der Kleinere von beiden.

»Dafür habe ich natürlich vollstes Verständnis. Ich selbst würde es nicht anders machen. Dürfen wir nun eintreten? Meine Schwester und ich haben eine lange Reise hinter uns und sind nicht mehr ganz bei Kräften.« Luca schenkte den beiden ein müdes Lächeln.

»Aber natürlich, mein Herr«, antworteten die Männer im Chor. Und als sie die gekreuzten Speere öffneten und laut ein Kommando riefen, schwangen die beiden Tore auf.

Dahlia folgte Luca mit staunendem Blick in das Dorf. Sie zuckte kurz zusammen, als die großen Holztüren hinter ihnen mit einem lauten Schlag wieder zuschwangen.

Rechts und links des Weges standen kleine Verkaufsstände, an denen Nahrungsmittel angeboten wurden, von Gemüse, Obst, Honig und Kräutern bis hin zu Fleisch und Fisch. Viele Mütter waren hier mit ihren Kindern unterwegs, um noch etwas Brot oder Milch für das Abendessen zu besorgen. Die Kinder sprangen wild umher und spielten Fangen oder bespritzten sich gegenseitig mit Wasser aus dem in der Mitte stehenden Brunnen. Einige von ihnen hatten ebenfalls spitze Ohren wie Luca, andere wiederum nicht, sie konnten gut auch als Menschen durchgehen.

Ihre Kleidung erinnerte Dahlia eher an die aus dem Mittelalter: viele Grau- und Beigetöne, die Frauen trugen überwiegend Kleider aus Leinen und die Männer enge Hosen und Oberteile in Überlänge, die meist durch einen Gürtel auf Bauchhöhe unterbrochen wurden.

Man hörte Metall auf Metall schlagen und Dahlia entdeckte einen Schmied, der gerade dabei war, ein Schwert anzufertigen. Andere Männer machten neben ihren Häusern Holz. Das ständige Aufschlagen des Beiles wirkte irgendwie beruhigend auf Dahlia. Ebenso wie die vielen leckeren Gerüche von gebratenem Fleisch und frischen Kräutern. Sie holte tief Luft und sog all diese neuen Eindrücke in sich auf. Es war, als wäre sie in ein ganz anderes Zeitalter gekommen.

Luca drängte sich, dicht gefolgt von Dahlia, durch die Menschenmasse bis zu einem alten Haus, das die Aufschrift »Zum grünen Eber« trug.

»Woher wusstest du von dem Heiler?«, flüsterte Dahlia mit zusammengepressten Lippen, immer darauf bedacht, nicht aufzufallen.

»Das erkläre ich dir später«, flüsterte Luca ebenfalls mit geschlossenem Mund.

Er öffnete die Türe zum Gasthaus und deutete Dahlia an, einzutreten. Geraden Weges ging er zur Theke und fragte den Wirt nach einer Unterkunft für die Nacht. Dahlia trottete ihm wie ein kleiner Hund hinterher. So langsam wurde sie ungeduldig, sie hatte nun länger als eine halbe Stunde nicht geredet, was ihr zunehmend schwerer fiel. Sie hatte so viele Fragen an Luca auf der Zunge. Es gefiel ihr auch nicht, dass jeder, dem Luca die Geschichte von seiner kranken Schwester erzählte, sie mitleidig anstarrte und immerzu mit dem Kopf schüttelte. Sie kam sich so dumm dabei vor.

Dahlia nahm an dem nächstbesten Tisch Platz und konnte ein paar Wortfetzen aus dem Gespräch zwischen Luca und dem Wirt auffangen. Sie fühlte sich müde und erschöpft von der Wanderung.

»... Sieht Ihnen aber nicht wirklich ähnlich ...«, hörte sie den Wirt sagen.

»... Vater hat sie alleingelassen gefunden ... Mutter großgezogen wie ein eigenes Kind ...«

»... Schlimme Sache ... Bezahlung? ... Gefährliches Vorhaben ...«

»... 50? ... Ist die Sache aber wert, Cyrill, mein Freund.«

So ganz wurde Dahlia nicht schlau aus den Wortfetzen, die sie aufschnappte. Was war denn gefährlich? Und kannte Luca diesen Wirt etwa? Woher?

Sie war zu müde, um weiter darüber nachzudenken.

Auf ein Zeichen von Luca stand Dahlia auf und folgte ihm eine schmale, knarrende Holzwendeltreppe hinauf, die zu den Schlafgemächern führte. Er öffnete mit einem alten, fast schon verrosteten Schlüssel eine dicke hölzerne Türe und bat sie einzutreten.

Als Dahlia in das Zimmer schritt, schaute sie sich erst einmal um. Hier gab es ein einziges kleines Fenster, das von einer dünnen Dreckschicht überzogen war und nur wenige der abendlichen Sonnenstrahlen hereinließ. Dahlia war froh, dass Luca hinter ihr sofort eine Kerze anzündete und sie auf den kleinen runden Tisch neben dem Bett stellte. Zwar gab diese nicht so viel Licht wie eine Glühbirne, erhellte aber dennoch den winzigen Raum.

Es gab nur ein Bett und einen Stuhl, der offenbar kaputt war, denn er lehnte mit drei Beinen an dem Tisch. Dahlia setzte sich auf das Bett und erschrak ein wenig, als dieses nachzugeben schien.

»Vorsicht!«, sagte Luca noch zu ihr, aber da hatte Dahlia schon bemerkt, dass es instabil war.

Es bestand nur aus einem Lattenrost und spärlich ausgelegten Strohballen, die in eine Decke gehüllt waren. Ein Kissen gab es nicht.

Gedankenverloren sah Dahlia aus dem schmutzigen Fenster und versuchte, ein paar der letzten wärmenden Sonnenstrahlen zu erhaschen, die ihr leicht über das Gesicht kitzelten. Sie fragte sich kurz, wer wohl jetzt in dem Bett schlafen würde. Ob sie da zu zweit Platz hätten?

»Es gab nur noch dieses eine Zimmer. Aber keine Sorge, ich werde auf dem Boden schlafen, damit du das Bett für dich hast«, beantwortete Luca ihren Gedanken. Er hatte sich auf den Tisch gesetzt und saß ihr nun gegenüber. Es klang so, als müsste er sich für den schlechten Zustand des Zimmers entschuldigen.

»Danke. Das ist sehr nett von dir.«

»Ich weiß, dass das alles für dich nicht einfach ist. Deine plötzlich auftretenden Fähigkeiten, das Verlassen deiner Freunde, deiner Heimat und dann noch dieses ganze Du-darfst-nichts-reden-wenn-wir-im-Dorf-sind. Das muss alles ziemlich verwirrend und erschöpfend sein, oder?«, sagte Luca mit schuldbewusster Miene.

»Ja, das war es anfangs auch«, antwortete Dahlia. »Aber man gewöhnt sich an vieles mit der Zeit, denke ich. Seit das alles begonnen hat – meine Fähigkeiten, die Briefe und die Informationen über meine Herkunft – habe ich mich schon lange nicht mehr so wohl gefühlt wie jetzt. Es gefällt mir hier.«

»Wirklich? Ich dachte eher, dass du sofort wieder zurück willst. So ging es mir zumindest, als ich das erste Mal in deiner Welt war«, sagte Luca überrascht.

»Nein, überhaupt nicht. Es ist ein seltsames Gefühl, aber es fühlt sich gut an, hier zu sein. Als würde man nach langer Zeit nach Hause zurückkehren. Ich glaube, es ist das Richtige für mich, in Anila zu sein«, entgegnete Dahlia. Und in dem Moment, in dem sie es aussprach, wusste sie, dass es stimmte.

Anila war schon immer ihr Zuhause gewesen. Deshalb fühlte sie sich in ihrer Welt stets wie jemand, der nicht dazugehörte. Sie hatte zwar wunderbare Freundinnen, die sie jetzt auch schrecklich vermisste, aber trotzdem war das Gefühl, dort nicht hinzugehören, immer dagewesen.

Eine plötzliche Welle der Geborgenheit umfing sie. Durch ihren ganzen Körper strömte eine wohltuende

Wärme, wie an einem Sommertag, wenn die Sonne sanft übers Gesicht strich und das Gefühl völliger Gelassenheit aufkam. In so einem Moment konnte sie alle Sorgen und Ängste vergessen.

Sie schmunzelte.

»Dahlia? Alles okay bei dir?«, fragte Luca mit einem verwirrten Ausdruck im Gesicht.

»Hm?«, fragte Dahlia noch etwas benommen. Doch langsam wurde ihr bewusst, wie es für Luca ausgesehen haben musste. Oh, Gott! Wie in Trance hatte sie vor sich hin gegrinst. Jeder andere würde wahrscheinlich denken, dass sie auf Drogen sei. Vermutlich hatte sie in ihrem völlig gelösten Zustand noch angefangen zu sabbern.

Schnell fuhr sich Dahlia mit der Hand über den Mund. Puh, Gott sei Dank! Ihr Speichel war noch dort, wo er hingehörte.

Als sie bemerkte, dass Luca sie immer noch ziemlich irritiert anstarrte, bemühte sie sich um eine logische Antwort.

»Tschuldigung. Ich war wohl etwas ... in Gedanken«, stammelte sie. *Na, bravo! Hört sich sehr überzeugend an.*

»In Ordnung. Ich denke, es wäre für uns beide besser, wenn wir jetzt ein wenig Schlaf bekommen, um morgen für den Weg zu den Pjoras gerüstet zu sein.«

»Gut, aber eine Frage hätte ich da noch«, meinte Dahlia.

Luca grinste sie schief an. »Wäre auch seltsam, wenn nicht.«

»Woher kanntest du den Wirt und worüber habt ihr euch unterhalten?«, hakte sie nach.

»Ich habe schon oft auf der Durchreise hier übernachtet und Cyrill ist die gute Seele dieses Dorfes. Wir haben nur über belanglose Dinge geredet, nichts, worüber du dir jetzt Gedanken machen müsstest.«

Dahlia sah Luca skeptisch an. *Als ob das alles gewesen wäre!*

Halbwahrheiten, dachte sie sich nur.

»Und du bist sicher, dass das alles war?«, hakte sie dennoch nach.

»Ja«, antwortet Luca knapp.

»Also gut. Eine andere Frage kam mir vorhin auch noch, als wir durchs Dorf gelaufen sind. Ich habe eine Menge Leute gesehen, die keine spitzen Ohren haben. Aber da es keine Menschen sind, was oder wer sind sie dann?«

»Das sind die *Eyhram*, sie sind Feen, die sich entschieden haben, unter den Elfen zu leben und ihr Land zu verlassen. Sobald sie das tun, verschwinden ihre Flügel – jedoch behalten sie ihre Fähigkeit. Welche der vier Elemente dies auch immer sein mag«.

»Klingt nach einer schweren Entscheidung. Es ist nicht leicht, seine gewohnte Umgebung zu verlassen«, sagte Dahlia nachdenklich. Denn obwohl sie sich hier sehr geborgen fühlte, vermisste sie in manchen Momenten ihre Freunde.

»Verständlicherweise. Aber wir sollten uns jetzt wirklich ausruhen«, entgegnete Luca und gab ihr eine dunkle Decke aus seiner Tasche.

Für sich breitete er eine gepolsterte grüne Decke auf dem Boden aus. Er legte sich darauf und deckte sich ebenfalls mit einer schwarzen Decke zu.

Als Dahlia sich auf das kratzende Strohbett legte und die dunkle Decke über sich warf, bemerkte sie, dass ihr auf einmal ganz warm wurde. Nicht dass sie jetzt sofort anfing zu schwitzen, nein. Es war eine angenehme Wärme.

»Was ist das für eine Decke?«, fragte Dahlia und hoffte inständig, dass Luca noch nicht eingeschlafen war. Doch seine Antwort klang nicht verschlafen, sondern wachsam.

»Sie wurde aus einem ganz bestimmten Stoff gefertigt, den man aus den Wurzeln der Kya-Pflanze gewinnt. Diese Pflanze wächst nur in der Bergstadt von Akya und ist sehr selten. Wenige Elfen können diese wärmenden Decken herstellen. Da es in der Stadt das ganze Jahr hindurch nie wärmer wird als 15 Grad, heizen die Wurzeln die Pflanzen praktisch von unten auf, so als ob die Sonne scheinen würde. Die beiden Decken habe ich von Justus bekommen.«

»Wie gut kennst du Herrn Smaragd eigentlich? Ich meine, ist dir in letzter Zeit nicht aufgefallen, dass er sich irgendwie komisch benimmt? Vielleicht kenne ich ihn auch zu wenig, um wirklich sagen zu können, dass etwas mit ihm nicht stimmt, aber bei meiner letzten Begegnung mit ihm wirkte er ziemlich abweisend und kühl.«

Dahlia wusste nicht, wieso sie gerade jetzt darauf zu sprechen kam. Dennoch erhoffte sie sich eine Erklärung für das ungewöhnliche Verhalten des Direktors, der ansonsten immer freundlich und geduldig schien.

»Du meinst bestimmt die Sache mit dem Ring damals, nicht wahr?«

Sie nickte und spürte einen kleinen Stich in ihrer Brust, als sie an Jonas und den Tag, an dem er ihr den Ring geschenkt hatte, erinnert wurde.

Luca fuhr fort: »Nun ja. Ehrlich gesagt hat mich seine barsche Reaktion auch überrascht, so habe ich ihn noch nie erlebt. Aber er hatte zu dieser Zeit ziemlich viele Dinge um die Ohren. Vielleicht war er deshalb so abweisend zu dir«, beantwortete Luca ihre Frage.

Er hatte wohl versucht, sicher und überzeugend zu wirken, aber Dahlia hatte deutlich gemerkt, dass er selbst an seiner Antwort zweifelte. Also war Dahlia nun genauso schlau wie zuvor, versuchte aber, sich nichts anmerken zu lassen.

»Wahrscheinlich hast du recht und er war einfach ein wenig überarbeitet«, meinte sie.

»Sicher«, sagte Luca leise, aber eher zu sich selbst.

Dahlias Müdigkeit kehrte wieder zurück und sie musste gähnen.

»Gute Nacht«, war alles, was sie noch herausbrachte, bevor sie in einen traumlosen Schlaf glitt.

»Gute Nacht, Dahlia«, entgegnete Luca.

Kapitel 24

Luca wurde von dem gewohnten Bauchgefühl geweckt, das er immer spürte, wenn die Späher in der Nähe waren. Leise schob er die schwarze Decke beiseite und zog seine Schuhe an, immer darauf bedacht, Dahlia nicht aufzuwecken.

Anfangs hatte er noch mit dem Gedanken gespielt, ihr zu sagen, wann der Späher eintreffen würde, damit sie sah, wie atemberaubend diese Wesen waren. Doch Luca wollte sie nicht gleich mit der Situation überfordern, vor allem nicht an ihrem ersten Tag in Anila. Gewiss würde sie noch früh genug einen von ihnen sehen, und dann wäre sie schon etwas vertrauter mit dieser Welt, würde die Sitten und Bräuche besser verstehen.

Die schwere Holztür knarrte beim Öffnen und Luca hielt sofort inne, um nach Dahlia zu sehen. Als er sich sicher war, dass sie immer noch gleichmäßig ein- und ausatmete, schlich er sich durch den schmalen Türspalt.

An der Treppe sprach er einen schnellen Schutzzauber, der ihm sagen würde, wenn jemand in das Zimmer einzudringen versuchte. Dann machte er sich auf den Weg nach unten. Cyrill hatte für ihn extra den Hintereingang offen gelassen und Luca trat in die sternenklare Nacht hinaus.

Er musste nicht lange warten. Von Weitem sah er schon die groben Umrisse des riesigen Vogelmenschen. Seine gewaltigen Flügel schwebten elegant in der Luft, es sah fast so aus, als müsste er überhaupt keine Kraft aufwenden.

Als der Greif zur Landung ansetzte, glitt er anmutig zu Boden und blieb wenige Meter vor Luca stehen.

Luca verbeugte sich ehrerbietungswürdig, indem er die Faust auf seine linke Brust legte. Der Späher tat es ihm gleich.

Luca war jedes Mal ergriffen, wenn er diesen anmutigen und edlen Geschöpfen gegenüberstand. Sie faszinierten ihn schon sein ganzes Leben lang und taten es immer noch.

»Sei gegrüßt, *Degan* Shui«, sagte Luca.

»Und immer stets wohlauf, *Degan* Luca«, beendete der Späher den Leitspruch der Pjoras.

Shui war über zwei Meter groß und hatte dunkelbraune Flügel, die er hinter seinem Rücken einzog. Sein Gesicht zeigte eine Mischung aus einem Vogel und einem Menschen: Er hatte den gelben, nach vorne gebeugten Schnabel eines Adlers und auch seine dunkelgrünen Augen glichen denen eines Vogels. Seine Ohren waren menschlich, genau wie sein restlicher Körper. Shui trug eine dunkle Hose, die ihm bis kurz über das Knie reichte. Sein muskulöser Oberkörper war unbedeckt. Mit seiner etwas dunkleren Haut war er in den Tiefen der Nacht fast unsichtbar.

Luca kannte ihn beinahe sein ganzes Leben lang. Sie hatten sich während der Gefangenschaft bei Gideon angefreundet und schafften es mit vereinten Kräften, zu fliehen. Als sich dann herausstellte, dass Shui dazu auserwählt war, ein Späher zu werden, trennten sich ihre Wege, da die Ausbildung zum Späher an einem geheimen Ort stattfand und mehrere Jahre dauerte. In dieser Zeit war Lucas Leben durch die Ausbildung bei den Pjoras geprägt. Damals schlossen die Pjoras und mit den Spähern ein Abkommen, sich gegenseitig zu helfen und alle Unschuldigen vor Gideons Ungerechtigkeiten zu beschützen. So führte das Schicksal die beiden Freunde wieder zusammen.

»Es ist immer eine Freude, dir zu begegnen, alter Freund«, sagte Luca.

»Wieso denn heute so förmlich? Wir haben uns seit einer Ewigkeit nicht gesehen, Luca!« Shui grinste schief, ging auf seinen Freund zu und zog ihn in seine Arme.

»Du hast ja recht, Shui. Muss wohl daran liegen, dass ich so lange unter Menschen gelebt habe«, entgegnete Luca nun auch grinsend.

»Bestimmt. Aber nun zum Geschäft. Hör zu, Luca, die Pjoras wollen dich nicht allein mit ihr reisen lassen, deshalb komme ich mit euch. Ich werde euch zu dem Versteck bringen.«

Luca sah ihn verblüfft an. »Trauen sie mir etwa nicht zu, dass ich sie alleine dorthin bringe? Ich habe doch schon oft Aufträge von ihnen erfüllt, die weitaus schwieriger waren«, meinte Luca mit zusammengekniffenen Augen.

Irgendetwas stimmte da nicht. Justus hätte niemals darauf bestanden, dass er noch zusätzlichen Schutz bräuchte. Warum hatten die Pjoras plötzlich anders entschieden?

»Natürlich vertrauen sie dir, aber in dieser Sache ist es anders. Seit Yolandas und Johns Tod war es noch nie so wichtig, eine Person auf Gideons Liste unbeschadet in das Versteck zu bringen«, sagte Shui beschwichtigend.

Als ob Luca sich dessen nicht bewusst wäre. Dahlia war zurzeit die wichtigste Person in Anila, und auch die gefährdetste. Aber bisher wusste niemand, dass sie hier war, und auch nicht, wie sie heute aussah. Unter diesen Umständen könnte es nicht so schwer sein, sie unbemerkt zu den Pjoras zu bringen. Irgendetwas war faul. Doch Luca schob das ungute Gefühl erst mal beiseite.

»Vermutlich hast du recht«, sagte er schließlich.

»Natürlich habe ich recht, mein Freund! Sonst wäre ich nicht zu den Spähern gekommen. Du weißt doch, wir haben immer recht«, scherzte Shui und klopfte Luca freundschaftlich auf die Schulter.

»Gut«, meinte Luca, »ich werde hineingehen und sie wecken. Die Sonne wird bald aufgehen und wir sollten möglichst vorher aufbrechen.«

»Eine kleine Ruhepause wird uns doch noch vergönnt sein, oder? Ich weiß, dass du immer einen Plan hast und streng danach arbeitest. Aber sich einfach mal hinzusetzen und nicht an die Arbeit zu denken, muss auch sein – selbst wenn es sich um *sie* dreht.« Shui klopfte auf den Baumstamm, der den Wirtshausgästen und anderen Wanderern als Bank zum Ausruhen diente.

Luca setzte sich etwas widerwillig neben seinen Freund.

»Fühlt sich doch gut an, oder?«

Luca nickte nur leicht mit dem Kopf.

»Und?«

»Und was?« Luca sah Shui fragend an.

Dieser verdrehte mit gespielter Entrüstung die Augen. »Und wie ist sie so? Hat sie schon alle Fähigkeiten entwickelt? Sie sieht bestimmt wie ihre Mutter aus, oder? Yolanda war einfach umwerfend«, plapperte Shui los.

»Also, erst einmal hat *sie* auch einen Namen. Sie heißt Dah...«

»Sch! Bist du verrückt?«, unterbrach ihn Shui scharf.

Mit entsetztem Gesicht sah Luca seinen Freund an. So aus der Haut zu fahren, war normalerweise nicht seine Art.

Shui schien das auch zu merken, denn seine Gesichtszüge entspannten sich sofort. Dennoch blieb seine Stimme wachsam und ausdruckslos.

»Keine Namen! Weißt du denn nicht, dass Gideon die Hajos dazu zwingt, für ihn zu spionieren?«

Luca schüttelte erschrocken den Kopf und sah sich reflexartig um. Zum Glück konnte er in unmittelbarer Nähe keinen Baum entdecken, denn die Tarnung der Hajos war täuschend echt. Ihre äußere Hülle bestand aus sprödem Holz und zahlreiche Äste wuchsen ihnen aus den Beinen und den Armen. Daher konnte man sie kaum von richtigen Bäumen unterscheiden. Hajos schlugen auch Wurzeln, um sich mit Nährstoffen aus dem Boden zu versorgen. Es gab nur wenige Elfen, die sie selbst dann noch sichten konnten.

Dass Gideon den so friedlich gesinnten und hilfsbereiten Baummenschen solche Qualen zufügte und sie zum Spionieren zwang, erschütterte Luca. Aus seiner Zeit in Gefangenschaft wusste er, dass Gideon den Willen derer brach, die er in seine Dienste zwang. Ein schmerzhafter und zermürbender Prozess.

Urplötzlich verfinsterte sich Lucas Miene.

Auch er wurde damals gequält, damit er sich Gideons Willen beugte. Es waren schreckliche Monate, die ihm wie Jahre vorgekommen waren.

Eine ganze Weile sagte keiner der beiden etwas. Bis die ersten Sonnenstrahlen ihre Gesichter wärmten und ihnen schlagartig bewusst wurde, dass sie nun aufbrechen mussten.

»Wir sollten uns beeilen, Luca«, brach Shui das Schweigen und reichte ihm wortlos seinen Degen. Shui hatte ihn für Luca aufbewahrt, solange er bei den Menschen weilte. Er selbst trug zwei Dolche zur Verteidigung an seinem ledernen Gürtel.

»Vielen Dank«, sagte Luca und nahm die Waffe entgegen. »Am besten, du wartest hier. Ich bin gleich wieder mit *ihr* zurück«, sagte Luca.

Als er sah, dass Shui ihn skeptisch anblickte, fügte er hinzu: »Ich beeile mich, versprochen. Sieh du lieber zu, dass du dich wieder verwandelst. Es wäre besser, wenn wir sie nicht gleich mit dem hier«, Luca deutete auf Shuis Flügel, »überfordern.«

»Bisher war noch keine Frau mit ›dem hier‹ überfordert!«, meinte Shui grinsend.

Luca grinste ebenfalls, bevor er durch den Hintereingang verschwand. Er freute sich, seinen besten Freund wieder um sich zu haben. Ihn und seine Scherze hatte er wirklich vermisst!

Gedankenverloren ging er die Stufen hinauf und bemerkte nicht, dass ihm Shui trotz seiner Anweisungen folgte.

Luca öffnete vorsichtig die Türe und sah, wie Dahlia, tief in ihren Träumen versunken, ihre Arme in seine Richtung ausstreckte.

Leise setzte er sich auf die Bettkante und schaute in ihr schlafendes Gesicht. Wie konnte man einer so jungen Frau eine so schwere Aufgabe zumuten? Sie wusste nicht einmal, was sie eigentlich tun sollte. Niemand wusste es. Auch nicht Luca oder Herr Smaragd. Laut der Prophezeiung würde das Mädchen mit dem Amethyst im Herzen dem Grauen in Anila ein Ende setzen. Das war alles, was sie wussten.

Behutsam rüttelte Luca an Dahlias Schultern. Als sie langsam die Augen öffnete, zuckte sie leicht zusammen.

Luca flüsterte: »Wir müssen uns beeilen, die Sonne hat schon die äußeren Hügel erreicht. Pack deine Sachen zusammen. Ich werde vor dem Zimmer warten.«

Kurz vor der Tür hielt Luca inne und drehte sich noch mal zu ihr um.

»Ach übrigens: Die Pjoras haben zu deinem Schutz zusätzlich einen jungen Mann namens Shui geschickt. Er wartet unten auf uns und wird uns bis zum Versteck begleiten.«

Schlaftrunken nickte Dahlia leicht. Sie mochte es gar nicht, so abrupt geweckt zu werden.

Nachdem sie sich ausgiebig gestreckt hatte, sammelte sie ihre wenigen Sachen zusammen, stopfte sie in die lederne Umhängetasche und zog den schwarzen Umhang über ihr Kleid.

Als sie die Türe hinter sich schloss, stand Luca sofort von der Treppe auf, nahm ihre Hand und bedeutete ihr mit dem Zeigefinger auf dem Mund, dass sie leise sein sollte.

Auf der untersten Treppenstufe stand ein ziemlich muskulöser junger Mann, den Dahlia um die 20 Jahre schätzte. Seine braunen Haare fielen ihm wie sanfte Wellen um sein

Gesicht. Mit seinen markanten Wangenknochen und den wachsamen grünen Augen sah er wirklich hübsch aus. Zu Dahlias Überraschung trug er nichts weiter als eine kurze braune Hose, die ihm bis zu seinen Knien reichte. Ihr Blick blieb unwillkürlich an seinem blanken Oberkörper hängen.

Der junge Mann grinste. »Sei gegrüßt, *Bellaria*. Mein Name ist Shui.« Mit diesen Worten verbeugte er sich vor Dahlia.

Als er sich wieder aufrichtete, fügte er verschmitzt hinzu: »Das ist jahrelanges hartes Training!«

Wie peinlich!, dachte Dahlia. Sie wäre am liebsten im Erdboden versunken. Schnell riss sie ihre Augen von Shuis Oberkörper los und spürte sofort, dass ihr Gesicht zu glühen anfing. *Toller erster Eindruck! Hoffentlich habe ich nicht noch gesabbert!*

Instinktiv fuhr sie sich mit der Hand über ihren Mund und atmete erleichtert auf. Sie musste sich das echt abgewöhnen.

Etwas befangener als zuvor stammelte sie leise: »Freut mich, dich kennenzulernen, Shui.«

Wie merkwürdig sie sich vorkam, als Shui sich vor *ihr*, einer unauffälligen 16-jährigen Schülerin, verneigt hatte. Sie war doch keine Prinzessin und eine Königin erst recht nicht.

»Unauffällig sind nur die, die nie etwas Neues versuchen«, flüsterte Shui ihr leise zu, als sie an ihm vorbei die letzten Stufen hinunterging.

Erschrocken zuckte sie leicht zusammen. Wie konnte das sein? Sie hatte doch nur gedacht und nicht laut gesprochen, oder doch? Nein, bestimmt nicht, sonst hätte Luca auch etwas gesagt. Wie also konnte Shui wissen, was sie dachte?

Mit dieser Frage beschäftigt merkte sie kaum, dass Luca sie fast aus dem Wirtshaus hinausschieben musste. Also beeilte sie sich, um mit Shui Schritt zu halten.

Kapitel 25

Sie verließen die Stadt und folgten einer mit Kieselsteinen bedeckten Straße, die sich quer durch eine schnell wechselnde Landschaft zog. Zuerst waren ringsum blühende Wiesen zu sehen, mit unendlich vielen verschiedenen Blumen und Bäumen. Vögel pfiffen fröhlich ihre Lieder und das Summen der Bienen verband sich mit den Geräuschen eines plätschernden Flusses zu einer kleinen Symphonie. Dahlia war begeistert von der unberührten Natur um sie herum.

Als Nächstes liefen sie durch eine Wiesenlandschaft, die an eine Prärie erinnerte. Kaum eine Blume blühte hier. Die wenigen kleinen Berge, die wie viereckige Holzklötze aus der Erde emporschossen, waren rötlich gefärbt. Dahlia staunte darüber, wie weit man hier in die Ferne blicken konnte.

Kurz vor Wino machten sie Rast, um ihre Kräfte zu sammeln. Es wäre immerhin möglich, dass sie die Wächter nicht mit bloßen Worten dazu bringen konnten, sie in die Stadt zu lassen.

Dahlia ließ sich mit einem lauten Seufzer auf einem großen Stein nieder. Sie waren bestimmt sechs Stunden ohne Unterbrechung gelaufen. Ihre Versuche, Luca davon zu überzeugen, dass sie unbedingt eine Rast bräuchte, waren kläglich untergegangen. Luca meinte, sie würden es ansonsten nicht mehr vor Sonnenuntergang nach Wino schaffen.

Luca und Shui packten den Proviant aus. Es gab ein paar Fetzen getrocknetes Fleisch und Brot. Die Luft war hier oben ziemlich kühl und windig, sodass sich Dahlia in ihre schwarze Decke aus Kya einwickelte.

»Wieso ist es denn hier so kalt? Die ganze Zeit über haben wir in der heißen Sonne geschwitzt und kurz vor dem

Ziel ändert sich die Temperatur schlagartig. Was ist das für ein Ort?« Diese Frage lag Dahlia schon eine Weile auf der Zunge, aber sie hatte damit gewartet, bis Shui und Luca mit dem Essen fertig waren.

»Das liegt daran, dass es schon Herbst wird und …«, begann Shui.

»Herbst?«, unterbrach ihn Dahlia verwundert. »Wir sind doch vorhin noch durch blühende Wiesen gewandert!«

»Wenn du mich ausreden lassen würdest, könnte ich es dir vielleicht erklären«, meinte Shui mit tadelnder Stimme.

Dahlia entschuldigte sich kleinlaut.

Luca schickte seinem Freund einen vielsagenden Blick und Shui grinste. Die beiden hatten sich vorhin ausgiebig über Dahlia unterhalten, während sie völlig abwesend die faszinierende Landschaft betrachtet hatte. Luca hatte ihm von Dahlias Wissbegierde erzählt und auch ihre Angewohnheit erwähnt, ständig Zwischenfragen zu stellen, wenn man ihr etwas erklären wollte.

»Schon gut«, winkte Shui ab und fuhr fort: »In Anila sind die Jahreszeiten seit Gideons Herrschaft etwas durcheinandergeraten. Ich nehme an, du weißt bereits, dass eine Verbindung zwischen einem Menschen und einem Wesen aus unserer Welt strengstens verboten ist. Doch damit nicht genug. Entsteht ein Kind aus einer solchen Verbindung, verschiebt sich das gesamte Raum-Zeit-Kontinuum unserer beiden Welten, und zwar mit unvorhersehbaren Folgen. In deiner Welt äußert sich das durch Naturkatastrophen und Umweltbelastungen. Hier in Anila wechseln sich seither die Jahreszeiten im einmonatigen Zyklus ab. Nach einem Monat Sommer folgt ein Monat Herbst und so weiter.

Das war anfangs besonders für unsere Bauern schwer zu tragen. Der plötzliche Winter zerstörte die Ernte und das ganze Land hatte mit Hungersnöten und Seuchen zu kämpfen. Dein Vater John brachte uns damals aus der anderen Welt eine eurer neusten Erfindungen mit: Samen, die innerhalb von zwei Monaten Früchte trugen. Es war unsere Rettung, nur so konnte unsere Welt weiterhin bestehen. Natürlich hat keiner der Pjoras je verraten, dass diese Erfindung von einem Menschen stammte. Wir gaben sie als unsere eigene aus. Schließlich hatten wir deinen Vater damals versteckt und das Verhältnis unserer Welten war auch schon zu dieser Zeit nicht das beste, wie du sicher weißt.«

Dahlia hatte aufmerksam zugehört. Ihr Vater war also der versteckte Retter von Anila? Sie wusste nicht, wieso, aber es machte sie schon ziemlich stolz, die Tochter eines so mutigen Menschen zu sein, auch wenn sie ihn nie wirklich kennenlernen durfte.

»Warum tat mein Vater das alles? Immerhin wollte ihn die Mehrheit der Bewohner von Anila tot sehen?« Dahlia wurde daraus nicht schlau.

»Eine sehr interessante Frage, *Bellaria*.«

Dahlia errötete leicht, als Shui sie wieder mit der ehrenvollen Anrede ansprach. Ihr war es schon in ihrer Welt unangenehm, wenn manche zu ihr »Fräulein« oder »Sie« sagten.

»Aber eine Frage, die einfach zu beantworten ist«, mischte sich Luca ins Gespräch ein.

»Ganz recht, mein Freund. John hatte nicht geahnt, welche gewaltigen Folgen deine Geburt haben würde, obwohl er von Gideons Verbot gewusst hatte. Er fühlte sich verantwortlich für das, was in Anila passierte, und wollte das Verursachte so weit wie möglich wieder gutmachen. Dein Vater war ein wunderbarer Mensch und es ist sehr bedauerlich, dass er so früh sterben musste.«

Dahlias Augen füllten sich mit Tränen. Sie hätte wahrlich alles dafür gegeben, ihren Eltern ein einziges Mal zu begegnen. Schmerz erfüllte ihr Herz.

Shui betrachtete sie aufmerksam und Mitgefühl zeigte sich in seinem Blick. Mit sanfter Stimme fügte er hinzu: »Aber etwas von ihm und von deiner Mutter lebt in dir weiter. Ganz tief in deinem Herzen werden sie immer bei dir sein. Du hast schon jetzt so viel von ihnen. Wie wird es dann erst sein, wenn …«

»Ich denke, du hast Dahlia nun zur Genüge aufgewühlt, mein Freund«, unterbrach ihn Luca ungewohnt scharf, gerade als Dahlia begonnen hatte, schwach zu lächeln.

Die Stimmung schlug schlagartig um und Dahlia fragte sich, was Luca nun wieder vor ihr verheimlichen wollte. Seine Geheimnistuerei ging ihr mächtig auf die Nerven. Kalte Wut stieg in ihr auf. Aber sie versuchte, es sich nicht anmerken zu lassen. Später würde sie mit Luca unter vier Augen darüber reden.

Shui sah auch ziemlich überrascht aus aufgrund der plötzlichen Schärfe in Lucas Stimme. Aber dann nahm sein Gesicht verständnisvolle Züge an, fast ein wenig Bedauern lag in seinen Augen.

»Entschuldige bitte, Luca. Ich werde mich in Zukunft mehr zusammenreißen, versprochen.«

Luca nickte und begann damit, seine Sachen einzupacken.

»Wir sollten langsam aufbrechen und uns einen Plan ausdenken, wie wir an den Torwächtern vorbeikommen«, sagte er zu Shui.

Beide standen auf und ehe Dahlia sich versah, waren sie ohne weitere Erklärung hinter einem nahegelegenen Baum verschwunden.

Was sollte das nun wieder? Dahlia schüttelte verständnislos den Kopf. Natürlich war es für sie besser, wenn sie nicht alles wusste, zu ihrem eigenen Schutz. Trotzdem konnte sie es nicht fassen, dass sie hier alle wie ein kleines Mädchen behandelten.

Ein wenig trotzig lief sie den beiden Jungs hinterher.

Kapitel 26

Nein! Auf gar keinen Fall werde ich in diesen stinkenden alten Sack steigen. Das könnt ihr euch abschminken!«, Dahlia schrie fast, so fassungslos war sie über den Plan der beiden.

»Dahlia, bitte. Es ist doch nur für ein paar Minuten«, versuchte es Luca zum zweitausendsten Mal. Er wusste ja, dass junge Frauen in Dahlias Alter stur sein konnten, aber dass er dabei ausgerechnet auf einen Granitstein stoßen würde, hatte er nicht vermutet. Natürlich ahnte er, dass Dahlias Sturheit mit seiner vorherigen Reaktion zu tun hatte. Warum musste Shui auch so geschwätzig sein?

Trotzdem gab er nicht so schnell auf, der Plan war einfach perfekt. Luca und Shui wollten sich vor den Torwächtern als Bauern ausgeben. Viele Bauern passierten derzeit mit Getreidesäcken die Grenze nach Wino, um ihre Vorräte rechtzeitig vor dem bevorstehenden Winter nach Hause zu bringen.

Nur Dahlia durfte nicht gesehen werden. Es wäre zu auffällig, auch weil man ihr durch ihre Sprache anmerken könnte, dass sie nicht aus Anila kam. In Arim war dies kein Problem gewesen, da es sich um ein kleines Dorf handelte. Die Leute wollten dort lieber ihre Ruhe haben, als sich Gedanken über irgendwelche Fremden zu machen. Wino hingegen war eine Stadt, und die Bewohner waren gebildeter, sie hinterfragten Dinge und könnten Dahlia eher enttarnen.

Sollten die Wächter doch misstrauisch sein und einen Blick in den Sack werfen wollen, würde Shui einen alten Zauber aussprechen, der bewirkte, dass sie in dem Sack lediglich Getreide sehen konnten. Als Späher war es Shui erlaubt einen solchen Tarn-Zauber anzuwenden.

Shui machte Dahlia nun ein Angebot, um sie doch noch

umzustimmen: »Was wäre, wenn wir b-e-i-d-e«, er zog das letzte Wort besonders in die Länge und schaute zu seinem Freund, bevor er weitersprach: »dir nach der erfolgreichen Aktion eine Frage beantworten würden? Aber nur eine, egal welcher Art sie sein mag?«

Luca wollte etwas entgegnen, aber Shui hob beschwichtigend seine Hand und fragte, zu Dahlia gewandt: »Na, wie wäre das?«

Dahlia rang sichtlich mit sich, bis sie schließlich doch einlenkte.

»Egal welcher Art?«, versicherte sie sich noch einmal.

Jetzt nickten Shui und Luca gleichzeitig.

»Okay, ich mache es.«

Luca lächelte seinen Freund dankbar an. Wäre er mit Dahlia allein gewesen, hätte er sie vermutlich nicht überzeugen können.

Kapitel 27

Bevor sie in den Sack stieg, bestand Dahlia darauf, dass sie ein paar kleine Luftlöcher hineinritzten. Trotzdem war es ziemlich stickig darin und bei der kleinsten Bewegung kratzte der Stoff unangenehm auf ihrer Haut. Dafür würde sie sich eine ganz besonders heikle Frage für Luca ausdenken, das schwor sie sich!

Noch während Luca und Shui den schweren Sack zur Grenze trugen und ihn dort auf Geheiß der Wächter abstellten, grübelte Dahlia, welche Frage sie Luca stellen sollte. Viele schwirrten ihr im Kopf herum … aber eine fiel ihr erst jetzt ein!

Sie erinnerte sich an Lucas Gespräch mit dem Wirt in Arim. Dabei hatte dieser etwas von »gefährlich« gemurmelt … Hm, vielleicht sollte Dahlia ihn danach fragen?

»Wohin soll's denn gehen, die Herren?«, fragte der Wächter misstrauisch und unterbrach Dahlias Gedankengänge.

Sie sah vorsichtig durch eines der Luftlöcher. Der Wächter hatte große, breite Schultern und ein kantiges Gesicht, über das sich quer eine riesige Narbe zog. Luca überragte er um mindestens zwei Köpfe. Einen so riesigen Koloss hatte sie noch nie gesehen. Er trug eine einfache braune Lederhose und ein weißes langes Hemd mit einem ledernen Wams darüber. In seiner rechten Hand hielt er ein Holzbeil, das seinem Aussehen zusätzlich einen düsteren Ausdruck gab. Seine Körperhaltung zeigte deutlich, dass er sich von nichts und niemandem etwas sagen lassen würde. Mit einem verächtlichen Grinsen wartete er auf Lucas oder Shuis Antwort.

Dahlia konnte sehen, dass sich Luca beim Anblick des Wächters etwas verkrampfte. Shui hingegen stellte sich wagemutig vor ihn und antwortete ihm mit sicherer Stimme.

»Wir wollen nur unsere Ernte nach Wino bringen, bevor der Winter beginnt. Ist das ein Problem für Euch?«

Im Sack hielt Dahlia die Luft an, da sie absolut nicht wusste, wie der Wächter auf Shuis bissige Antwort reagierte. Würde er sie alle mit einem Schlag umbringen? Oder sie irgendwo in einem stickigen Keller foltern, bis sie ihm ihren wirklichen Beweggrund nannten?

Das mulmige Gefühl in ihrem Bauch konnte Dahlia nicht unterdrücken. Angespannt beobachtete sie die Reaktion des Wächters.

Er trat einen Schritt näher an den Jutesack heran.

»Habt ihr etwas in dem Sack, das nicht zur Ernte gehört?«

»Ihr könnt gerne einen Blick hineinwerfen, wenn Ihr zwei armen Bauern wie uns nicht traut!«, entgegnete Shui spitz.

Das würde der Wächter sich bestimmt nicht zweimal sagen lassen, dachte Dahlia und sah schon die Hände des Riesen den Sack aufschnüren. *Oh Gott, jetzt wird er uns wohl doch umbringen!*

Doch der Wächter schnaubte nur kurz. Er war wohl enttäuscht, da er nicht mehr annahm, etwas anderes als Getreide darin vorzufinden. Er drückte den Sack Luca und Shui in die Hand und bedeutete ihnen mit einer Geste, dass sie vorbeitreten können.

Perplex über die Reaktion, aber auch erleichtert, seufzte Dahlia auf. Durch das Luftloch konnte sie sehen, dass auch Luca und Shui sich ein Grinsen nicht verkneifen konnten.

Nach einer guten halben Stunde, als sie sicher sein konnten, dass sie Wino weit genug hinter sich gelassen hatten, half Luca Dahlia aus dem Sack.

»Eine Minute länger in diesem .... stickigen Ding und ... ich würde nicht mehr unter den ... Lebenden weilen«, meinte Dahlia atemlos, zog tief die Luft ein und reckte ihre eingeschlafenen Glieder.

»Wir hatten großes Glück, dass der Wächter allein war.

Normalerweise haben alle Wachposten in Anila einen Wahrheitsfinder dabei, der die Leute an der Grenze nochmals überprüft«, sagte Luca.

Bevor Dahlia nachfragen konnte, wie sie sich einen Wahrheitsfinder vorstellen sollte, entgegnete Shui: »Ja, Glück und eine ordentliche Portion Magieerfahrung, daran wird's wohl liegen, Kumpel!« Er schlug seinem Freund lachend auf den Rücken.

Dahlia biss sich auf die Lippe, um ein Grinsen zu unterdrücken.

Sie mochte Shuis scherzhafte Art. Ein bisschen mehr Lockerheit würde Luca bestimmt auch nicht schlecht stehen. Wäre er nur nicht ständig darauf versteift, immer alles nach Plan machen zu müssen.

»Ja, gut. Ein bisschen Magieerfahrung war wohl auch dabei. Aber jetzt lasst uns lieber weiterziehen, wir haben noch einen guten Tagesmarsch vor uns.« Mit diesen Worten stapfte Luca voraus, gefolgt von Shui und Dahlia, die sich ihr Grinsen nicht verkneifen konnten.

Die Landschaft, die sie durchquerten, war karg und trist. Bäume trugen keine Blätter mehr, Frost bedeckte den Boden und die Vögel sangen nicht mehr so oft, wie sie es noch in Wino taten.

Mittlerweile hatten sie sich auch etwas wärmer angezogen. Luca hatte ihr ein paar warme Sachen aus seiner Tasche und ihrem Rucksack zusammengestellt. Dahlia trug nun einen dicken Fellmantel mit Kapuze, ihre eigene Hose unter dem Kleid und Winterstiefel. Luca selbst hatte nur eine Art dickeren Pullover übergestreift und seine Schuhe durch gefütterte Winterstiefel ersetzt.

Lediglich Shui trug weiterhin dasselbe, wie zuvor. Ihm machte die Kälte nichts aus, da er als Späher einen anderen Stoffwechsel hatte als Menschen oder Elfen, meinte er auf Dahlias Nachfragen hin.

»Was genau wird eigentlich passieren, wenn wir in dem Versteck angekommen sind?«, fragte Dahlia.

»Das siehst du dann, wenn wir dort sind. Ein Schritt nach dem anderen, Dahlia«, entgegnete ihr Luca knapp.

»Ja, aber könnt ihr mir nicht ein wenig mehr erzählen? Muss ich dort auf etwas achten?« Dahlia blieb diesmal hartnäckig.

Shui wollte gerade etwas sagen, als ihn Luca streng anblickte und den Kopf schüttelte.

»Wir haben genaue Anweisungen, dir nichts weiter zu sagen, bis wir im Versteck und somit in Sicherheit sind. Richtig, Shui?«, wandte sich Luca an seinen Freund.

»Das ist leider wahr, Dahlia. Tut mir leid, aber auch mir sind da die Hände gebunden«, meinte Shui bedrückt.

Wären sie allein gewesen, hätte sie aus Shui bestimmt mehr herausbekommen, aber unter den wachsamen Augen von Luca schien das fast unmöglich zu sein. *Aber es ergibt sich bestimmt noch eine andere Gelegenheit*, dachte sich Dahlia und gab sich vorerst damit zufrieden.

Sie wanderten eine gute Stunde einen hohen Berg hinauf, während die Bäume immer weniger wurden und die Grünflächen den kleineren und größeren Steinen wichen. Die meiste Zeit schwiegen sie. Hin und wieder wechselten Shui und Luca ein paar Worte über vergangene Tage, die sie zusammen verbracht hatten. Dahlia war es im Moment lieber, in Ruhe gelassen zu werden. Was hätte sie auch mit den beiden Jungs reden sollen? Sie sagten ihr sowieso nicht, was sie bald erwartete und worin ihre Aufgabe eigentlich bestand.

Dahlia dachte darüber nach, wie es ihren Freunden wohl ging. Ob Kira und Selina nach ihr gefragt hatten, bevor sie in die Ferien gefahren waren? Was hatte Herr Smaragd ihnen erzählt, wo sie sei? Im Ausland, ein Praktikum machen? Oder auf Sinnsuche in der Welt herumreisen?

Was auch immer es war, es musste überzeugend klingen. Dahlia glaubte nicht, dass Kira auf eine einfache Lüge hereinfallen würde. Und Selina? Nachdem sie sich in den letzten Wochen so merkwürdig verhalten hatte, wusste Dahlia nicht genau, ob sie es nicht einfach hinnehmen würde, was immer man ihr erzählte.

Ob ihre Freunde wirklich geschützt waren? Luca hatte es ihr zwar versichert, trotzdem plagten sie Zweifel und Schuldgefühle. Dahlia wollte gar nicht daran denken, was passieren würde, wenn sie diesem Gideon in die Hände fielen.

»Ich denke, wir sollten hier unser Nachtlager aufschlagen, solange es noch hell ist«, sagte Luca, der plötzlich direkt neben Dahlia ging. Abrupt aus ihren Gedanken gerissen zuckte sie kurz zusammen.

Shui nickte nur und machte sich sofort daran, eine Feuerstelle zu bauen. Irgendetwas an seinem Verhalten ließ Dahlia annehmen, dass sie wohl ein wichtiges Gespräch zwischen den beiden verpasst haben musste. Er wirkte ungewohnt still und in sich gekehrt.

Wie als Bestätigung ihrer Gedanken zog Luca sie am Arm und ging mit ihr ein paar Schritte.

»Ich habe gerade mit Shui gesprochen«, sagte er leise, »da ich nicht verstehe, warum die Pjoras ihm aufgetragen hatten, uns zu begleiten. Justus hatte mir die Aufgabe gegeben, dich sicher in ihr Versteck zu bringen, und er hatte nichts von einem zusätzlichen Schutz gesagt. Er wusste, dass ich keinen benötigen würde.«

Aufmerksam lauschte Dahlia den Worten Lucas. Was wollte er ihr damit sagen? Dass Shui nicht der war, der er zu sein schien?

Luca schaute Dahlia erwartungsvoll an, als wollte er, dass sie selber darauf kam.

»Irgendetwas stimmt hier nicht, oder?«, war das Einzige, was ihr dazu einfiel.

Luca nickte. »Das ist es, was ich Shui auch versucht habe

zu erklären. Doch er meint, ich bräuchte mir keine Sorgen zu machen, die Pjoras wüssten schon, was sie tun. Ich glaube, es hat ihn etwas gekränkt.«

»Was verständlich ist. Du hast ihm praktisch gesagt, dass du es unnötig findest, ihn hier zu haben.«

»Ja, das stimmt. Es ist auch nicht so, dass ich ihm nicht trauen würde. Wir sind schon eine Ewigkeit befreundet. Ich wollte dich nur wissen lassen, dass du vorsichtig sein solltest. Im Moment weiß ich nicht, was genau hier nicht stimmt, aber ich bin mir sicher, dass wir es bald herausfinden werden.«

»Etwas Gutes wird es vermutlich nicht sein.« *Was so viel bedeutet wie: nichts Gutes für mich*, dachte Dahlia grimmig.

»Nein, vermutlich nicht.« Luca sah Dahlia noch besorgter an als sonst.

Nachdenklich gingen sie zu Shui zurück. Er hatte inzwischen Holz gesammelt und Feuer gemacht.

»Unser Wasservorrat geht bald zur Neige«, sagte Luca. »Würdest du mit Dahlia Wasser holen gehen, Shui? Ich werde in der Zwischenzeit unser Essen jagen.«

»Natürlich. Komm, Dahlia, da drüben hinter dem Hügel ist ein kleiner Bach.« Shui zeigte auf eine spärlich mit Schnee bedeckte Anhöhe in der Ferne.

Er packte die Wasserflaschen aus und die beiden machten sich auf den Weg. Luca ging schweigend in die entgegengesetzte Richtung.

Dahlia bemühte sich, mit Shui Schritt zu halten, was ziemlich schwierig war. Sie rannte beinahe und trotzdem schien er ihr immer fünf Schritte voraus zu sein.

Leicht aus der Puste erreichte sie den Bach. Shui kniete bereits am Boden und hielt eine Flasche ins Wasser.

»Wie kommt es ... dass du so ... schnell bist?«, keuchte sie und stemmte die Hände in die Hüften.

Grinsend schaute Shui zu ihr hinauf, schraubte die

erste Flasche zu und ließ für einen Moment davon ab, die nächste zu füllen.

»Das ist einer der Vorteile, ein Späher zu sein«, antwortete Shui.

Dahlias fragender Blick ließ ihn weitersprechen: »In den ersten Jahren trainieren wir nur unseren Körper. Ausdauer und Krafttraining von morgens bis abends. Sobald man das erfolgreich bestanden hat, geht es an die taktischen Übungen, falls man in den Krieg ziehen oder eine Rebellion anführen muss.«

»Sehr beeindruckend«, entgegnete Dahlia. Und sie meinte es auch so. Als eine der unsportlichsten Schülerinnen der Klasse – mal abgesehen von der Trainingseinheit mit Luca damals, die sie überraschenderweise mühelos bewältigt hatte – konnte sie es sich nicht vorstellen, über Jahre von früh bis spät nur Sport zu machen. Dafür konnte sie nur eines empfinden: puren Respekt.

»Danke«, sagte Shui immer noch lächelnd. »Aber das ist im Vergleich zu deinen sportlichen Fähigkeiten natürlich nichts.«

Wie bitte? Wollte er sie auf den Arm nehmen?

»Was soll das? Machst du dich über mich lustig?«, fragte Dahlia angespannt.

Shui schaute Dahlia überrascht an. »Nein, das würde ich nie tun! Ich dachte nur, du wüsstest, dass ...«

»Dass was?«, argwöhnte Dahlia und blickte ihn mit zugekniffenen Augen an. Shui hingegen sah so aus, als wollte er gerade lieber irgendwo anders sein.

»Naja, dass durch dein Amulett deine natürlichen Fähigkeiten aktiviert und verstärkt werden.«

Dahlias Wut verebbte für einen Moment, bis ihr klar wurde, dass Luca ihr schon wieder etwas verheimlicht hatte, vermutlich um sie vor all dem Chaos, das sowieso schon um sie herum passierte, zu schützen. Aber wieso? Dahlia wollte nicht beschützt werden. Sie wollte nicht, dass andere für sie entschieden, ob sie dies oder jenes erfahren durfte.

»Danke für deine Ehrlichkeit.« Mit diesen Worten wandte sie sich von ihm ab, nahm eine der vollen Wasserflaschen und wollte gerade zum Lager zurücklaufen, als Shui sie am Arm packte.

»Bitte, lass Luca nicht wissen, dass ich es dir erzählt habe. Er denkt sowieso, dass ich für ihn nur eine Last bin. Und er nimmt es mir übel, dass die Pjoras ihm solch einen – in seinen Augen einfachen – Auftrag nicht zutrauen.«

Dahlia schaute in die Weiten seiner grünen Augen und wusste, dass er es ernst meinte.

»Natürlich. Von mir erfährt er nichts.«

Als sie sich gemeinsam auf den Rückweg machten, fiel Dahlia noch etwas ein.

»Was weißt du über mich und meine Fähigkeiten? Und was erwartet mich hier eigentlich?«

Für einen Moment sah es so aus, als ringe Shui innerlich damit, ihr weitere Details zu verraten. Doch es war nur ein kurzer Moment, denn als er antwortete, hatte er wieder sein gewohntes Grinsen im Gesicht.

»Ich weiß nicht sehr viel. Das meiste sind vage Gerüchte, die ich hier und dort aufgeschnappt habe. Nur sehr wenige der Pjoras wissen über dein Schicksal Bescheid, und das sind die ältesten Mitglieder unserer Reihen. Alles, was ich dir sagen kann, ist, dass es in der Prophezeiung heißt:

Das Mädchen mit dem Amethyst im Herzen und dem Zeichen auf der Haut wird die Schreckensherrschaft des Halbblutes endgültig beenden, oder aber Anila wird für immer in einer alles umhüllenden Dunkelheit verschwinden und aufhören zu existieren.«

Shui schaute Dahlia forschend an, bevor er fortfuhr.

»Wenn man den Gerüchten glaubt, besitzt du drei Fähigkeiten, die denen von Gideon konträr entgegengesetzt sind. Und eine davon wird er niemals erlernen können, wie sehr er sich auch bemühen mag.«

»Welche Fähigkeit?«, fragte Dahlia gespannt. Luca hatte mit ihr nie so offen darüber gesprochen. Das war etwas, was sie sehr an Shui schätzte.

»Das kann ich nicht sagen, selbst die ältesten Pjora-Mitglieder sind sich darüber nicht im Klaren. Daher werden sie dich in ihrem Versteck vermutlich tausenden Tests unterziehen, um herauszufinden, was sie tun können, um deine Fähigkeiten zu verstärken beziehungsweise sie zum Vorschein zu bringen«, meinte Shui beiläufig.

Dahlia wurde ziemlich mulmig zumute. Sie wollte nicht als Laborratte oder Versuchskaninchen dienen. Der Gedanke an diese Tests ließ sie innerlich schaudern.

Shui schien Dahlias Reaktion nicht zu entgehen.

»Aber keine Sorge, diese Tests sind nur dazu da, um dir weiterzuhelfen. Nicht um an dir Experimente durchzuführen. Wenn du etwas nicht tun willst, kannst du es ihnen sagen, und sie werden deinem Wunsch nachkommen.«

»Sicher?« Dahlia war nicht überzeugt.

»Falls sie so etwas doch vorhaben sollten, schwöre ich hiermit feierlich, dich, *Bellaria*, mit allem, was in meiner Macht steht, davor zu beschützen.«

Die Entschlossenheit in seiner Stimme machte Dahlia sprachlos. Shui war es wirklich ernst. Sie wusste das vom ersten Moment an, als er ihr in die Augen gesehen hatte. Er würde alles für sie tun, obwohl er sie kaum kannte.

Da sie nicht wusste, was sie darauf erwidern sollte, tat sie das Erste, was ihr in den Sinn kam. Sie umarmte Shui.

Er war zuerst überrascht über diese Reaktion, legte dann aber seine starken Arme um sie.

»Danke«, murmelte Dahlia. So wohl hatte sie sich schon lange nicht mehr gefühlt. Shui war viel mehr für sie als nur ihr Begleiter. Er beantwortete ihre Fragen, ohne sich ständig darum zu sorgen, ob sie die Wahrheit auch vertrug.

Shui räusperte sich nach einer Weile und ließ Dahlia los. »Wir sollten besser zum Lager zurückkehren, sonst macht sich Luca noch unnötig Sorgen.«

Gemeinsam gingen sie den steinigen Weg entlang und sahen von Weitem schon einen ungeduldig wartenden Luca am Lagerfeuer stehen.

»Wo wart ihr denn so lange?«, war das Erste, womit er sie begrüßte.

»Die Wasserstelle war doch etwas weiter entfernt, als ich angenommen hatte«, erklärte Shui ruhig.

Luca sah seinen Freund argwöhnisch an.

»Hast du etwas fangen können, Luca?«, fragte Dahlia, um die angespannte Situation zu lockern.

Nur langsam löste sich Lucas Blick von Shui und er sah Dahlia an.

»Ja. Einen Hasen. In diesen Wäldern wohnen wenige große Tiere. Für heute Abend wird es reichen müssen.«

Die drei setzten sich ans Lagerfeuer und Luca verteilte den schon fertig gebratenen Hasen.

Schweigend nahmen sie ihre Mahlzeit zu sich und einigten sich dann darauf, abwechselnd Wache zu halten, wobei das nur für die beiden Jungs galt. Dahlia bräuchte am meisten von allen Schlaf und sollte daher lieber nicht Wache schieben, meinte Luca.

Insgeheim musste sich Dahlia stark zurücknehmen, um ihm nicht ihre Meinung zu sagen, denn das klang für sie erneut wie eine Bevormundung. Die schwache kleine Dahlia aus der anderen Welt, die man vor allem schützen musste. Langsam wurde es Dahlia zu viel. Wenn sie wirklich so schwach war, wie sollte sie denn dann Lucas und Shuis Welt vor Gideon schützen? *Das ist bestimmt noch keinem der beiden in den Sinn gekommen! Aber sei's drum.*

Luca übernahm die erste Wache und setzte sich auf einen nahegelegenen Stein mit dem Rücken zu Dahlia, die sich in ihre schwarze Kya-Decke eingewickelt hatte. Shui streckte sich auf der anderen Seite des Lagerfeuers aus und schlief gleich ein.

Dahlia hingegen lag wacher denn je auf dem unebenen Boden und betrachtete Luca. *Wieso vertraut er mir denn nicht? Warum erfahre ich von ihm nichts von den Dingen, die ich doch wissen sollte?*

Kurzerhand packte Dahlia ihre Decke und setzte sich neben Luca auf den Stein. Er sah sie perplex an.

»Kannst du nicht schlafen?«, fragte er beiläufig.

»Nein, mir schwirrt zu viel im Kopf herum«, antwortete sie. *Wie zum Beispiel, wieso du mir meine Fragen nur lückenhaft beantwortest.*

Als hätte er ihre Gedanken gelesen, schaute er ihr tief in die Augen.

»Dahlia, du musst wissen, dass es Dinge gibt, die ich dir nicht sagen kann, selbst wenn ich es wollte.«

»Wie soll ich dir dann vertrauen können, wenn du mir ständig irgendwelche Sachen verschweigst? Woher willst du wissen, was ich ertragen kann und was nicht? Wer gibt dir das Recht dazu, so über mich zu bestimmen?« Dahlia konnte nicht anders, als all ihre aufgestaute Wut und Enttäuschung in ihre Stimme zu legen.

Immerhin schienen ihre Worte angekommen zu sein, denn Luca wandte seinen Blick ab und antwortete: »Niemand. Ich denke auch, du solltest die ganze Wahrheit über dich erfahren. Das sind dir alle schuldig. Dafür, dass wir dich einfach aus deiner gewohnten Umgebung gerissen haben und das Unmögliche von dir verlangen.«

Diese Aussage überraschte Dahlia. Nie hätte sie gedacht, dass er ihr in diesem Punkt Recht geben würde.

»Dann beantworte mir meine Fragen bitte ehrlich. Keine Geheimnisse oder Ausflüchte mehr.«

»Das kann ich nicht. Tut mir leid. Gewisse Regeln verhindern das«, meinte Luca bitter. Sein Gesicht verzerrte sich so stark, dass Dahlia ein klein wenig zurückwich. Er wirkte fast wie ein Fremder.

Trotzdem nahm sie seine Hand und drückte sie leicht.

»Egal, was diese Regeln besagen, ich finde es nicht gut, dass du vor mir Geheimnisse hast. Vielleicht kannst du ja zumindest versuchen, etwas Licht ins Dunkel zu bringen?«

Luca seufzte kurz, bevor er entgegnete: »Wie wäre es mit einem Kompromiss? Du fragst, was dir auf der Seele liegt, und ich antworte dir, soweit es mir meine Regeln erlauben.«

Dahlia überlegte eine Weile, doch schlussendlich nickte sie.

»Ich musste schwören, dir gewisse Dinge nicht zu erzählen, wenngleich ich es liebend gerne täte. Ich selbst würde an deiner Stelle sicher genauso unnachgiebig nach Antworten suchen wie du.«

Damit hätte Dahlia erneut nicht gerechnet. Sie hatte nicht danach gefragt, warum er ihr so vieles verschwieg. Bisher hatte Luca noch nie von sich aus etwas preisgegeben.

In diesem Augenblick wurde Dahlia eines klar: Sie würde es einfach hinnehmen müssen, dass Luca nicht all ihre Fragen beantworten konnte, weil er es nicht durfte. Sie sollte lieber damit zufrieden sein, dass er es immerhin versuchte.

»Allerdings schuldest du mir noch eine Frage. Wegen dem Transport in dem Sack, als wir nach Wino gingen, erinnerst du dich?« Luca nickte. »Ich würde gerne wissen, wieso der Wirt in Arim damals sagte, es sei gefährlich. Was genau meinte er damit?«

Luca atmete einmal tief ein, bevor er ihr antwortete.

»Es ist leider wieder eine Frage, die ich dir nicht wirklich – auch wenn ich es versprochen habe – beantworten kann. Aber ich kann dir versichern, dass es nichts mit dir zu tun hatte. Es geht lediglich um einen anderen Auftrag der Pjoras.«

»In Ordnung«, meinte Dahlia nur knapp. Es war einen Versuch wert. Sie würde aber nicht aufgeben, mehr von ihm zu erfahren.

Ihre Fragen würden sich früher oder später schon aufklären, sie musste einfach etwas Geduld haben.

»Danke für deine Ehrlichkeit«, fügte sie noch hinzu. Und obwohl sie bereit war, seine Verschwiegenheit zu akzeptieren, gab es eine Sache, die ihr auf den Nägeln brannte. »Nur noch eine Frage, Luca.«

Er schaute sie mit einer hochgezogenen Augenbraue an.

»Wem musstest du schwören, mir gewisse Dinge nicht zu sagen?«

»Justus«, antwortete er. »Seine Beweggründe kann ich dir allerdings nicht verraten.«

Mit diesen Worten wandte sich Luca von ihr ab und legte ein Holzstück auf das leise knisternde Feuer. Sofort schlug es riesige Flammen und griff gierig nach dem frischen Holz.

Dahlia wusste, dass sie nichts weiter erfahren würde, und somit wünschte sie Luca eine gute Nacht und legte sich wieder unter ihre Kya-Decke.

Doch sie war zu aufgewühlt, um auch nur ans Schlafen zu denken. Zu viele neue Fragen schwirrten in ihrem Kopf umher. Was hatte ihr Rektor mit all dem zu tun? Warum musste Luca ihm schwören, ihr nicht die Wahrheit zu sagen?

Nach einer Weile fiel sie jedoch in einen unruhigen Schlaf aus vielen merkwürdigen und verworrenen Träumen.

Kapitel 28

Am nächsten Morgen wachte sie von einem sanften Rütteln an ihrer Schulter auf.

Schlaftrunken öffnete sie ihre Augen und sah einen strahlenden, vor Energie strotzenden Shui vor sich stehen. Wie konnte man morgens nur so fit aussehen? Wäre sie zu Hause gewesen, hätte sie sich jetzt mit einem Grunzen auf die andere Bettseite gelegt und weitergeschlafen.

Aber sie war nicht in ihrem Bett im Internat. Sie war in Anila. Einer Parallelwelt zu ihrer eigenen. Eine Welt, die anscheinend nur auf ihre Ankunft gewartet hatte, um sie von einem jahrelangen Unheil zu befreien.

Als ihr das wieder bewusst wurde, kam ihr Shuis Grinsen wie blanker Hohn vor. Warum war er so gut gelaunt, während sie am liebsten in ihrem alten Leben aufgewacht wäre und sich wünschte, dass all das nie passiert wäre? Sie konnte sich nicht vorstellen, wie sie solch eine große Aufgabe meistern sollte, zumal sie bisher nur vage Andeutungen darüber erfahren hatte. Niemand hatte sie gefragt, ob sie sich überhaupt in der Lage dazu fühlte.

»Na los, Schlafmütze. Wir haben noch einen langen Tag vor uns!«, unterbrach Shui Dahlias Gedanken und reichte ihr seine Hand, um ihr aufzuhelfen.

Dahlia ergriff sie und war im Nu auf den Beinen. Shui war wirklich stark! Ihr wurde fast schwarz vor den Augen, so schnell hatte er sie hochgezogen. Noch etwas perplex packte Dahlia ihre Kya ein und warf sich ihre Tasche um.

»Lasst uns gleich losgehen«, sagte Luca und gesellte sich zu den beiden. »Wir werden das Versteck der Pjoras gegen späten Nachmittag erreichen, wenn wir ohne große Hindernisse vorankommen.«

Sie wanderten im Morgengrauen den mittlerweile vereisten Weg entlang. In wenigen Tagen würde es schon Winter werden. *Solch ein rascher Jahreszeitenwechsel muss den Leuten hier ziemlich zusetzen*, dachte Dahlia. *Und das alles nur wegen mir. Und Gideon.*

Immerhin hatte ihr Vater versucht, den Schaden mit den Pflanzensamen einzudämmen. Bevor sie ihn umbrachten. *Vielleicht hat das Schicksal mich ja deshalb hierhergeschickt, um das Werk meines Vaters fortzuführen und wieder Frieden nach Anila zu bringen?*

Dieser Gedanke ließ Dahlia die Zukunft nicht mehr ganz so schwarz sehen. Vielleicht gab es doch noch Hoffnung. Neuer Mut keimte in ihr auf, wie ein Lichtstreifen am Horizont, der langsam die aufgehende Sonne ankündigte.

Während die drei durch die endlos scheinende Hügellandschaft wanderten, rückte ihr Ziel mit jedem Schritt näher und Dahlia wurde immer nervöser.

Was sie wohl bei den Pjoras erwartete? Ganz sicher würde sie sich nicht als Laborratte missbrauchen lassen. Die Pjoras – egal wie aufrichtig ihre Absichten waren – brauchten gar nicht zu glauben, dass sie Experimente an ihr ausprobieren könnten.

Viel mehr interessierte sie jedoch, ob jemand von ihnen damals bei der Hinrichtung ihrer Eltern dabei gewesen war oder gar dabei geholfen hatte, Dahlia in der anderen Welt vor Gideon zu verstecken. Eventuell würden ihr die Pjoras mehr über die damaligen Geschehnisse erzählen können.

Plötzlich fing ihr Magen zu knurren an und erinnerte sie daran, dass sie seit gestern Abend nichts mehr gegessen hatte.

»Hey! Jungs! Wartet mal bitte kurz!« Dahlia hechtete den beiden hinterher, um sie einzuholen. Mal wieder hatte sie vor sich hin getrödelt, weil sie tief in Gedanken versunken war.

Shui und Luca drehten sich beinahe zeitgleich um und zogen mit kampfbereiten Gesichtern ihre Waffen.

»Was? Was ist los?«, fragte Shui die herbeieilende Dahlia.

»Könnten wir vielleicht …« Dahlia stützte ihre Hände an den Hüften ab und holte tief Luft, um nicht so erschöpft zu klingen. »Könnten wir vielleicht eine kleine Pause einlegen und etwas essen? Wir hatten doch seit gestern Abend nichts mehr.«

Zuerst war es Verwirrtheit, dann aber Erleichterung, was sich auf den Gesichtern ihrer Begleiter abzeichnete.

»Ernsthaft? Essen? Deswegen hast du uns gerufen? Ich dachte, wir werden angegriffen! Mensch!« Luca war der Erste, der ihr mit einem leichten Kopfschütteln antwortete, bevor Shui laut losprustete.

»Was denn? Das ist wichtig!«, rief Dahlia leicht empört. Die wussten gar nicht, wie unausstehlich sie werden konnte, wenn sie Hunger hatte!

»Oh Mann!«, sagte Shui grinsend, strich sich eine Lachträne von der Wange und legte Luca kumpelhaft eine Hand auf die Schulter. »Wo hast du die denn gefunden? Bist du dir sicher, dass sie es ist, die unsere Welt retten soll?«

»Sehr komisch, Shui!«, entgegnete Dahlia mit verschränkten Armen und mittlerweile leicht angesäuert.

»Ach, komm schon! Ein bisschen Spaß kann in diesen Tagen kaum schaden. Meinst du nicht auch?« Shui grinste sie schief an.

Mann! Wie macht er das bloß? Dahlia hatte noch nie jemanden so unwiderstehlich grinsen sehen. Wer sollte ihm da böse sein?

Shui stupste sie leicht von der Seite an, um seinen Worten Nachdruck zu verleihen.

»Hast ja recht«, meinte Dahlia und stupste ihn sanft zurück.

Luca räusperte sich. »Wolltest du nicht etwas essen, Dahlia?« Er drängte sich zwischen die beiden, die automatisch auseinanderrückten.

»Ähm. Ja, natürlich«, sagte sie leicht ertappt. »Was gibt es denn?«

»Beeren mit ein paar Rinden vom Mui-Baum. Falls das der Dame passt«, antwortete Luca härter als gewohnt.

»Der Dame passt das sehr wohl«, meinte Dahlia schroff und nahm das Essensbündel, welches Luca ihr reichte, entgegen.

»Gut. Ich denke wir brauchen wohl alle etwas in den Magen. Irgendwie ist die Stimmung gerade zu angespannt für meinen Geschmack«, mischte sich Shui ein und warf Dahlia und Luca einen vielsagenden Blick zu.

»Mein Freund, was wäre ich wohl ohne dich?«, sagte Luca gleich entspannter.

»Tja, sagen wir es mal so: Vermutlich wärst du mit deinen Launen schon öfters in bedrohliche – um nicht zu sagen lebensbedrohliche – Situationen geraten«, entgegnete ihm Shui lächelnd.

»Tut mir leid, Dahlia. Das kam viel harscher rüber, als ich wollte. Vermutlich liegt es daran, dass wir schon so lange unterwegs sind und jetzt dem Versteck immer näher kommen«, wandte sich Luca an Dahlia.

»Ja, vermutlich«, murmelte Dahlia und begann schweigend zu essen.

Nach einer Weile sagte Dahlia zu den Jungs, dass sie kurz mal hinter eine Hecke müsse. Die beiden nickten kurz und sie machte sich auf den Weg.

Shui nutzte den Moment, um mit Luca etwas zu besprechen.

»Sag mal, Luca, was ist das eigentlich zwischen euch beiden?«

»Was soll sein?«, meinte Luca überrascht.

»Naja, mir ist aufgefallen, dass ihr euch ziemlich gut versteht, mal abgesehen von den kleinen Dramen ab und an.«

»Und? Wir kennen uns schon ein paar Wochen und sind Freunde, nichts weiter«, meinte Luca darauf.

»Bist du dir sicher, dass ihr *nur* Freunde seid?«, bohrte Shui nach.

»Ja. Ich bin mir sicher. Nur Freunde.« Bei den letzten Worten drehte Luca sich von Shui weg und sah von Weitem, wie Dahlia wieder zurückkam.

Der Wind wirbelte ihre braunen Locken auf und ihre blauen Augen funkelten im Sonnenlicht. Ihre Haut wirkte plötzlich noch zarter und perfekter als zuvor.

Luca schüttelte seinen Kopf, um wieder klare Gedanken fassen zu können.

»Immer noch sicher?«, neckte ihn sein Freund, der Lucas Blick gefolgt war.

»Ja. Ja, natürlich!«, versuchte Luca das Gesagte zu bekräftigen.

»Dann macht es dir ja nichts aus, wenn ich meine Chance bei ihr nutze, oder?«

»Ähm … nein. Warum auch?«, brachte Luca unter zusammengepressten Zähnen hervor.

»Gut, mit dir darüber gesprochen zu haben, Luca!« Shui klopfte ihm freundschaftlich auf den Rücken.

»Na, worüber habt ihr denn geredet?«, fragte Dahlia, die nun wieder am Lagerplatz stand und sich ihre Tasche umwarf.

»Ähm …«, war alles, was Luca herausbekam.

»Ach, Dinge über die Jungs eben so reden«, fügte Shui hinzu.

»Und das wäre zum Beispiel was?«, bohrte Dahlia nach.

»Puhh, die Jagd …«, meinte Shui.

»Kämpfe«, ergänzte Luca.

»Und natürlich über Frauen«, sagte Shui und zwinkerte Dahlia zu.

»Sicher doch!«, antwortete sie ihm mit einem Augenrollen. »Naja, was immer es auch war, es sollte uns nicht davon abhalten, unseren Weg fortzusetzen, oder?«, fügte sie hinzu.

»Da hast du recht. Lass uns weiterziehen. Wir haben noch einen vierstündigen Marsch vor uns, bevor wir das Versteck der Pjoras erreichen«, entgegnete Luca.

Die drei machten sich auf den Weg. Shui gesellte sich neben Dahlia und erzählte ihr eine lustige Anekdote nach der anderen. Sie musste sich zusammenreißen, um nicht laut loszulachen. Aber es tat gut, für einen Moment all die Fragen zu vergessen, die sich in den letzten Tagen in ihr aufgebaut hatten.

Dahlia sah aus dem Augenwinkel, dass Luca mit Argwohn die Witzeleien von ihr und Shui beobachtete. Sie ignorierte es gekonnt und hörte Shui weiter zu, der ihr gerade mit einer neuen Geschichte ein Lächeln zu entlocken versuchte.

Sie spürte ein beflügelndes Gefühl in ihrem Bauch, wenn sie in Shuis Nähe war. Aber da war auch noch ein anderes, bedrückendes Gefühl, das sie nicht genau zuordnen konnte.

Kapitel 29

Hier müsste es sein.«

Das waren wohl die besten vier Worte, die Dahlia seit Langem von Shui gehört hatte. Endlich waren sie angekommen.

Dahlia blickte sich um. Sie befanden sich auf einer Lichtung mitten in einem urwaldähnlichen Gebiet. Die mächtigen, moosbewachsenen Bäume kamen ihr im Licht der untergehenden Sonne wie Riesen vor, die einen Menschen innerhalb eines Wimpernschlages zerdrücken könnten. Lange Lianen schlangen sich zwischen ihren Ästen hindurch wie ein Gestrüpp aus dichten Haaren. Freundlich erschien dieser Ort wahrlich nicht.

»Seid ihr euch sicher, dass wir hier richtig sind?«, fragte sie zweifelnd.

»Ganz sicher, Dahlia«, meinte Shui und schloss seine Augen. Luca tat es ihm gleich.

Die beiden blieben eine Weile still stehen, wie in Trance.

»Sie sind hier. Ich kann sie spüren«, sagte Luca und öffnete seine Augen langsam.

Plötzlich zog sich der Himmel über ihnen zusammen und graue Wolken verdeckten die Sonne. Schlagartig wurde es Nacht. Donner grollte und wenig später durchzuckten Blitze die Dunkelheit. Mit tosendem Lärm schlugen sie in die Bäume ein und ließen die Äste krachen.

Die drei stemmten sich gegen den aufkommenden Sturm und rückten näher zusammen. Luca und Shui zückten kampfbereit ihre Waffen. Dahlia stand nun beinahe in der Mitte ihres kleinen Kreises, denn die beiden Jungs hielten schützend ihre freien Hände vor sie.

»Ganz ruhig. Was auch passiert, wir sind bei dir«, wandte sich Luca an sie.

»Genau, wir lassen nicht zu, dass dir etwas zustößt«, fügte Shui entschlossen hinzu.

Dahlia war alles andere als beruhigt. Sie spürte, dass etwas nicht stimmte, ihr ganzer Körper schien mit jeder Zelle zu schreien: *Lauf Dahlia, lauf!*

»Ich dachte, die Pjoras sind auf unserer Seite?«, schrie Dahlia gegen den aufbrausenden Sturm.

»Sind sie auch«, brüllte Shui zurück, »aber in diesen Zeiten ist es schwer, überhaupt jemandem zu vertrauen. Man muss immer auf alles vorbereitet sein!« In dem Moment riss der Wind eine der wild umher peitschenden Lianen herunter, die direkt auf sie zuflog und sie nur knapp verfehlte.

Auf einmal flutete ein grelles, gleißendes Licht ihr Sichtfeld. Es war so hell, dass Dahlia sich die Hände vor die Augen halten musste.

Sie blinzelte zwischen ihren Fingern hindurch und erkannte die Umrisse einer männlichen Gestalt, die das grelle Licht etwas abschirmte.

»Wie ist das Opferwort?«, wandte sich die Gestalt an Luca und Shui.

Gegen den tosenden Sturm redend, murmelten die beiden ein fremdartig klingendes Wort, das Dahlia nicht verstehen konnte.

Langsam ließ der Wind nach und auch die Lichtverhältnisse normalisierten sich.

Dahlia musste ein paarmal blinzeln, bis sie wieder klar sehen konnte. Sie befanden sich nicht mehr auf der Lichtung, sondern in einer Art Keller, der aus nässenden, aufeinandergesetzten Steinen bestand und eine abgerundete Decke hatte. Licht spendeten lediglich einzelne Fackeln und Kerzen, die an den Wänden angebracht waren. Ein großer, runder hölzerner Tisch befand sich in der Mitte des Raumes, umgeben von einfachen Stühlen.

»Dahlia, ist alles in Ordnung mit dir?«, fragte Luca und legte seine Hand auf ihre Schulter.

»Ja, mir geht es gut. Wo sind wir und wie kamen wir hierher?«, entgegnete Dahlia noch leicht perplex.

Shui antwortete: »Wir sind im Versteck der Pjoras. Sie hatten es durch einen Tarnzauber wie eine Lichtung aussehen lassen, um Eindringlinge fernzuhalten. Daher auch das Codewort. Sie wollten sichergehen, dass wir auch wirklich die sind, die wir vorgeben zu sein.«

»Bist du bereit, den Anführer der Pjoras kennenzulernen, Dahlia?«, fragte Luca.

Dahlia ging kurz in sich und nickte dann leicht nervös. Was sollte sie auch sonst tun?

Kapitel 30

Luca und Shui führten sie durch einen langen Flur mit Türen rechts und links. Sie gingen eine Wendeltreppe hinauf und betraten einen ovalen Raum, der mit einem beigen Teppichboden ausgelegt war.

Hier sah es deutlich einladender aus als im Keller. Auf der einen Seite standen bequem aussehende, weinrote Sofas und an den bodentiefen Fenstern hingen dicke, graue Vorhänge. Auf der anderen Seite stapelten sich jede Menge Bücher in Regalen, die bis an die Decke reichten.

Ein älterer, grauhaariger Mann mit Brille stand auf der Leiter, die zum Erreichen der obersten Bücher diente. Als er die drei eintreten sah, stieg er hinab und ging auf sie zu.

»Meine Herren, schön, dass ihr euren Weg zu uns endlich gefunden habt und wohlauf seid.« Er hielt kurz inne und wandte sich Dahlia zu: »Und das muss die junge *Bellaria* Dahlia sein, von der ich schon so viel gelesen habe. Mein Name ist Eliah. Herzlich willkommen!«

War das nicht auch der Name des Heilers, den Luca in Arim erwähnt hatte? Konnte das ein und dieselbe Person sein?

Freudig bedeutete Eliah ihnen, dass sie sich setzen sollten. Gerne nahmen sie sein Angebot an, besonders Dahlia freut sich, endlich wieder auf etwas Bequemem sitzen zu können.

Als Eliah weitersprach, verfinsterte sich seine Miene.

»Zunächst einmal muss ich mich für den unsanften Empfang in unserem Versteck entschuldigen. Wir befinden uns zu meinem Bedauern in schweren Zeiten, wo man niemandem leichtfertig vertrauen kann. Leider habe ich kurz vor eurem Eintreffen die unerfreuliche Nachricht erhalten, dass Justus verschwunden ist und wir nicht wissen, wo er sich momentan befindet. Wir hoffen natürlich, dass es ihm gut geht, wo immer er auch sein mag. Aber in diesen Zeiten …«

Die drei Freunde tauschten besorgte Blicke aus. *So ein Verhalten war gänzlich untypisch für den Direktor,* dachte Dahlia. Ein ungutes Gefühl überkam sie.

»Habt ihr denn eine Vermutung, was passiert sein könnte?«, fragte Luca mit belegter Stimme.

Eliah schüttelte den Kopf. »Leider nicht. Wir haben schon einige unserer Späher darauf angesetzt, die sich getarnt in der Menschenwelt aufhalten. Noch konnte ihn keiner ausfindig machen. Aber sei unbesorgt, mein Junge, Justus war schon immer ein Kämpfer, und wer es mit ihm aufnehmen will, der muss schon ein ziemlicher Narr sein!« Bekräftigend legte er seine Hand auf Lucas Schulter, um ihm Mut zu machen.

»Und meine Freunde? Sind sie nun auch in Gefahr?« Auch wenn Luca ihr bereits versicherte, dass auch andere außer ihrem Direktor ein Auge auf ihre Freunde hatten, war Dahlia doch sehr unwohl dabei. Schließlich war Justus ein Kämpfer laut Eliah – und er sollte nun einfach so verschwunden sein? Dahlia kämpfte mit den Tränen. In ihrem Kopf malte sie sich die schlimmsten Dinge aus, die Selina und Kira passieren konnten. Und selbst um Jonas machte sie sich Sorgen.

Doch Eliah sagte mit beruhigender Stimme: »Du musst unbesorgt sein, mein Kind. Für ihre Sicherheit ist gesorgt, seit wir die Nachricht von Justus' Verschwinden erhalten haben. Einige sehr kompetente Kollegen von mir kümmern sich darum. Warum machst du dir nicht selbst ein Bild davon, dass es ihnen gut geht?«

Er streckte ihr seine beiden Hände entgegen.

Dahlia zögerte. Was hatte er vor?

»Keine Sorge, dir passiert nichts. Ich möchte dir nur zeigen, dass deine Lieben wohlauf sind. Na los, nimm meine Hände«, erklärte Eliah bestimmt.

Immer noch skeptisch tat Dahlia, wie ihr geheißen. Sobald sie seine Hände berührte, spürte sie eine wohlige Wärme, die sie übermannte. Vor ihren Augen verschwammen die Umrisse des Zimmers mehr und mehr wie kleine Tintenkleckse.

Plötzlich stand sie mit Eliah im Park des Internats. Die Umgebung war in ein getrübtes Licht gehüllt. Abgesehen davon sah alles so aus, wie sie es in Erinnerung hatte. Sie befanden sich neben dem Brunnen mit der schönen Fee, und da erblickte Dahlia ihre Freunde.

Selina saß lachend auf einer Bank, neben ihr eine grinsende Kira. Dahlia wollte schon in ihre Richtung laufen, bis sie merkte, dass sie etwas zurückhielt. Eliahs Hand umschloss noch immer die ihre und ein bläulich schimmerndes Licht umhüllte ihre Verbindung.

»Lass unter keinen Umständen meine Hand los, Dahlia. Das würde für dich nicht gut enden, es sei denn, du willst den Rest deines Lebens in einer Zeitschleife feststecken und diesen Moment hier wieder und wieder erleben.« Eliah schaute sie mit strengem Blick an.

Einen kurzen Moment dachte Dahlia, dass es gar nicht so schlecht wäre, für immer an diesem Ort zu bleiben. Zusammen mit ihren Freundinnen, in ihrer gewohnten Umgebung, in der sie keine Entscheidungen treffen musste, sich keine Gedanken um ihre Zukunft machen musste. Ein wahres Paradies, verglichen mit ihrer jetzigen Situation. Aber sie wusste zugleich, dass sie nicht wirklich hierhergehörte, und beim Anblick ihrer Freundinnen fragte sie sich, ob sie überhaupt bemerkten, dass sie nicht da war.

»Es sieht so aus, als würden sie mich gar nicht vermissen. So als hätten sie mich gänzlich vergessen …«, murmelte sie nachdenklich. »Und wie geht es Jonas?«

Eliah deutete mit seiner freien Hand in Richtung ihrer Freundinnen. Und da erblickte sie ihn. Er ging geraden

Weges zum Tisch von Selina und Kira. Als Selina ihn sah, stand sie auf, umarmte ihn und …

Das darf doch nicht wahr sein!!

Vor Schreck löste sie den Griff ihrer Hand. Zum Glück hielt Eliah sie weiterhin fest, sonst müsste sie sich dieses Szenario nun ihr Leben lang als Endlosschleife ansehen!

Selina küsste Jonas mit einer Leidenschaft, da blieb selbst Dahlia die Luft weg. Sie spürte einen Stich in ihrer Brustgegend. Wie eine scharfe Klinge, die ihr jemand ins Herz rammte. Übelkeit stieg in ihr auf und ein Schwindelgefühl überkam sie.

»Wie … wie kann sie mir das nur antun?«, stammelte sie tonlos. »Und wieso tut er sowas? Das ist doch nicht wirklich, oder?« Sie konnte es nicht fassen.

»Nun, das kann ich dir nicht beantworten. Allerdings vergeht die Zeit in deiner Welt schneller als bei uns. Für deine Freunde bist du bereits ein paar Wochen und nicht nur Tage weg. Hinzu kommt, dass wir deine Freunde mit einem Zauber belegt haben, der sie dich vergessen lässt, bis du durch das Portal in die Menschenwelt zurückschreitest. Dann erinnern sie sich wieder an dich und alle Erlebnisse, die sie mit dir verbinden. Aber dieser Zauber beeinflusst nicht die Gefühle, die ein Mensch in sich trägt«, erklärte Eliah, wohl um sie aufzumuntern.

Doch das klappte auf keinen Fall. Das machte es nur noch schlimmer! Selina und Jonas hatten wohl schon zuvor etwas füreinander empfunden, vermutlich bereits zu der Zeit, als Dahlia noch mit Jonas zusammen war. Er hatte ihr ja in seinem Brief geschrieben, dass er sich in jemand anderen verliebt hatte. Bei dem Gedanken daran schüttelte es sie ein wenig. Sicher erklärte das jetzt, weshalb sich Jonas oft so merkwürdig verhalten hatte.

Sie war plötzlich so wütend auf die beiden, dass sich ihre freie Hand zu einer Faust ballte und das Wasser im Brunnen vor ihr leichte Wellen schlug. Als hätten Selina und Jonas das peitschende Wasser gehört, drehten sie sich in Richtung Brunnen. Dahlia kullerten Tränen über die Wangen. Wie konnten ihre Freunde sie nur so hintergehen?

»Ganz ruhig, Dahlia. Versuch dich zu konzentrieren, halte deine Wut im Zaum!«, hörte sie Eliah sagen.

Allmählich entspannte sie sich. Ob es an seiner beruhigenden Stimme lag oder am Leuchten ihres Amuletts, wusste sie nicht.

»Können wir jetzt bitte wieder gehen?«, fragte Dahlia bedrückt.

Eliah nickte verständnisvoll.

Sie wusste jetzt, dass es ihren Freunden gut ging. Sogar mehr als das. Insgeheim war sie froh darüber, nun weit weg von ihnen zu sein. Das machte die Situation erträglicher.

Einen Moment später befanden sie sich wieder in dem ovalen Raum. Luca und Shui saßen immer noch auf dem Sofa und blickten sie nun gespannt an.

Kapitel 31

Geht es deinen Freunden gut?«, fragte Luca zögernd, als er Dahlias blasses Gesicht sah.

»Ja, bestens«, entgegnete sie mit zusammengepressten Zähnen. Es war nicht einfach für sie, ihre Gefühle im Zaum zu halten, aber es sollte nicht die Falschen treffen. Sie war auf keinen hier im Raum wütend. Naja, vielleicht ein bisschen auf Luca, aber das war etwas Grundlegendes und hatte mit dieser Situation nichts zu tun.

Dahlia nahm ein paar tiefe Atemzüge und versuchte, das Gesehene vorerst beiseite zu schieben.

»Wie geht es jetzt weiter? Gibt es einen Plan für die nächsten Tage?«, änderte sie abrupt das Thema.

»Ja, den gibt es«, antwortete Eliah. »Wir werden zuerst deine Fähigkeiten erkunden und erweitern, soweit es uns möglich ist. Durch Luca habe ich bereits erfahren, welche diese sind.

Für das Fliegen, denke ich, hast du in Luca den perfekten Lehrer an deiner Seite und die mentalen Kräfte kannst du mit Shui üben. Falls dies für ihn in Ordnung ist?«

Eliah wandte sich an Shui, welcher nur grinsend nickte.

»Beim Bändigen des Wassers wird dir meine Tochter Laya zur Seite stehen. Sie ist schon seit ihrer Kindheit mit dem Training vertraut und beherrscht das Element wie keine andere.«

Luca zuckte bei dem Namen Laya leicht zusammen und wollte schon etwas entgegnen, doch Eliah ließ ihm keine Gelegenheit dazu.

»Ich weiß, was du sagen willst, Luca, aber so ist es für alle das Beste«, fuhr er schnell fort. »Denk doch bitte an Dahlias Zukunft und lass die Vergangenheit ruhen.«

Er wandte sich an Dahlia: »Ich werde mich nun bis zum Abendessen zurückziehen. Luca und Shui werden dir bestimmt helfen, in dein Schlafgemach zu finden.« Mit diesen Worten verabschiedete er sich und verschwand hinter einer Tür in der Wand, die Dahlia bisher gar nicht aufgefallen war.

»Also, wer ist diese Laya?«, fragte sie und sah Luca forschend an.

»Ähm ... niemand Besonderes. Sie ist sehr talentiert, wie Eliah schon sagte. Laya wird dir eine gute Lehrerin sein«, antwortete er förmlich. »Wenn du mich jetzt entschuldigen würdest, ich muss noch etwas abklären. Shui, du kannst Dahlia bestimmt herumführen und sie auf ihr Zimmer bringen, oder?«

»Aber klar, mache ich doch gerne!«, meinte Shui.

»Bis später dann«, verabschiedete sich Luca und verschwand genauso elegant wie Eliah zuvor hinter der Wandtür.

Dahlia schaute ihm fragend hinterher. »Luca verhält sich irgendwie seltsam, oder?«, murmelte sie. »Was hat er denn plötzlich? Und wohin führt eigentlich diese Tür?« Sie ahnte schon, dass es hier einiges zu entdecken gab, was sie von der beobachteten Szene am Brunnen ablenken könnte.

»Wie wäre es, wenn ich dir diese Fragen auf dem Weg zu deinem Zimmer beantworte?«, antwortete Shui mit einem schiefen Grinsen.

Oh Mann, wie machte er das nur? Dahlia musste schnell irgendwo anders hinschauen, da ihr die Wärme ins Gesicht stieg. Hoffentlich war sie nicht rot wie eine Tomate. Dieses verdammte kokette Lächeln brachte sie jedes Mal aus dem Konzept!

»Mhm«, war alles, was Dahlia hervorbrachte.

Shui sprang vom Sofa auf und lief schon Richtung Tür, ehe Dahlia ihm zögernd folgte.

Sie gingen viele bogenförmige Korridore entlang, bevor sie eine Art Kreuzung erreichten, von der fünf Wege wegführten.

»Wichtig ist, dass du immer den Korridoren folgst, die dieses Zeichen tragen.« Shui zeigte auf eine Einkerbung im Türbogen, die einem Löwen ähnelte und von einer goldenen Raute eingefasst war.

»Okay, Löwenzeichen. Kapiert. Kannst du mir jetzt meine Fragen beantworten?« Dahlia wollte unbedingt wissen, was Luca so aufgebracht hatte.

»Hier gleich rechts ist dein Zimmer, lass uns dort reden«, sagte Shui bestimmt. Er öffnete eine ebenfalls mit einem Löwen verzierte Türe und ließ Dahlia eintreten.

Sie sah sich staunend um. Der Raum war ganz in den Farben Lila und Beige gehalten. Violette Decken und Kissen lagen auf dem Bett und mehrere Bilder zierten die lilafarbenen Wände. Eines davon stach Dahlia gleich ins Auge und sie trat näher, um es zu betrachten.

Es war ein Bild mit einem in Gold und Lila gefassten Rahmen. Die wunderschöne Frau darauf sah der aus ihrem Traum sehr ähnlich. Neben ihr stand ein Mann, dessen Portrait Dahlia bereits im Internat gesehen hatte. Das Paar sah sehr glücklich aus, der Mann hielt die Frau fest im Arm und sie lachte verlegen.

Dahlia drehte sich zu Shui um und dieser nickte wissend: »Ja, das sind deine Eltern, Yolanda und John. Sie wohnten in diesem Zimmer, als die Pjoras sie vor Gideon beschützten. Es wurde alles so belassen, wie es war, immer in der Hoffnung, dass du es eines Tages bewohnen würdest.«

Dahlia musste schwer schlucken und blickte sich im Raum um. Es sah hier so aus, als würden die Bewohner des Zimmers jeden Augenblick wieder zur Türe hereinkommen. Sogar das Bett war ungemacht. So nah war sie ihren Eltern noch nie wie in dieser Sekunde. Eine Welle von Emotionen übermannte sie und sie konnte ihre Tränen nicht mehr zurückhalten.

Plötzlich umschlangen sie von hinten zwei starke Arme. Dahlia drehte sich automatisch um und lehnte sich an Shui, der sie fest drückte. Sie war froh, in diesem Moment jemanden zu haben, der ihr Halt gab.

Nach einer gefühlten Ewigkeit löste sich Dahlia von Shui und wischte sich, immer noch leicht schluchzend, mit den Ärmeln ihres Kleides übers Gesicht.

»Danke, Shui.«

»Dafür nicht. Ich bin immer da, wenn du mich brauchst. Es muss ziemlich überwältigend für dich sein, plötzlich im Zimmer deiner Eltern zu stehen. Das kann ich mir vorstellen. Ich lasse dich jetzt einen Moment alleine und werde dich zum Abendessen wieder abholen. Dann kannst du alles in Ruhe auf dich wirken lassen.«

»Achja und wegen Luca und Laya – da solltest du ihn am besten selbst danach fragen«, fügte Shui noch hinzu, bevor er sich mit einem Kuss auf Dahlias Stirn verabschiedete und das Zimmer verließ.

Sie schob Shuis Aussage über Luca vorerst zur Seite. Sie wandte sich jetzt lieber dem Entdecken des Zimmers zu.

In der hölzernen Kommode neben dem Bett, fand Dahlia noch mehr Fotos, die in einer goldenen, mit violetten Steinen besetzten Schatulle lagen. Sie setzte sich auf das Bett und betrachtete sie aufmerksam. Es gab viele Bilder, die ihre Eltern zusammen zeigten, auch eines, auf dem ihre Mutter lachend, mit kugelrundem Bauch in einem Schaukelstuhl saß. Alle beide sahen sehr glücklich aus.

Auf jedem Foto trug ihre Mutter das Medaillon, welches Dahlia an ihrem 16. Geburtstag erhalten hatte. Unbewusst fasste sie sich an den Hals, nur um sicher zu sein, dass es noch dort war. Die einzige Verbindung zu ihrer Mutter. Bei diesem Gedanken leuchtete es schwach auf und Dahlia ließ es erschrocken los.

Erst kurz danach merkte sie, dass auch die Steine an der

Schatulle hell leuchteten. Wieso reagierten sie auf das Medaillon? Oder war es genau andersherum?

Am Boden der Schatulle erspürte Dahlia mit ihren Fingern eine Einkerbung. Vorsichtig drehte sie die Schatulle um.

Da war es. Das Zeichen. Es war eins zu eins dasselbe wie auf dem Amulett und auf ihrer Schulter. Tausend Fragen wirbelten in ihrem Kopf umher. Was hatte dieses Zeichen zu bedeuten? Hatte ihre Mutter dieselbe Narbe?

Kurzerhand machte sie die Kette von ihrem Hals los und versuchte, das Medaillon in die Einkerbung zu legen. Plötzlich strahlten sowohl das Amulett als auch die Steine der Box, und die Strahlen tauchten das Zimmer in leichte Violetttöne.

Aus dem Amulett projizierten sich die schillernden Umrisse ihrer Eltern.

Sie hielten sich gegenseitig im Arm und obwohl die Projektion nicht größer als die Bilder von vorhin war, konnte man deutlich ihre Liebe zueinander sehen. Dahlia schossen sofort Tränen in die Augen, als sie die beiden vor sich sah.

»Dahlia, mein lieber Schatz«, begann ihre Mutter mit sanfter Stimme. »Wenn dich diese Nachricht erreicht, werden wir leider nicht mehr bei dir sein und dich in allem, was gerade passiert, unterstützen können. Aber ich bin mir sicher, wir wären so unglaublich stolz auf dich, dass du den Weg in dein Zuhause gefunden hast.«

Traurig sah sie zu Dahlias Vater auf, welcher die Nachricht fortsetzte.

»Meine liebe Dahlia, wir hätten dich wirklich gerne auf dem steinigen Weg, der noch vor dir liegt, begleitet. Sicher weißt du schon, was uns passiert ist, und stehst nun unter dem Schutz der Pjoras, wie wir einst. Vertraue auf deine Instinkte und dein Gefühl, wem du trauen kannst. Es gibt viele Menschen in deiner Welt und Elfen, Feen und magische Wesen hier in Anila, die dir nicht immer wohlgesonnen sein werden, auch wenn sie dies anfangs beteuern sollten.

Ich denke, du hast unser Geschenk zu deinem 16. Lebensjahr bekommen und bist dir mittlerweile bewusst, welch enorme Kraft von dem Amulett ausgeht. Es verstärkt deine natürlichen Fähigkeiten extrem und warnt dich vor allem, was dir schaden könnte.«

»Dein Vater und ich sind uns bewusst, dass es sicher nicht leicht für dich war, all dies zu verstehen, und dass du noch viel lernen musst. Aber sei gewiss, dass wir immer in deiner Nähe sind, auch durch mein Amulett. Wir werden stets bei dir sein, selbst in den dunkelsten Stunden deines Lebens. Du wirst alles meistern, solange du nur dir selbst vertraust und dir deine Kräfte bewusst machst. Auch wenn es aussichtslos erscheint, gib nicht auf, meine Kleine. Wir lieben dich wahnsinnig und werden es immer tun …« Ihre Mutter kämpfte mit den Tränen.

»Wir haben dir ein paar Notizen in einem schwarzen Buch hinterlassen«, fuhr ihr Vater fort. »Es befindet sich im untersten Fach der Kommode. Sie sollen dir helfen, dich in Anila besser zurechtzufinden und zu verstehen, wie sich die Leute hier verhalten. Ebenfalls findest du darin die eine oder andere Methode, mit deren Hilfe du deine Fähigkeiten entwickeln und kontrollieren kannst. Im Schrank sind einige Kleider, die deine Mutter sehr mochte und die nun dir gehören. Leider müssen wir uns jetzt verabschieden. Wir lieben dich sehr, Dahlia!«

»Das werden wir immer!«, fügte ihre Mutter hinzu, bevor das violette Licht erlosch und die Nachricht abrupt endete.

Dahlia ließ einen tiefen Seufzer los und wischte sich die Tränen von den Wangen. Sie war unglaublich dankbar dafür, ihre Eltern gesehen zu haben. Ihren Gesichtsausdruck und ihr Lächeln würde sie nie wieder vergessen. Der Klang ihrer Stimmen hallte noch immer in ihr nach. Eine Welle der Geborgenheit und Wärme überrollte sie. Die Leere in ihrem Innern, die sie jahrelang mit sich herumgetragen hatte, begann sich zu füllen.

Sie hatte eine Familie, eine Vergangenheit. In Anila hatte sie endlich gefunden, was sie so lange gesucht hatte: einen Ort, wo sie hingehörte.

Obwohl so viele Fragen unbeantwortet waren, fühlte sie sich nun ermutigt und gestärkt, um die Aufgaben, die noch vor ihr lagen, zu meistern. Dahlia schöpfte neue Energie und öffnete neugierig den Schrank ihrer Mutter.

Die unterschiedlichsten Kleider hingen darin: Einige waren etwa knielang und eher für den Alltag gedacht, andere sahen aus wie edle Ballkleider, die Dahlia aus Märchenfilmen kannte. Eines von ihnen war in denselben Litönen gehalten wie das Zimmer und ein Band mit ihrem Namen befand sich daran.

Dahlia nahm es vom Bügel und zog es an. Das Kleid öffnete sich leicht auf Kniehöhe und fiel auf beiden Seiten sanft zur Seite. Eine elegante Raffung mittig des Dekolletees umfasste einen violetten Amethyst, an dem das Kleid zusammenzulaufen schien. Es hatte einen herzförmigen Ausschnitt und kleine Ärmel, die nur leicht über die Schultern fielen.

Sie betrachtete sich im Spiegel und konnte nicht umhin, sich staunend zu drehen. Dahlia hatte noch nie etwas Schöneres gesehen.

»Welch hübscher Anblick!«, unterbrach Shuis Stimme ihre Pirouette.

Er stand so abrupt hinter ihr, dass sie beinahe über ihre eigenen Füße gestolpert wäre, hätte er sie nicht stützend aufgefangen.

»Seit wann … stehst du denn da?«, fragte Dahlia mit hochrotem Kopf. Oh Gott, wie peinlich war das denn?

»Lange genug, um zu sagen, dass das Kleid wirklich wie für dich gemacht ist. Du siehst wunderschön aus, Dahlia«, entgegnete Shui, und seinem bewundernden Blick entnahm sie, dass er es auch so meinte.

Sie bemerkte erst nicht, dass er sie immer noch an ihrem Arm festhielt, bis sie versuchte, sich zu lösen. Doch Shui war schneller und zog sie ganz eng an sich heran. Und ehe Dahlia sich versah, landeten ihre Lippen aufeinander.

Kapitel 32

Luca stand vor der Tür und trat nervös von einem Bein auf das andere. Jetzt war es an der Zeit, Unausgesprochenes zu klären. Es ließ sich nicht mehr aufschieben. Er gab sich einen Ruck und wollte gerade anklopfen, als die Türe aufschwang.

»Oh!«, rief Laya leicht überrascht. Und als sie erkannte, wer vor ihr stand, versuchte sie die Tür sofort wieder zu schließen.

Doch Luca war schneller und stellte seinen Fuß dazwischen.

»Laya, bitte! Lass es mich wenigstens erklären!«

»Ich wüsste nicht, was das bringen sollte!«, schrie Laya wütend gegen die Türe.

»Bitte, Laya. Ich werde dich danach nie wieder um etwas bitten. Lass uns reden.« Luca wusste, dass er diese Reaktion mehr als verdient hatte, aber aufgeben würde er trotzdem nicht. Er schuldete ihr eine Erklärung, und wenn er die ganze Nacht hier verbringen musste.

Langsam öffnete sich die Tür wieder und Laya bedeutete ihm wortlos, dass er eintreten könne.

Sie sah noch genauso aus, wie sie Luca in Erinnerung hatte, als er Anila verlassen musste. Ihre glatten, braunen Haare reichten ihr leicht über die Schulter und in ihren walnussbraunen Augen hatte sich Luca schon mehr als einmal verloren. Ihre perfekt geschwungenen Lippen schimmerten rosarot.

Laya war beinahe so groß wie Luca und von schlanker Statur. Sie trug den enganliegenden, schwarzen Trainingsanzug der Pjoras, an dessen Seiten sich eine leicht wellenförmige, rote Struktur entlang zog. Auf Höhe der Brust befand sich ein rotes X, welches das Erkennungszeichen der Pjoras war.

Bei ihrem Anblick erwachten alte Erinnerungen in ihm und er musste stark mit sich kämpfen, um sie nicht an die Oberfläche kommen zu lassen. Dabei dachte er, er hätte all das längst hinter sich gelassen.

Laya deutete mit der Hand auf einen Stuhl und Luca setzte sich. Sie ließ sich im Schneidersitz auf ihrem Bett nieder.

»Also, was hast du mir zu sagen?«, begann sie mit grimmiger Stimme. »Geht es etwa um dein plötzliches Verschwinden vor Monaten? Ist dir jetzt eingefallen, dass du vergessen hast, dich bei mir zu verabschieden?«

»Du weißt genau, dass ich dafür nicht allein die Schuld trage. Vermutlich hätte ich einen anderen Weg wählen sollen und dir Bescheid geben. Aber dein Verrat hat mir damals ziemlich zugesetzt, weshalb ich es für besser hielt, einfach leise aus deinem Leben zu verschwinden«, entgegnete Luca nicht weniger grimmig.

Die angespannte Stimmung zwischen beiden war förmlich im Raum zu spüren.

»Verrat? So nennst du es also!«, rief sie aus, um dann ruhiger fortzufahren: »Luca, wir waren nie fest zusammen. Wir hatten eine Abmachung, dass wir lediglich ein paar ungezwungene Nächte miteinander verbringen, ohne jegliche Verpflichtung oder dergleichen.«

»Aber das zwischen uns war mehr als eine lockere Geschichte, Laya. Wir hatten eine besondere Verbindung zueinander, das musst du doch auch gespürt haben!«, erwiderte Luca aufgebracht. Jetzt konnte er all die aufgestauten Gefühle nicht mehr zurückhalten.

»Womöglich habe ich dies anfangs auch so empfunden, aber ich habe mich nun einmal anders entschieden. Das musst du endlich akzeptieren und die Vergangenheit ruhen lassen.«

»Du hast dich für jemand anderen entschieden, obwohl wir so viel Zeit miteinander verbracht hatten und uns alles erzählen konnten. Mit deiner Entscheidung hast du mich mehr verletzt, als es je ein Schwert tun könnte!« Luca spürte einen Stich in der Brust bei diesen Worten.

Laya erhob sich und ging auf ihn zu. Vor seinem Stuhl blieb sie stehen, beugte sich zu ihm herunter, sodass er ihr direkt in die Augen schauen konnte, und nahm seine Hand. Ihre Gesichter waren nur wenige Millimeter voneinander entfernt.

»Luca, du warst und bist eine der wichtigsten Personen in meinem Leben, und falls ich dir wehgetan habe, tut es mir unendlich leid. Dies war zu keiner Zeit meine Absicht. Dennoch entschuldigt das in keinster Weise dein Verschwinden, ohne ein Lebenszeichen von dir. Ich habe mir schreckliche Sorgen gemacht!«

»Das war auch nie meine Absicht, Laya. Doch ich war damals so gekränkt, dass ich es als einfachsten Ausweg sah, um alles hinter mir zu lassen. Auch dich. Es tut mir leid.«

Laya legte ihre freie Hand auf Lucas Wange, vorsichtig küsste sie ihn auf die Stirn. Als sie sich wieder von ihm löste, sagte sie grinsend: »So, mein Lieber, verabschiedet man sich richtig.« Mit diesen Worten verließ sie das Zimmer.

Was war das denn?

Es vergingen einige Minuten, bis Luca realisierte, was gerade passiert war. Wollte sie doch mehr von ihm? – Aber wollte er das auch?

Seltsamerweise spürte er nicht mehr dieselben Gefühle wie damals, es war, als hätten sie für jemand anderen Platz gemacht. Er war sich allerdings nicht sicher, was dies zu bedeuten hatte.

Luca atmete tief ein und aus, um sich von all den Emotionen zu lösen, wie es ihm sein Pjora-Meister gezeigt hatte. Er musste sich jetzt voll und ganz auf seine kommende Aufgabe als Dahlias Lehrer konzentrieren. Das würde keine leichte Aufgabe werden, dafür brauchte er all seine

Kraft und durfte sich nicht von alten Wunden vereinnahmen lassen.

Als er den Flur zu Dahlias Zimmer entlangging, war Luca wieder voller Tatendrang. Leicht lächelnd dachte er an die Zeit, die vor ihm lag.

Kurz wunderte er sich über die offene Zimmertür, bis er Dahlia und Shui in der Mitte des Raumes erblickte. Sie sah wunderschön aus in ihrem Kleid, dachte er noch, bevor ihm seine Gesichtszüge entglitten, als er begriff, was gerade passiert war. Ihm wich sämtliches Blut aus seinen Wangen.

Was zur Hölle?, war alles, was er jetzt denken konnte.

Dahlia sah ihn als Erste. Peinlich berührt befreite sie sich aus Shuis Umarmung und strich sich verlegen ihre Haare glatt.

Shui stammelte: »Oh, Luca. Was gibt es?«

»Ich wollte Dahlia nur zum Abendessen abholen. Aber wie ich sehe, hattest du den gleichen Gedanken.«

»Ähm ja, den hatte ich«, sagte Shui.

»Also dann sehen wir uns gleich oben«, meinte Luca und machte sich so schnell wie möglich auf den Weg. Er wollte keine Minute länger in diesem Raum bleiben.

Er verstand nicht, warum ihm das so naheging. Solche Gedanken waren zurzeit nicht angebracht.

Dahlia sah Luca hinterher und spürte den Drang, ihm nachzugehen, aber Shui hielt sie davon ab.

»Lass ihn gehen. Er muss zuerst mit seiner eigenen Vergangenheit ins Reine kommen, er beruhigt sich schon wieder.«

»Okay, wie du meinst«, gab Dahlia klein bei. Sie konnte momentan auch keinen klaren Gedanken fassen, bei allem, was in der letzten Zeit geschehen war. Was war nur los mit ihr? Warum konnte in ihrem Leben nicht einmal etwas glattlaufen, warum nur immer all das Chaos und die Komplikationen?

Zusammen mit Shui begab sich Dahlia hinauf in den Speisesaal. Die wahnsinnig hohen, verzierten Decken und die elegante Einrichtung in diesen Gemäuern faszinierten sie noch immer.

Als sie eintrat, sah sie Luca und Eliah an einem langen, hölzernen Tisch sitzen, der sich mittig im Raum erstreckte. Immer noch peinlich berührt, spürte Dahlia, wie ihr die Röte ins Gesicht stieg. Luca schaute nur kurz auf, ehe er sich wieder dem Gespräch mit Eliah widmete.

Es lagen zwölf Gedecke auf dem Tisch, was Dahlia wunderte. Wer waren wohl die anderen acht Personen?

Kerzenleuchter verteilten sich sowohl auf dem Tisch als auch im gesamten Raum und in einer Ecke knisterte ein Kaminfeuer, das sie mit seiner wohligen Wärme willkommen hieß.

Eine elegant in Schwarz gekleidete Frau bewegte sich grazil auf Dahlia zu und streckte ihr die Hand zur Begrüßung hin.

»Und du bist also die berühmte Dahlia, von der wir schon so viel gehört haben. Angenehm, mein Name ist Laya und ich freue mich darauf, dir morgen früh die Kunst des Wasserbändigens näherzubringen«, sagte sie lächelnd.

Dahlia nahm perplex und automatisch ihre Hand an: »Freut mich auch, Laya.«

Die Dame hatte ein schönes, makelloses Gesicht, ihre braunen Augen strahlten einen kecken Glanz aus und ihre roten Lippen waren so perfekt geschwungen, dass es schon fast grotesk aussah. Alles an ihr war einfach wunderschön und Dahlia fühlte sich in ihrer Gegenwart irgendwie klein und wie Aschenputtel.

»Wollt ihr euch nicht gegenüber von Luca hinsetzen? Dort sind noch zwei Plätze frei«, fragte Laya.

Shui ging voraus und Dahlia folgte ihm an den Tisch. Sie setzte sich Luca direkt gegenüber.

Sein Blick sah nicht gerade erfreut aus. Eine unbestimmte Traurigkeit glitt kurz über sein Gesicht, als er seinen Kopf zur Tür drehte.

Dahlia folgte seinem Blick und sah, wie Laya einen Mann, der gerade hereingekommen war, innig umarmte und küsste. Er trug schwarz-rote Kleidung, war ziemlich groß und muskulös und hatte einen cappuccinofarbenen Teint. Gemeinsam nahmen die beiden am anderen Ende des Tisches Platz, vermutlich, um genug Raum zwischen sich und Luca zu bringen.

»Und über was habt ihr euch so unterhalten?«, wandte sich Shui an Eliah und Luca.

»Wir sprachen über die Ereignisse, die während Lucas Abwesenheit in Anila geschehen sind. Leider sind es keine guten Neuigkeiten, die ich zu verkünden hatte«, meinte Eliah mit trauriger Stimme und gesenktem Blick.

»Die Pjoras haben viele, gute Männer und Frauen im Kampf gegen Gideon und seine Schergen verloren und sind dadurch enorm geschwächt worden«, wandte sich Luca an Dahlia. Dabei klang er so wie immer, kein Vorwurf lag in seiner Stimme. »Nur noch rund ein Dutzend von ihnen sind in diesem Gebiet übrig geblieben. Im gesamten Land hat die Bevölkerung deutlich abgenommen. Ein Zusammenschluss aller Pjoras aus den verschiedenen Gebieten von Anila zur Lagebesprechung ist wohl demnächst geplant.«

»Das ist leider noch nicht alles, alter Freund ...«, begann Shui, wurde jedoch von Eliah unterbrochen.

»Na, na – überhäuft unsere junge Besucherin nicht gleich mit all den schrecklichen Dingen, wo es doch so viel Gutes hier gibt. Zum Beispiel dieses Essen heute, bei dem wir alle zusammen sein können.« Er blickte in die Runde.

Mittlerweile war der Tisch voll besetzt. Alle Männer und Frauen trugen die üblichen Trainungsanzüge der Pjoras.

Eliah erhob die Stimme: »Meine lieben Freunde, wir haben heute einen wahrlich guten Grund zum Feiern: Dahlia, die Tochter von Yolanda und John, die Erlöserin von Anila, ist wohlbehalten nach einer langen Reise zurückgekehrt und wird ab morgen bei uns unterrichtet werden. Also erhebt eure Gläser! Dahlia, mögest du uns mit deinen Fertigkeiten jeden Tag überraschen! Auf dich und bessere Zeiten!«

»Auf Dahlia!«, »Auf bessere Zeiten!«, hallten die Rufe der Anwesenden durch den Raum.

Dahlia fühlte sich leicht unwohl, da sie so viel Aufmerksamkeit nicht gewohnt war. Sie spürte die Hoffnung dieser Menschen wie eine Last auf ihren Schultern und betete inständig dafür, sie nicht zu enttäuschen und die nächsten Tage gut zu überstehen. Es waren schon viele für sie gestorben und hatten alles für sie aufgegeben. Auch ihre Eltern hatten ihr Leben für sie gelassen. Diese Schuld konnte sie nur begleichen, wenn sie alles in ihrer Macht Stehende tat, um zu helfen. Die zahlreichen Opfer sollten nicht umsonst gewesen sein. Sie musste stark bleiben, stark sein. Für alle in Anila und alle, die sie liebten.

Also lächelte sie ihr zuversichtlichstes Lächeln und prostete allen Anwesenden hoffnungsvoll zu. Auch wenn eine große Aufgabe vor ihr lag, der Zuspruch und die Wärme, die sie in diesem Moment spürte, stärkten sie innerlich, denn sie wusste, dass sie nicht allein war. Hier würde sie immer Unterstützung finden, egal, wie aussichtslos die Situation sein mochte. Zum ersten Mal in ihrem Leben fühlte sie sich geborgen. So musste es sich anfühlen, eine Familie zu haben.

Das Abendessen ging schneller vorbei als gedacht. Letztlich war Dahlia froh darüber, denn sie wusste nicht, wie sie mit Lucas zeitweise kalten Blicken und Shuis Hand auf ihrem Oberschenkel umgehen sollte.

Irgendwie kam ihr das nicht richtig vor. Sie musste mit Shui unbedingt darüber reden. Aber wie sollte sie das am geschicktesten anstellen? Oh Mann, sie mochte solche Gespräche absolut nicht. Ihr fielen dabei nie die passenden Worte ein. Die kamen meist erst danach, wenn sie ihr nichts mehr nutzten.

»Dahlia, meine Liebe. Bevor ich mich für diesen Tag von dir verabschiede, wollte ich dir nur sagen, wie ähnlich du deiner Mutter in diesem Kleid siehst. So wunderschön wie sie damals«, riss sie Eliah aus ihren Gedanken, als sie sich gerade aufmachen wollte, zu gehen.

»Im Ernst?«, war alles, was ihr in dem Moment einfiel.

»Allerdings. Sie war eine sehr beeindruckende und starke Frau. Sie wäre bestimmt sehr stolz auf dich, könnte sie dich heute sehen!«

Leicht verlegen, murmelte Dahlia: »Dankeschön, das bedeutet mir sehr viel.«

»Nun denn, es wird Zeit für mich, schlafen zu gehen. Wir sehen uns morgen, *Bellaria*«, verabschiedete sich Eliah höflich.

Als Dahlia sich von allen anderen auch noch verabschiedet hatte, wollte sie den Raum verlassen, um auf ihr Zimmer zu gehen. Plötzlich tippte ihr jemand auf die Schulter.

Sie drehte sich überrascht um und sah Shui vor sich.

»Dahlia, ich glaube, wir sollten uns kurz unterhalten. Vielleicht irgendwo, wo weniger Leute sind?« Er schaute sich kurz um und deutete auf die noch Verbliebenen.

»Okay, das wollte ich auch schon vorschlagen.«

»Gut. Komm, ich weiß genau, wo wir hingehen können!« Er grinste und führte Dahlia an der Hand aus dem Raum.

Wie sie sich je in diesem Labyrinth aus Fluren und Gängen zurechtfinden sollte, war Dahlia schleierhaft. Sie bogen mehrmals links ab, danach rechts und gingen zum

Schluss eine Treppe hinauf, die nach draußen in einen überdachten, quadratischen Hof führte. Da sich alle anderen Räume und Säle unterirdisch befanden, war es eine kleine Wohltat, die frische, abendliche Luft einzuatmen.

Das Dach bestand aus Glas und man konnte den sternenklaren Himmel sehen. An einigen Stellen glitzerte der Schnee, der auf dem Glasdach lag. Der Mond schien so hell, dass er den Hof in ein angenehm getrübtes, weißes Licht tauchte. Links und rechts befanden sich runde Torbögen aus Stein und in den Ecken standen Bäume, die sich leicht im Wind wiegten. Die Temperatur war relativ angenehm im Vergleich zu den Wintern, die Dahlia von ihrer Welt kannte.

»Es ist wunderschön hier«, meinte sie staunend.

»Ist auch einer meiner Lieblingsorte. So schön friedlich, es lässt mich manchmal vergessen, in welcher Lage sich unsere Welt befindet. Die Natur in Anila ist unvergleichlich. In ihr steckt so viel Energie und Magie – wie man so etwas Schönes zerstören kann, verstehe ich nicht. Aber das war es nicht, worüber ich mit dir reden wollte, Dahlia.«

Shui sah ihr direkt in die Augen, nahm ihre Hände und sie verlor sich komplett in seinem Blick. Er besaß eine unglaubliche Ausstrahlung, sie konnte ihm nur schwer widerstehen.

»Es fällt mir wirklich nicht leicht, weil du mir sehr wichtig geworden bist und ich dich mag«, sagte Shui mit sanfter Stimme. »Dennoch glaube ich, dass wir besser als Freunde funktionieren und dass wir den Kuss heute einfach vergessen sollten. Ich weiß nicht, was mich geritten hat. Das ist eigentlich nicht meine Art, aber du strahlst nun mal eine unglaubliche Anziehungskraft aus.«

Dahlia atmete erleichtert auf, denn dasselbe fühlte sie auch. Sie war vorhin so emotional aufgewühlt gewesen, nach der Nachricht von ihren Eltern, dass sich der Kuss in dem Moment richtig angefühlt hatte. Aber als Luca dann hereingekommen war, änderte sich alles. Sie fühlte, dass sie ihn verletzt hatte.

»Mir geht es genauso und ich bin froh, dass du es angesprochen hast!«

»Puh, das freut mich jetzt. Auch wegen Luca. Ich hatte ein sehr schlechtes Gewissen«, meinte Shui.

»Wieso?«, fragte Dahlia neugierig, obwohl sie die Antwort schon ahnte.

»Na, ich müsste wirklich blind sein, wenn ich das nicht sehen würde. Ich kenne meinen besten Freund gut genug. Die Verbindung zwischen euch ist deutlich zu spüren. Sag bloß, das ist dir noch nicht aufgefallen?«, sagte Shui grinsend und stupste sie sanft in die Seite.

»Naja, eventuell. Ich bin mir nicht sicher, was in ihm vorgeht. Er ist oft so kühl zu mir. Phasenweise denke ich, dass ich ihn kenne, und dann ist er wieder wie ausgewechselt. Das ist mehr als verwirrend«, meinte Dahlia nachdenklich.

»Ja, das kann ich verstehen. Er lässt nur wenige an sich heran und zeigt oft nicht, wie er sich fühlt. Das hat einiges mit seiner Vergangenheit zu tun. Aber gib nicht auf, Dahlia, wenn er so weit ist, wird er sich dir öffnen. Er braucht nur seine Zeit.« Aufmunternd nahm er Dahlia in den Arm.

»Wenn du das sagst. Du kennst ihn schließlich deutlich länger als ich. Wieso ist das alles nur immer so kompliziert?«

»Wenn es einfach wäre, wäre das Leben doch langweilig und nicht so schön spannend, oder?« Shui lächelte.

»Da hast du allerdings recht. Danke für deine Worte!«, sagte Dahlia erleichtert.

»Immer wieder gerne!«, entgegnete Shui.

Gut gelaunt machten sich beide Arm in Arm auf zu ihren Zimmern.

KAPITEL 33

Dahlia wachte durch ein Klopfen an ihrer Türe auf. Verschlafen rieb sie sich die Augen, stieg leicht torkelnd aus dem Bett und öffnete.

Vor ihr stand Laya. Sie trug ein schwarzes, enganliegendes Lederoutfit mit dem roten X auf der Brust und roten wellenförmigen Strukturen an den Ärmeln.

»Guten Morgen, meine Liebe. Du hast genau zehn Minuten Zeit, um dich anzuziehen und zu frühstücken, hier ist deine Kleidung und ein Frühstückstrank.«

Sie drückte Dahlia ein schwarzes, zweiteiliges Outfit wie das ihre und ein Glas mit grünlicher, zäher Flüssigkeit in die Hand. Noch etwas perplex nahm Dahlia beides entgegen und nickte kurz.

»Schön, ich warte vor deinem Zimmer. Na los, zieh dich um!«, sagte Laya in einem Befehlston, der Dahlia kurz zusammenzucken ließ.

Das kann ja heiter werden, dachte sie nur und begann sich anzuziehen.

Dafür, dass das Material wie Leder aussah, war es sehr elastisch und fühlte sich auf der Haut geschmeidig und leicht an. Das Getränk hingegen sah alles andere als einladend aus. Dahlia nahm einen kleinen Schluck und musste kurz husten, weil es stark nach vergorenem Gemüse schmeckte. Bah, was war das denn für ein Zeug! Sie nahm einen großen Schluck Wasser aus der Flasche, die auf ihrem Nachttisch stand, und versuchte den Geschmack auszuspülen.

Ihre braunen Locken band sie in einem Zopf nach oben und wusch sich kurz das Gesicht, bevor sie die Tür öffnete und hinaustrat.

»Guten Morgen, Laya. Entschuldige, aber ich war vorhin noch nicht richtig wach.«

»Das hat man dir angesehen. Hast du denn keine *Rade-Blume* in deinem Zimmer?«

»Eine was?«, fragte Dahlia verdutzt.

»Ach, entschuldige, ich vergaß, dass du gar nicht hier aufgewachsen bist. Das ist eine spezielle Pflanze, die jeden Morgen bei Sonnenaufgang eine Melodie summt. Wie macht ihr das denn in deiner Welt, um rechtzeitig aufzuwachen?«, fragte Laya interessiert.

»Wir haben Wecker. Uhren, die man auf eine bestimmte Zeit einstellt und die dann einen Weckton abspielen. Man muss sie ausschalten, sonst klingeln sie die ganze Zeit weiter. Sehr penetrant, die Dinger. Da ist mir eure Variante, glaube ich, lieber!«

»Das kann ich mir vorstellen. Uhren, die klingeln, tztz«, meinte Laya kopfschüttelnd. »Ihr Menschen seid wirklich merkwürdig.«

Dahlia folgte Laya durch die zahlreichen Gänge, bis sie schließlich den überdachten Hof durchquerten, den Shui ihr gestern gezeigt hatte. Laya blieb vor einer alten Türe ohne Schloss oder Griff stehen.

»Dahinter ist unser Trainingsraum. Um hineinzugelangen, muss man eine seiner Fähigkeiten offenbaren. Da mein Element das Wasser ist, werde ich einen kleinen Tropfen durch die schmale Öffnung in der Mitte der Türe manövrieren.«

Laya vollführte einige fließende Bewegungen mit ihren Händen, bis ihr Zeigefinger über der sternenförmigen Öffnung haltmachte. Wie aus dem Nichts floss plötzlich Wasser an ihrem Bein hinauf, bis hoch zu ihrer Schulter, den Arm entlang direkt zu ihrem Zeigefinger. Ein kleiner Tropfen löste sich und fiel zielgenau in die Öffnung.

Sofort zogen sich, ausgehend von dieser Stelle, kleine, dünne, wie Adern aussehende Wasserfäden durch die Rillen in der Tür. Ein Muster wurde sichtbar und Dahlia fasste sich automatisch an ihre Schulter. Was sie nun vor sich sah, war das umgedrehte Ypsilon mit den wellenförmigen Parallelen, welches sich an ihrem 16. Geburtstag in ihre Haut eingebrannt hatte. Baff von dieser Erkenntnis starrte sie mit offenem Mund vor sich hin.

»Alles gut, Dahlia?«, fragte Laya.

Sie räusperte sich kurz und antwortete: »Dieses Zeichen, was bedeutet es?«

»Das ist das Zeichen des Ältestenrates. Er setzte sich früher aus den Oberhäuptern der einzelnen Völker zusammen, auch deines war damals dabei. Allerdings hat sich der Rat nach dem *Agil Wig* zerschlagen und seine Stätten niedergebrannt, damit keiner an sein gesammeltes Wissen kommt. Die Legende sagt, dass nur der Träger des Amethysts auch das Zeichen der Ältesten trägt. Und nur er kann über ihr Wissen verfügen und mit jedem von ihnen in Kontakt treten.«

Automatisch tastete Dahlias Hand nach dem Amulett, das unter ihrem Anzug verborgen war. Puh, es war noch an Ort und Stelle.

Konnte es möglich sein, dass sie den Amethyst aus der Legende in ihrem Amulett hatte? Wenn das stimmte, könnte sie sämtliches Wissen der Ältesten irgendwie daraus abrufen. All ihre Fragen bezüglich ihrer Herkunft und ihrer Aufgabe könnten sich in einem Moment lösen. Dann wüsste sie genau, was zu tun war.

Aber wie würde sie an dieses Wissen gelangen? Es war vermutlich schwierig, so ganz ohne jegliche Hilfe.

»Das sind aber alles nur Gerüchte«, fuhr Laya fort. »Es ist bisher keiner außer dir mit dem Mal aufgefallen, geschweige denn hat jemand seither den Stab mit dem Amethyst gesehen. Gideon sucht schon jahrelang vergeblich danach. Daher ist es von äußerster Wichtigkeit, dass nur der engste Kreis der Pjoras über dein Mal auf der Schulter Bescheid weiß. Kommst du?«, fragte sie und deutete mit der Hand auf den Raum hinter der massiven Türe, die sich durch Layas Fähigkeit vorhin geöffnet hatte.

Dahlia nickte abwesend.

Sie betraten einen rautenförmigen Raum und Dahlia sah sich interessiert um. In jedem der vier Ecken war ein anderes Element positioniert. Eine Wasserschale stand in nördlicher Richtung auf einem Sockel, eine Sandschale samt Pendel zeigte als Erdelement gen Osten. Südlich ragte eine lodernde Fackel empor und im Westen wirbelte eine Art kleiner Tornado in einer Glaskaraffe als Luftelement umher.

Kuppelförmig zog sich der Raum an der Decke zusammen. Über jeder Ecke befand sich ein für das jeweilige Element bezeichnendes Ornament. Alle führten linienförmig durch die Holzverkleidung und trafen sich in der Mitte der Kuppel, wo sie in das Y-artige Zeichen übergingen.

Dahlia war fasziniert von dem, was sie sah. Erst nach einer Weile fiel ihr auf, dass Laya bereits vor der Wasserschale wartete und sie auffordernd anblickte.

»Oh, entschuldige bitte, ich bin nur wahnsinnig erstaunt über die Verzierungen und die Aufteilung des Raumes!«

»Das kann ich verstehen. So ähnlich ging es mir auch, als ich das erste Mal zu meiner Trainingsstunde herkam«, meinte Laya lächelnd. »Nun denn, bevor wir anfangen, würde ich dich gerne fragen, was du das erste Mal gefühlt hast, als du das Wasser befehligt hast.«

Dahlia überlegte einen Moment und dachte an ihren ersten Tag in Anila, als sich die Schlucht vor ihren Füßen auftat und eine Wasserfontäne herausschoss.

»Ich war wütend, wirklich wütend, da mein Freund einfach so Schluss gemacht hatte und zudem Luca mir so vieles verschwieg. Mich in eine fremde Welt mitgenommen hatte, in der ich niemanden kannte.«

»Verstehe. Wut ist ein sehr mächtiges Gefühl und bei den meisten auch Auslöser ihrer Kräfte. Aber ein guter Begleiter beim Bändigen von Wasser ist sie nicht. Wir müssen dir also eine Alternative zeigen, die sich auf deine Kraft selbst bezieht und nicht auf ein Gefühl, denn das kann schnell gefährlich werden«, meinte Laya in einem ernsten Ton.

Dahlia hatte schon damit gerechnet, dass sie dieser angestauten Wut, die sie seit den ganzen Ereignissen rund um Ihre Herkunft in sich trug, irgendwann die Stirn bieten und einige Dinge einfach akzeptieren musste. Daher nickte sie nur zustimmend mit dem Kopf.

»Okay, also ich persönlich habe mich auf einen besonders schönen Moment in meinem Leben konzentriert, den ich immer wieder abrufe, wenn ich meine Kräfte einsetze. Dabei mache ich mir bewusst, wofür ich es tue und dass sie keinesfalls selbstverständlich sind. Ich habe den größten Respekt davor und bin sehr dankbar, dass sich das Wasser für mich entschieden hat. Zu diesem inneren Einklang musst auch du in unserem Training gelangen, bevor du überhaupt die Techniken lernen kannst.

Bitte setz dich auf das Kissen neben der Schale dort drüben und schließe die Augen. Stell dir einen Augenblick vor, der dich in letzter Zeit sehr berührt hat, der dir Mut machte.«

Dahlia tat, wie ihr geheißen, doch einfach war es nicht. Viele schöne Momente liefen vor ihrem inneren Auge ab, aber keiner berührte sie so tief, dass sie daraus positive Empfindungen ziehen konnte. Hatte sie denn gar keine Insel der bewegenden Erinnerungen? Sie dachte an den Weg, den sie mit Luca und Shui zurückgelegt hatte, an ihre Ankunft bei den Pjoras am gestrigen Abend ... und plötzlich stieg das Bild ihrer Eltern in ihr auf. Sie sah sie vor sich und hörte den Klang ihrer Stimmen. Ein Gefühl der Wärme und Geborgenheit erfüllte sie, weshalb sie sich für diese Erinnerung entschied.

Völlig eingenommen von den Emotionen, die die Nachricht ihrer Eltern in ihr hervorrief, merkte sie nicht, wie das Wasser in der Schale in Schwingung geriet.

»Sehr gut! Mach weiter so!«, hallten Layas Worte gedämpft zu ihr.

Tief in Gedanken versunken zogen nun dunkle Wolken über ihre Erinnerung und verdrängten allmählich die Wärme. Andere Bilder schoben sich vor ihr inneres Auge. Sie sah plötzlich ihre Mutter mit gefesselten Händen auf dem Scheiterhaufen stehen, inmitten der züngelnden Flammen, und sie sah auch die Hinrichtung ihres Vaters. Beide schrien so entsetzlich, dass in ihr eine nie dagewesene Wut aufkam. Für all dies war nur einer verantwortlich. Gideon! Ohne ihn wären ihre Eltern noch am Leben. Ohne ihn wäre ihr Leben nicht von so vielen Geheimnissen und Lügen durchzogen. Es machte sie zornig und alles, was sie in diesem Moment wollte, war, Gideon tot zu sehen. Ein für allemal.

»Dahlia, stopp!! Konzentriere dich, halte dich an deiner guten Erinnerung fest! Bitte! Ich flehe dich an, hör auf damit!«

Layas Stimme drang wie aus weiter Ferne an ihr Ohr und hörte sich nur wie ein leises Rauschen an. Auch dass Laya versuchte, sie auf den Boden zu drücken, bekam sie kaum mit. Es war, als wäre sie in einer anderen Dimension, einer, in der alles möglich war. Sie spürte die Macht ihrer Kräfte, das unglaubliche Verlangen nach mehr.

Ein ohrenbetäubender Lärm ertönte, doch er drang nicht zu Dahlia durch. Sie merkte nicht, dass sich über dem Wasser in der Schale ein gigantischer Tornado gebildet hatte, der sämtliche Gegenstände im Raum zu verschlingen drohte. Teile der Decke wurden abgerissen, das Glas der Fenster zerbrach in winzige Stücke und der ganze Raum fing zu wanken an.

Laya versuchte, mit fließenden Armbewegungen das Wasser in Zaum zu halten. Sie stemmte sich mit aller Macht gegen den wütenden Sturm, der sich vor Dahlia auftürmte.

Die Tür sprang auf und Eliah, Luca sowie weitere Pjoras stürmten mit entsetzten Mienen in den Raum. Sie hatten den gewaltigen Lärm im gesamten Versteck gehört. Gemeinsam versuchten sie, den Sturm aus Wasser in die Knie zu zwingen.

Luca kämpfte sich zu Dahlia durch und packte sie an den Schultern.

»Dahlia, hörst du mich? Ich bitte dich, konzentriere dich auf meine Stimme, zusammen schaffen wir es hier raus. Egal, was dich so wütend macht, es ist jetzt an der Zeit, es loszulassen! Bitte!«, flehte Luca sie an.

Dahlia sah alles wie von außen, sah, wie Luca verzweifelt versuchte, zu ihr durchzudringen, und hörte Eliah unverständliche Dinge murmeln, die die Elemente langsam zum Erliegen brachten.

Sie versuchte sich auf Lucas Stimme zu konzentrieren und sah nun direkt in seine angsterfüllten Augen. Hatte er wirklich vor *ihr* Angst?

Dieser Gedanke schockierte Dahlia so sehr, dass sie wieder zu sich kam und sich im Raum umsah.

Es war alles zerstört. Im Dach klaffte ein riesiges Loch, Bretter hingen lose von der Decke und den Wänden. Erde und Wasser bedeckten den kompletten Raum. Überall lagen Scherben.

Laya stütze sich sichtlich erschöpft gegen einen Balken, ihr Vater stand schwer atmend daneben. Einige der Pjoras waren verletzt und drückten Stofffetzen auf ihre blutenden Wunden.

Luca hielt Dahlia schützend in den Armen. Auch er hatte einige Schnittwunden von den berstenden Fensterscheiben davongetragen.

Es war ein einziges Bild der Zerstörung, und für all das war Dahlia verantwortlich. Mit Entsetzen begriff sie, was sie angerichtet hatte.

Sie hätten alle sterben können durch mich!

Was war nur los mit ihr? Sie konnte es nicht fassen, was sie all den Leuten hier angetan hatte. Langsam richtete sie sich auf, immer noch gestützt von Luca.

Unter Tränen wandte sie sich an alle Anwesenden: »Ich wollte das nicht, nichts von dem hier. Entschuldigung.«

Jetzt wollte sie einfach nur weg, wieder in ihr altes Leben zurück, zu ihren Freunden ins Internat, wo die Welt in Ordnung und normal war. Dorthin, wo es keine Fähigkeiten gab, mit denen sie Schaden anrichten konnte.

Sie rannte wortlos aus dem Raum. Aus dem Augenwinkel sah sie, dass Luca ihr folgen wollte, aber Eliah hielt ihn zurück.

»Lass sie gehen.«

Kapitel 34

Dahlia wusste nicht, wie lange sie durch die Flure geirrt war, bis sie endlich nach draußen fand. Sie lief geraden Weges in einen Wald mit riesigen Bäumen, deren Äste sich langsam im Wind wanden.

Inmitten einer Lichtung blieb sie stehen und atmete tief ein, um all die schönen Dinge um sie herum aufzusaugen. Sie lauschte dem Zwitschern der Vögel und tausend kleine Insekten schienen um die gleißende Sonne zu tanzen. Der Winter neigte sich seinem Ende zu und der Schnee begann schon zu schmelzen. Er tropfte gleichmäßig von den Bäumen. *Schon erstaunlich, wie schnell sich die Jahreszeiten hier verändern*, dachte sie sich.

Wie immer, wenn sie sich in einem Wald aufhielt, breitete sich eine entspannende Ruhe in ihr aus. Die Wärme des Tageslichtes kitzelte auf ihrem Gesicht und die frische Luft weitete bei jedem Atemzug wohltuend ihre Lungenflügel.

Dahlia legte sich auf eine trockene Stelle auf dem Boden und schloss ihre Augen. Sie ließ sich vollkommen von der Atmosphäre des Waldes vereinnahmen, bis sie mit ihm verschmolz und eins mit ihm wurde.

Sie vergaß alles um sich herum. Es gab keine schlechten Gedanken, nur sie, die Bäume und das Gras unter ihren Fingern, das sich unbeschreiblich weich anfühlte.

Nach einer Weile, die ihr wie eine halbe Ewigkeit vorkam, richtete sie sich auf. Nun ließ sie die Gedanken zu, die sie an das soeben Passierte erinnerten.

Sie konnte und wollte so nicht weitermachen. Es war zu gefährlich für alle. Wie sollte sie diese unkontrollierbaren Kräfte im Zaum halten? Für sie war es definitiv eine Unmöglichkeit.

Es musste einen anderen Weg geben, ohne jemanden zu verletzen.

Dahlia fasste einen Entschluss. Langsam stand sie auf und ging zurück, um ihn den anderen mitzuteilen.

»Das ist jetzt nicht dein Ernst, oder?«, rief Luca entsetzt. Auch Eliah und Shui sahen Dahlia ungläubig an.

Sie hatte nach ihrer Rückkehr aus dem Wald darum gebeten, mit den dreien allein zu reden. Ihre Entscheidung traf nicht gerade auf Begeisterung.

»Doch, es ist mein Ernst. Ich werde meine Fähigkeiten nicht mehr einsetzen. Punkt. Ich möchte nicht, dass sich so etwas nochmals wiederholt«, betonte Dahlia.

»Ich verstehe, dass dich das sehr verunsichert hat, meine Liebe«, entgegnete Eliah mit ruhiger Stimme. »Aber lass dir gesagt sein, dass es uns allen auch einmal so ergangen ist. Solange man seine Fähigkeiten nicht unter Kontrolle hat und weiß, wie man mit ihnen umgeht, wird immer eine gewisse Gefahr bestehen, andere zu verletzen.

Wenn du nun beschließt, deine Ausbildung abzubrechen, dann verringerst du diese Gefahr nicht automatisch. Im Gegenteil, unkontrollierte Wutausbrüche können weitaus verheerendere Folgen mit sich bringen, als du dir vorstellen kannst. Bitte überdenke deinen Entschluss noch mal, ja?«, meinte Eliah beschwichtigend.

Shui stand stirnrunzelnd da und sah sie forschend an, schwieg aber.

Luca hingegen stieg die Zornesröte ins Gesicht. »Wir haben so viel für dich aufs Spiel gesetzt, damit du überhaupt hierherkommst! Du kannst uns jetzt nicht im Stich lassen, nur weil es dir zu viel wird. Wie Eliah schon sagte, wir mussten alle da durch, verdammt!«, fluchte er. Dann drehte er sich wütend auf dem Absatz herum und verließ den Raum.

Die zugeschlagene Türe ließ Dahlia kurz zusammenzucken. So aufgebracht hatte sie Luca noch nie erlebt.

Sie wusste, dass er und Eliah recht hatten. Aber sie

war nicht nach Anila gekommen, um alles in Schutt und Asche zu legen, nur weil sie ihre Kräfte nicht kontrollieren konnte. Was, wenn es ihr nie gelingen würde?

»Wie wäre es denn mit einem Kompromiss?«, meldete sich nun Shui zu Wort und trat auf sie zu. »Du versuchst dich zunächst in all deinen Fähigkeiten, so wie es der Plan war, und entscheidest danach, ob und wie du weitermachen willst. Übereilte Entscheidungen sind nie die richtigen. Was sagst du?«

Dahlia dachte kurz darüber nach. Einerseits wollte sie ihre Fähigkeiten definitiv kontrollieren lernen, damit sich so ein Vorfall wie bei ihrem ersten Training nicht wiederholte. Andererseits war hierbei natürlich auch die Gefahr groß, dass dies wieder passieren würde. Was sollte sie nur tun? Wie sie sich auch entscheiden würde, es bestünde immer die Gefahr, dass sie jemanden verletzten könnte. Damit müsste sie wohl oder übel leben. Es war in der Tat nicht leicht, über den eigenen Schatten zu springen, aber sie wollte es trotzdem versuchen.

»Gut. Aber auf eure Verantwortung!«, sagte Dahlia. Sie versuchte, ernst zu bleiben, aber gegen das verschmitzte Grinsen von Shui kam sie einfach nicht an.

»Na also, da ist sie ja wieder: meine Dahlia!« Lächelnd stupste Shui sie in die Seite und auch Eliah sah sichtlich erleichtert aus.

»Das ist eine weise Entscheidung. Ich werde mich nun in mein Schlafzimmer zurückziehen, es war ein langer Tag. Gute Nacht, ihr beiden«, verabschiedete sich Eliah und klopfte Dahlia aufmunternd auf die Schulter.

Als er die Tür hinter sich geschlossen hatte, wandte sich Dahlia an Shui.

»Wie geht es den verletzten Pjoras und Laya?«, fragte sie besorgt.

»Es geht ihnen gut, keine Sorge. Sie haben schon weitaus mehr durchstehen müssen. Im Vergleich dazu ist das eine

Kleinigkeit, glaube mir. Um Luca musst du dir auch keine Gedanken machen, der beruhigt sich schon wieder. Und weißt du, was das Beste ist?«

»Nein?«

»Morgen früh werde ich dich im Mentalen trainieren. Das wird nicht leicht, aber dennoch ungefährlicher als deine Wasserfontäne heute!« Shui lachte herzhaft.

»Sehr lustig. Zieh nur meine Sorgen ins Lächerliche. Ich würde dir raten, dich morgen warm anzuziehen. Wer weiß, in welcher Stimmungslage ich dann sein werde, mein Lieber!«, drohte Dahlia scherzhaft.

»Ohoh, ich habe jetzt schon riesige Angst!«

Shui zeigte ihr noch kurz, wo sie morgen ersatzweise trainieren würden, solange die Aufräumarbeiten im Raum der Elemente andauerten.

Danach ging Dahlia auf ihr Zimmer. Das Abendessen würde sie heute ausfallen lassen. Sie war zu geschafft von den Ereignissen, die hinter ihr lagen. Müde fiel sie in ihr Bett.

Was für ein Tag. Morgen wird es besser, ich werde mich mehr unter Kontrolle haben, nahm sie sich vor.

Sie fiel in einen unruhigen Schlaf, denn so leicht ließen sich die inneren Geister, die sie plagten, nicht vertreiben.

Kapitel 35

Mit ihrem Trainingsoutfit bekleidet lief Dahlia durch die Gänge und fokussierte ihre Gedanken. *Heute wird es besser, heute passiert nichts Schlimmes. Ich werde das schaffen …*

Dieses Mantra sagte sie sich schon den ganzen Morgen vor, um es zu verinnerlichen. Sie wiederholte es ein letztes Mal im Geiste, bevor sie die schwere Holztür öffnete, hinter der Shui bereits auf sie wartete.

Er saß auf einem Stuhl in der Mitte des Raumes, und als sie eintrat, erhellte sich sofort sein Gesicht.

In dem Moment schienen Dahlias Zweifel wie weggeblasen zu sein. Wie machte er das nur? In seiner Nähe war nichts unmöglich, sie fühlte sich immer wie zuhause.

Shui stand auf und begrüßte sie mit einer Umarmung: »Guten Morgen, Dahlia! Bitte setz dich doch.« Er wies mit der Hand auf einen Stuhl, der seinem gegenüberstand.

Außer den beiden Stühlen befand sich nur ein Tisch mit Wasserkrügen und Gläsern im Raum, ansonsten war er unmöbliert.

Sämtliche Wände waren mit bunten Zeichnungen und Verzierungen versehen, was das Zimmer trotz der kargen Einrichtung gemütlich machte.

»Nun, es ist wichtig, dass wir heute nicht abgelenkt werden. Daher haben wir diesen Raum bis auf die wesentlichen Dinge komplett ausgeräumt.«

»Verstehe«, Dahlia nickte.

»Also als Erstes ist es wichtig, dass du dich von allem befreist, was dich belastet, dein Geist muss von negativen Gedanken frei sein.«

»Versprechen kann ich nach dem gestrigen Tag nichts, aber ich versuche mich zumindest darauf einzulassen«, meinte Dahlia.

»Mehr brauche ich auch nicht. Machen wir zunächst eine Atemübung, sie sollte die nötige Entspannung herbeiführen. Atme tief in deinen Bauch ein, du kannst zur Kontrolle eine Hand auf deinen Bauch legen, und lass beim Ausatmen einfach alle Gedanken los, die dir im Kopf herumspuken. Mach dich frei von allem.«

Zunächst schaute Dahlia leicht skeptisch zu, wie Shui tief ein- und ausatmete, bevor sie es selbst versuchte.

Es wollte erst nicht richtig funktionieren, denn die belastenden Gedanken waren einfach zu stark, zu übermächtig. Sie fragte sich, wie sie den Bewohnern Anilas helfen sollte, wenn sie selbst ihre eigenen Trainer in Gefahr brachte. Konnte sie mit ihren unkontrollierbaren Fähigkeiten überhaupt jemandem helfen? Wem würde sie als Nächstes Schaden zufügen?

Und was würde passieren, wenn das alles vorbei war? Könnte sie dann wieder in ihren gewohnten Internatsalltag zurückkehren? Diese Frage schmerzte sie besonders. Obwohl sie von Selina und Jonas enttäuscht war, fragte sie sich die ganze Zeit, ob es ihren Freunden zu Hause wirklich gut ging.

Dahlia hoffte inständig, dass alle wohlauf waren. Sie vermisste die Gespräche mit ihren Freundinnen, die sie immer zum Lachen gebracht hatten. Der Gedanke daran gab ihr einen leichten Stich in die Brust. Doch mit einem tiefen Seufzer beim Ausatmen ließ sie auch diesen Gedanken los. Eine wohlige Wärme durchströmte ihren Körper und sie fühlte sich so leicht und befreit wie schon lange nicht mehr.

Wie aus der Ferne hörte sie die gedämpfte Stimme von Shui: »Sehr gut, Dahlia, genau das ist es. Versuche diese innere Ruhe zu halten und atme entspannt weiter. Denk nun an einen persönlichen Gegenstand von dir und stelle ihn dir mit allen Facetten vor. Wie groß ist er? Welche Formen und Konturen hat er? Ich weiß von Luca, dass dir dies schon gelungen ist, daher sollte es ein Einfaches für dich sein.«

Weil ihr gerade nichts Besseres einfiel, dachte sie an ihren Rucksack, den sie als Erinnerung an ihre Welt, an ihr Leben im Internat mitgenommen hatte.

Ein lautes »Plopp« war zu hören und veranlasste Dahlia dazu, ihre Augen zu öffnen. Zwischen ihr und Shui lag ihr Rucksack.

Sonderlich überrascht war Dahlia darüber nicht. Das war ihr bereits im Internat mit ihrer Bürste und dem Oberteil gelungen. Schwieriger war es gewesen, das Kleid herbeizuholen, das sie sich anhand von Lucas Beschreibung vorstellen sollte.

»Das lief ja außerordentlich gut. Ich denke, das müsste zum Aufwärmen genügen. Jetzt werden wir unsere Stunde nach draußen verlegen. Komm!« Shui sprang schwungvoll von seinem Stuhl auf und reichte Dahlia die Hand, welche sie lächelnd ergriff.

So könnte jede Trainingsstunde ablaufen, dachte sich Dahlia. *Ohne besondere Vorkommnisse.*

Sie bogen nur zweimal rechts ab, um nach draußen zu gelangen. Nach kurzem Fußmarsch befanden sie sich schon an dem Ort, wo Dahlia gestern Zuflucht und Ruhe gefunden hatte: auf der kleinen Lichtung im Wald.

»Also gut, was genau machen wir hier?«, fragte Dahlia.

Shui schaute sie ungewohnt ernst an. Sein Blick machte sie leicht nervös, denn was immer es sein mochte, er verhieß nichts Gutes.

»Wir starten nun eine etwas andere Art des Trainings. Einigen von den Pjoras würde diese Idee sicher missfallen, aber ich finde, es ist nötig. Vor allem in Anbetracht der Tatsache, dass Gideon seine Position schändlich ausnutzt. Wir müssen auf alles vorbereitet sein, besonders du.«

Shui pausierte kurz und ging mit Dahlia zu einem der Bäume.

»Der hier ist ein ganz besonderer Waldbewohner.«

»Waldbewohner?«, fragte Dahlia ungläubig. *Seit wann sind Bäume bitte Bewohner wie Rehe oder Hasen?*

»Ganz richtig. Waldbewohner sind sie, weil einige von ihnen halb Mensch, halb Baum sind und sich bei Gefahr als Bäume tarnen können. Wir nennen sie Hajos. Sie zeigen sich nur demjenigen, der mit der Natur verbunden ist, ein reines Gewissen und friedliche Absichten hat. Leider missbraucht Gideon diese majestätischen Geschöpfe, indem er sie durch ihr vernetztes Wurzelwerk mit seiner Gedankenkraft zum Spionieren zwingt.«

»Das klingt wirklich grausam. Wie kann man anderen Lebewesen so etwas antun?«, fragte Dahlia betrübt.

»Das kann ich dir leider nicht beantworten. Aber nun kennst du eine weitere von Gideons Fähigkeiten: die Gedankenmanipulation.«

Dahlia nickte. Luca hatte ihr bereits davon berichtet.

»Er dringt in jeden Geist ein und zwingt ihm seinen Willen auf. Ist dieser erst einmal gebrochen, dann hat er leichtes Spiel. Ich finde, es ist wichtig, dass du verstehst, wie er denkt, damit du ihm nicht ausgeliefert bist. Am Ende dieses Tages werde ich dir zeigen, wie du dich gedanklich vor ihm schützen kannst.«

»Das hört sich nicht einfach an. Aber gut, versuchen werde ich es. Ist dieser Baum also ein Hajo?«

»Das wirst du nun herausfinden, indem du eine Hand auf den Baumstamm legst und dich wieder, wie gerade eben, in deinen inneren Ruheraum begibst. Alles Weitere wird sich ergeben«, ermutigte sie Shui nun grinsend.

Okay, alles klar, nur die Ruhe – ich muss ja nur die Hand auflegen, das bekomme ich schon hin.

Dahlia tat, wie ihr geheißen. Sie spürte die knorrige, raue Rinde unter ihren Fingern und übte leichten Druck darauf aus. Ruhig atmend zog sie die frische Luft des Waldes und der Bäume ein.

Nun spürte sie einen sanften Gegendruck und erschrak leicht, ließ aber ihre Hand, wo sie war, und konzentrierte sich nur auf den Kontakt mit dem Baum.

Sie tauchte tief in ihre Gedankenwelt ein und befand sich nun in einem hellen Raum. Aber da war noch jemand. Eine wunderschöne Frau mit blonden, gelockten Haaren und langem weißem Kleid saß ihr gegenüber auf einem Stein.

»Sei gegrüßt, mein Kind. Was kann ich für dich tun?«, fragte eine ruhige Stimme in ihrem Kopf.

»Hallo, mein Name ist Dahlia«, antwortete sie etwas überrascht.

»Ah, auf dich haben wir schon gewartet. Wir wussten, der Tag würde kommen, an dem ein Kind aus der Nebenwelt uns besucht und die Herrschaft von Gideon beendet. Sei unbesorgt, du wirst alles erreichen, was vor dir liegt. Es wird nicht einfach sein, aber hier bei den Pjoras bist du gut aufgehoben.«

»Ist es wahr, dass einige von euch von Gideon versklavt wurden?«

»Ja, das ist leider eine traurige Wahrheit. Wir sind sehr erschüttert. Es gibt nur noch wenige von uns. Durch seine Manipulation haben wir schon viele verloren.«

Eine schier unerträgliche Welle der Traurigkeit übermannte Dahlia und trieb ihr die Tränen in die Augen. So viel Schmerz, so viel Leid. Es war nur schwer auszuhalten.

»Das tut mir unendlich leid. Wenn ich nur etwas tun könnte, um euch den Kummer zu nehmen …«

»Allein dieser Gedanke ehrt dich, mein Kind. Du hast eine reine Seele und viel Gutes in dir. Wir werden über dich wachen. Es war eine schöne Erfahrung, sich mit dir zu verbinden, aber nun ruft mich eine meiner Schwestern.«

»Warte noch kurz! Hast du einen Namen?«

»Magret.«

Schon war die Verbindung erloschen und Dahlia stand wieder im Wald und blickte in Shuis Augen, die erwartungsvoll glänzten.

»Wow. Das war wunderschön«, war alles, was Dahlia hervorbrachte. Sie fühlte sich wie benommen von dem gerade Erlebten. Diese Hajos waren wahrlich einzigartige Wesen. Kaum zu glauben, dass jemand überhaupt auf die Idee käme, ihnen etwas Böses zu wollen.

»Also hat es geklappt? Sie haben dich aufgenommen?«, fragte Shui gespannt.

»Wie, aufgenommen?« Dahlia sah ihn verdutzt an.

»Naja, sie haben doch mit dir gesprochen, oder?«

»Ja, ich habe mit einer Frau geredet.«

»Sehr gut. Dann hat sie bestimmt so etwas gesagt wie, sie würden ein Auge auf dich werfen, nicht wahr?«

»Allerdings, das hat sie gesagt. Sie würden über mich wachen, meinte sie.«

»Das ist schon alles, was ich wissen muss. Sie haben dich nun in ihre Gemeinschaft aufgenommen und werden dir, solltest du je in Gefahr sein oder sonst ihre Hilfe benötigen, zur Seite stehen. Das ist ein ganz besonderes Privileg, welches nur wenigen Bewohnern von Anila zuteilwird.«

»Zählst du auch dazu, Shui?«

»Ja, in der Tat, das tue ich. Aber unter den Pjoras sind Eliah und ich die Einzigen.«

»Luca ist also nicht dabei?«

»Nein, er glaubt nicht wirklich daran, dass er würdig genug sei, sich mit ihnen zu verbinden. Ich meine, er hat es daher auch nie ausprobiert.«

Interessant, dachte sich Dahlia. Das hätte sie nicht vermutet. Aber es machte sie stolz, dass ihr diese Ehre zuteilwurde.

»Mit wem von ihnen hast du eigentlich geredet?«

»Sie sagte, sie heiße Magret.«

»Oha! Das hat schon was zu bedeuten, wenn die Anführerin zu dir spricht! Ich meine damit, dass ich es bisher noch nie erlebt habe. Die Situation scheint also mehr als ernst zu sein oder zumindest bedrohlicher, als ich vermutet hätte.«

»Was meinst du? Plant Gideon etwas?«

»Schwer zu sagen. Aber wir sprechen schließlich von Gideon. Bei ihm ist alles möglich. Wichtig ist nur, dass er nicht erfährt, dass du mittlerweile in Anila bist. Es ist noch ein weiter Weg, bis du so weit bist, es mit ihm aufnehmen zu können. Unterschätze ihn niemals«, sagte Shui mahnend.

»Werde ich nicht, versprochen. Kannst du mir nun zeigen, wie ich es verhindere, dass andere in meine Gedanken eindringen können?«

»Klar. Lass es uns gleich hier auf der Wiese ausprobieren.«

Sie setzten sich einander gegenüber und Dahlia glitt erneut in ihren Gedankenraum hinüber.

»Ich werde nun versuchen, in deinen Geist einzudringen, um zu erfahren, was du denkst. Das wird die erste Übung sein. Beim nächsten Mal zeige ich dir, wie du verhinderst, dass dich jemand manipuliert, und wie du in einer solchen Situation Herrin deiner Sinne bleibst.«

Shui machte eine kleine Pause, bevor er fortfuhr.

»Aber zunächst Folgendes: Stell dir einfach bildlich vor, wie du mich mit aller Kraft aus deinem Kopf hinausdrängst. Schiebe mich über die Klippen deiner Gedankenwelt. Konzentriere dich nur auf diesen einen Gedanken!«

Shuis Anweisungen hallten in Dahlias Kopf wider. Sie machte sich bereit auf seinen Angriff. Kaum hatte sie diesen Gedanken gefasst, spürte sie ein merkwürdiges Kribbeln in ihrem Nacken, ein sehr unangenehmes Gefühl. Als liefe ein kalter Schauer ihren Rücken hinab. Wie eine Vorwarnung, dass etwas nicht stimmt.

Ihr Kopf fing schrecklich zu schmerzen an, und da spürte sie ihn wie eine kalte Hand auf ihrer Schulter.

»Du hast es mir zu einfach gemacht, Dahlia. Streng dich mehr an! Dräng mich raus!«

»Ich versuche es ja, aber es ist schwer, dein übermächtiges Bewusstsein wieder aus meinem Kopf zu bekommen. Es erdrückt mich fast.«

»Konzentriere dich auf das, was dich gestern so wütend gemacht hat – das wird dir helfen.«

Sie wollte sich nicht vorstellen, was passieren würde, wenn sie erneut diese gewaltige Energie freisetzte. Beim Gedanken an die gestrige Katastrophe hielt sie einen Moment inne.

»Hier kannst du deine Wut nutzen, es wird nichts passieren, glaub mir.«

Dahlia vertraute Shui vollkommen, und das machte es deutlich einfacher. Also lenkte sie ihre Gedanken auf Gideon. Sie stellte sich all die Grausamkeiten vor, welche er ihren Eltern angetan hatte, bevor er sie schließlich umgebracht hatte. Hitze stieg in ihr auf und ihr Inneres war so von Zorn durchzogen, dass sie kaum merkte, wie das Kribbeln und die Kopfschmerzen allmählich nachließen.

Vorsichtig öffnete sie ihre Augen und erschrak.

Shui lag mit einer aufgeplatzten Lippe etwa fünf Meter von Dahlia entfernt und fasste sich grinsend an seinen blutenden Mund.

»Das ... war ... beeindruckend!!«, brachte er schwer atmend hervor und strahlte übers ganze Gesicht.

»Oh Gott, Shui, was habe ich getan? Tut es sehr weh?« Dahlia rannte zu ihm und war sehr perplex, als er plötzlich zu lachen anfing.

»Was?«

»Es ist so erfrischend, zu sehen, wie besorgt du immer gleich bist. Blessuren dieser Art haben wir hier ständig. Das ist gar nichts, glaube mir.«

»Idiot!«, entgegnete ihm Dahlia und stieß ihm scherzend mit dem Ellenbogen in die Seite.

»Also wie ich sehe, hast du es überwunden. Es war mir eine Freude, dir zu helfen. Ich glaube, so schnell wird sich keiner mehr trauen, deine Gedanken zu lesen. Aber jetzt sind meine Reserven langsam am Ende, es war ein langer Tag. Lass uns zum Abendessen zu den anderen gehen.«

Nachdem Dahlia geduscht und sich neue Kleidung angezogen hatte, begab sie sich in den großen Speisesaal.

Sie dachte schon, sie würde heute die Letzte sein, die sich zum Essen einfand, aber als sie eintrat, saßen nur Eliah und Shui am Tisch. Nolan, Layas Freund, stand neben ihnen.

»Wo sind denn die anderen?«, fragte Dahlia überrascht. In den letzten Tagen war der Tisch immer voll besetzt gewesen und alle hatten sich gut gelaunt beim Essen unterhalten.

»Setz dich, Dahlia«, forderte Eliah sie auf.

Dahlia nahm gegenüber von Shui Platz und blickte in Eliahs sorgenvolles Gesicht.

»Heute sind es nur wir vier. Die anderen trainieren unter der Leitung von Luca und Laya in einem unserer Häuser etwas entfernt von hier«, erklärte er. »Sie sollten morgen Abend wieder zurück sein. Wir haben leider Grund zur Annahme, dass Gideon etwas plant, um uns endgültig zu vernichten. Dass dir Magret heute erschienen ist, unterstützt unsere Befürchtungen.«

»Allerdings konnten wir nichts Genaues herausfinden«, meldete sich nun Nolan zu Wort. »Unsere Späher haben bisher nichts in Erfahrung gebracht und unsere Nachfragen bei den Hajos führten uns auch nicht weiter. Es scheint ein streng gehütetes Geheimnis zu sein, wenn wir nicht den Hauch eines Anhaltspunktes haben.«

Bisher hatte sich Nolan bei allen Gesprächen im Hintergrund gehalten und Dahlia hatte ihn daher kaum beachtet. Er war von großer, durchtrainierter Statur, hatte dunkelbraune, mittellange Haare und markante Gesichtszüge. Im Moment sah er sehr besorgt aus. Dahlia schätzte ihn auf ungefähr 25 Jahre, war sich dabei aber nicht sicher. Vielleicht sah er auch älter aus, als er tatsächlich war.

»Daher sollten wir auf alles vorbereitet sein. Vor allem unsere Truppen müssen bereit sein«, ergänzte Shui. »Deshalb war es enorm wichtig, Luca und Laya zu ihnen zu schicken, um sie zu trainieren.«

Das klang alles sehr beunruhigend. »Kann es denn etwas mit meinem Auftauchen hier in Anila zu tun haben? Oder plant Gideon schon länger etwas?«, fragte Dahlia nach.

»Nun ja, diese Frage haben wir uns auch schon gestellt«, antwortete Eliah. »Und wir sind zu dem Schluss gekommen, dass es unmöglich ist. Er kann nicht herausgefunden haben, dass du hier bist. Wir haben alle erdenklichen Vorsichtsmaßnahmen getroffen, um dies zu verhindern. Aber es ist immer besser, auf alles vorbereitet zu sein«, sagte er aufmunternd. »Nun gut, lasst uns erst einmal essen. Alles Weitere wird sich finden, wenn es so weit ist!«

Während des Essens bemerkte Dahlia, dass sie ziemlich müde war. Daher war sie froh, dass morgen kein Training stattfand, da Luca verhindert war und sie den Tag zum Ausruhen nutzen konnte.

Kapitel 36

Luca lehnte an einem Felsvorsprung und sah sich die untergehende Sonne an. Das letzte Licht des Tages tauchte die Wälder ringsum in ein angenehm wärmendes Rot.

In Zeiten wie diesen, wo die Zukunft so ungewiss und mühsam schien, flüchtete sich Luca am Ende des Tages gerne an einen ruhigen Ort. Hier konnte er für sich sein, um zu realisieren, wofür er all das eigentlich tat und dass es die Entbehrungen und Mühen wert sein würde.

Er genoss diesen einen Moment, an dem nichts wichtig erschien und sich alles friedlich auf die kommende Nacht vorbereitete. Es war seine Art, innere Ruhe zu finden und neue Kraft zu schöpfen.

Gerade als die letzten Strahlen der Sonne auf sein Gesicht fielen, sah er Laya auf sich zukommen.

»Hast du was dagegen, wenn ich dir Gesellschaft leiste?«, fragte sie zögernd.

»Nein, natürlich nicht«, entgegnete Luca.

»Fragst du dich auch manchmal, ob es überhaupt möglich ist, Gideon je zu besiegen? Ich habe in letzter Zeit so meine Zweifel, auch nach dem, was mit Dahlia beim Training passiert ist. Sie ist viel stärker, als wir es je vermutet hätten, und hat so wenig Kontrolle darüber. Es wird ein langer und schwerer Weg werden.«

»Das wird es. Auch ich habe an manchen Tagen meine Zweifel am Gelingen unseres Vorhabens. Aber ich habe volles Vertrauen in unsere Leute und ihre Willenskraft. Allerdings denke ich auch, dass es nicht leicht werden wird, Dahlia zu trainieren. Sie muss ihre Gefühle besser kontrollieren. Sie ist in einer völlig anderen Welt aufgewachsen und hat ihre eigene Art, mit Problemen umzugehen. Wir hingegen hatten Jahre, um uns auf diese Zeit vorzubereiten, und wurden so erzogen. Das dürfen wir auch niemals vergessen«, ergänzte Luca.

»Allerdings. Du hast dich in der letzten Zeit verändert, Luca. Du bist nicht mehr ganz so pessimistisch, wie ich es in Erinnerung habe. Meinst du, das hat etwas damit zu tun, dass du Dahlia getroffen hast?«, sagte Laya neckisch und versuchte, ein schiefes Grinsen zu unterdrücken.

Dass ihre Unterhaltung plötzlich in diese Art von Gespräch münden würde, hätte Luca bei ihrer gemeinsamen Vorgeschichte nicht gedacht.

Leicht zögernd meinte er: »Ich weiß zwar nicht, wieso du das ansprichst und welche Absicht du damit verfolgst, aber ich denke, dass diese Veränderungen von mir ausgingen, nach allem, was ich in der Menschenwelt beobachtet habe. Es hat nichts mit Dahlia zu tun.«

»Aber du magst sie, richtig?«

»Das tue ich, aber nicht so, wie du vielleicht denken magst.«

»Ach komm, Luca, mit mir kannst du doch offen über alles reden! Oder ist es wegen Nolan?«

Lucas Gesichtszüge verfinsterten sich.

»Du meine Güte, es ist wegen ihm, stimmt's?«, hakte Laya nach.

»Ist es nicht. Ich war derjenige, der eines Tages ohne ein Wort verschwand. Ich konnte nicht hoffen, dass du auf mich wartest. Das Thema hatten wir doch bereits und ich habe dem nichts hinzuzufügen«, beendete Luca sichtlich angestrengt das Gespräch.

Eine Weile standen die beiden schweigend nebeneinander, während es um sie herum dunkel wurde.

Laya war die Erste, die wieder etwas sagte: »Komm, lass uns reingehen, es wird kalt hier draußen.«

»Warte«, meinte Luca und fasste ihre Hand. »Es tut mir leid, dass ich vorhin so schroff das Gespräch beendet habe. Es ist ziemlich kompliziert zwischen Dahlia und mir, oft weiß ich selbst nicht, was das ist. Auch dich mit Nolan zu sehen, ist nicht einfach für mich.«

Laya nahm seine Hand und sah ihm direkt in die Augen.

»So muss es aber nicht sein, das ist dir klar, oder?«

Luca nickte und Laya schlang ihre Arme um ihn.

»Wir sind füreinander da, wie früher, daran wird sich nichts ändern«, flüsterte sie ihm ins Ohr.

Luca erwiderte die Umarmung. Ihm war bis jetzt nicht bewusst gewesen, wie sehr er sie vermisst hatte. Es fühlte sich gut an, als ob es keine Zeit gegeben hätte, in der sie nicht zusammen waren.

Minuten vergingen, bis sie sich wieder voneinander lösten und gemeinsam zurück zum Versteck gingen.

Am nächsten Morgen standen sie schon vor Sonnenaufgang auf, um den ganzen Tag für das Training nutzen zu können.

Das Versteck befand sich unter einer riesigen Glaskuppel auf einem der höchsten Berge Anilas. Gut getarnt durch Zauber, sah es für Außenstehende so aus wie ein großer, mit Moos und Büschen überzogener Hügel. In der Mitte war ein Parcours aufgebaut, welcher sich über mehrere Kilometer erstreckte. Am äußeren Rand der Kuppel befanden sich die Schlafzimmer, welche den Blick auf die Berglandschaft ermöglichten.

Mit dem Parcours trainierten die Pjoras verschiedene Fertigkeiten. Es gab eine Kletterwand und einen kleinen See mit einem Baumstamm in der Mitte. Über diesen mussten sie balancieren, während schwingende Sandsäcke sie daran hindern sollten, die nächste Etappe zu erreichen.

Zum größten Teil bestand er aber aus Kampftrainingseinheiten, die Luca und Laya überwachten. Sie korrigierten bei Schrittfehlern, bei Drehungen oder bei der Abwehr mit dem Schwert. Laya war darüber hinaus noch des Bogenschießens mächtig und half den Pjora-Mitgliedern dabei, so gut sie konnte.

Als sich alle Anwesenden am Ende des Tages ziemlich erschöpft in einem Kreis zusammenfanden, richtete Luca das Wort an seine Leute.

»Ihr habt heute wieder einmal gezeigt, warum ihr bei den Pjoras aufgenommen wurdet. Euer Kampfgeist ist eure größte Stärke, und sie wird euch bei allem, was uns bevorsteht, helfen und den Fortbestand unserer Riege sicherstellen. Ich bin wahnsinnig stolz auf eure heutige Leistung, aber lasst euch gesagt sein, dass es trotz allem eine schier unmögliche Aufgabe sein wird, Gideon ein für allemal zu besiegen. Dennoch, wir werden es ihm wahrlich nicht einfach machen. Wir werden ihn mit jedem unserer Hiebe spüren lassen, wie sehr er uns und unsere Familien die letzten Jahre leiden ließ und wie viel Elend wir seit seiner Herrschaft erdulden mussten. Er wird für alles bezahlen, was er unserer schönen Welt angetan hat! *Magan liut*!«

»*Magan liut*!«, hallte es von allen Seiten. Der Schlachtruf in der alten Sprache bedeutete so etwas wie »Stärke und Kraft dem Volk« und befeuerte die Motivation der Truppen vor großen Ereignissen.

»Gut gesprochen, Luca«, sagte Laya und klopfte ihm ermutigend auf den Rücken.

»Danke«, meinte Luca leicht verlegen.

»Komm, gehen wir uns umziehen. Wir müssen so langsam wieder zum Hauptversteck zurück, um es noch rechtzeitig zu schaffen.«

Kapitel 37

Dahlia war froh, dass heute kein Training anstand und sie zur Abwechslung einmal ausschlafen konnte.

Nachdem sie sich eine einfache Hose und ein T-Shirt aus dem Schrank ihres Vaters angezogen und eine Kleinigkeit gegessen hatte, machte sie sich mit dem Buch ihrer Eltern auf den Weg in den Wald.

Sie hatte sich schon gestern vorgenommen, heimlich das Wasserbändigen zu üben, solange Laya und Luca unterwegs waren. Schon der kleinste Fortschritt würde ihr helfen, beim nächsten Training beherrschter und kontrollierter aufzutreten.

Dahlia nahm das Buch hervor und durchsuchte den Inhalt, bis sie das Kapitel mit den Fähigkeiten gefunden hatte.

Dort stand in feinsäuberlicher Schrift:

»Sobald du deine Fähigkeiten entdeckst, wird dein Leben nicht mehr so sein wie zuvor. Da du mittlerweile in Anila bist, wirst du bereits damit Kontakt gehabt haben. Es wird Tage geben, an denen du aufgeben willst und dich nach dem Sinn von allem fragst. Aber verzweifle nicht daran und vertraue auf deinen inneren Instinkt, deine Fähigkeiten werden dich leiten. Sie sind ein Teil von dir. Genauso, wie wir es sind. Mir hat es damals sehr geholfen, dass ich mir immer deutlich vor Augen geführt habe, wofür ich das alles mache, warum ich so hart trainieren muss. Meine Motivation war es, dich und deinen Vater zu beschützen, komme, was wolle. Ihr gabt mir die Kraft, das Wasser als Freund anstatt als Feind zu sehen. Durch euch habe ich gelernt, damit umzugehen und zum ersten Mal in meinem Leben es auch wirklich als einen Teil von mir anzunehmen. Viele verzweifeln an ihren Kräften und ziehen sich eher zurück, leben alleine, um keinen zu verletzen. Tu das aber bitte nicht, Dahlia. Denk immer daran, dass wir über dich wachen und ein Teil von dir sind.«

Mit Tränen in den Augen lächelte sie. Ihre Mutter hatte die gleiche Fähigkeit und wohl anfangs auch dieselben Schwierigkeiten, damit umzugehen. Die geschriebenen Worte gaben ihr Halt – fast so, als würde ihre Mutter gerade ermutigend eine Hand auf Dahlias Schulter legen.

Mental gestärkt setzte sie sich inmitten der kleinen Lichtung auf den weichen Boden und begann mit den Atemübungen, die Shui ihr beigebracht hatte. Mittlerweile fiel es ihr gar nicht mehr schwer, in ihre Ruhezone zu gelangen. Sie spürte mit ihren Händen die Feuchtigkeit des Mooses und hörte etwas weiter entfernt das Plätschern eines Baches. Ruhig atmend versuchte sie, die Energie des Wassers wahrzunehmen und sie zu kontrollieren.

Plötzlich spürte sie die enorme Menge an unstillbarer Kraft, die ihr entgegenströmte, und hatte Mühe, sie zu beherrschen. Dennoch gelang es ihr nun besser als bei der Trainingsstunde mit Laya.

Dahlia öffnete die Augen und sah eine kleine, mit Wasser gefüllte Blase vor sich schweben. Mit den Bewegungen ihrer Hände konnte sie den Wasserball frei in der Luft balancieren lassen. Dann schleuderte sie ihn mit aller Kraft gegen einen Busch.

Leider war der Aufprall so stark, dass sie den Busch gleich samt Wurzeln ausriss. Er flog einige Meter durch die Luft und fiel unweit des Waldrandes zu Boden.

Ein überraschtes »Ohhh« entfuhr ihren Lippen. *Aber immerhin wurde keiner verletzt und kein Gebäude zerstört*, dachte sich Dahlia. Und trotzdem war es ein komisches Gefühl, so viel Macht in sich zu tragen.

Die Wucht ihrer Fähigkeiten war ihr nicht ganz geheuer. Immer noch verwundert lief sie zu der kreisrunden, kahlen Stelle, die der Wasserball im Boden hinterlassen hatte.

Plötzlich spürte sie einen dumpfen Schlag auf ihrem Kopf.

»Autsch!«, rief Dahlia. »Was zur Hölle?«

Sie musste nicht lange nach dem suchen, was sie getroffen hatte. Eine kleine, glänzende Kugel lag unmittelbar vor ihr.

Neugierig hob Dahlia sie auf. Im selben Moment begann ihr Amulett heftig zu pochen und leuchtete hell an ihrem Hals. Sie entschloss sich, es erst einmal zu ignorieren.

Nun begann die Kugel in ihrer Hand zu leuchten und projizierte ein Bild in die Luft. Dahlia fuhr vor Schreck zusammen. Fast hätte sie die Kugel fallen lassen, als sie erkannte, wen sie dort sah.

Sie waren beide an den Händen gefesselt, ihre Kleidung zerrissen und verschmutzt. Blut und Dreck bedeckte ihre ermüdeten Gesichter. Zwei Bärengestalten mit hervorstehenden Zähnen hielten sie fest.

Dahlia erinnerte sich just in diesem Moment an Lucas Erzählungen. Es mussten dieselben Wesen sein, die damals sein Dorf überfallen hatten. Elgogs. Diesen Namen würde sie wohl nie vergessen, nach all dem, was Luca ihr geschildert hatte.

Angst übermannte sie, ihre Hände zitterten und Dahlia hatte große Mühe, den Ball festzuhalten.

Sie sah in die verzweifelten, verängstigten Augen ihrer Freunde und wollte nur eins: bei ihnen sein, ihnen helfen. Es waren Selina und Jonas, die sie dort sah.

Nun erschien eine andere Gestalt im Vordergrund. Es war ihr ehemaliger Direktor, Herr Smaragd.

»Guten Tag, Dahlia. Es ist schön, dich wiederzusehen«, sprach er sie direkt an. »Vermutlich hast du dich schon gefragt, wo dein Direktor steckt und was er so macht. Nun, hier bin ich.« Er grinste. »Ich weiß, dass du in Anila bist, und auch, wo du dich aufhältst – dank deiner lieben kleinen Freunde. Dieser junge Mann hier«, er packte Jonas am Kinn und drehte sein Gesicht direkt zu Dahlia, »war besonders eifrig bei der Sache und hat dir einen wunderschönen Ring geschenkt, der uns direkt zu dir geführt hat. Es war nicht einfach, ihn dir wieder zukommen zu lassen. Aber noch besser fand ich deine Freundin. Na los, Selina, erzähl ihr, wie es war!«, sagte er mit drohender Stimme.

Selina schaute nach oben und antwortete unter Tränen: »Es tut mir schrecklich leid, Dahlia. Ich wollte das nicht!«

»Na, na, na, schön bei der Geschichte bleiben und nicht abschweifen!«, sagte der Direktor und schlug Selina ins Gesicht. Jonas schrie entsetzt auf.

»Dahlia«, schluchzte sie, »ich kann nichts dafür, aber Jonas und ich haben uns ineinander verliebt, schon bevor er mit dir zusammenkam. Wir trauten uns nicht, es dir zu sagen. Ich hatte Angst, dass du dann nicht mehr mit mir befreundet sein willst, da du doch so verliebt in ihn warst. Eines Tages hat uns Herr Smaragd zusammen gesehen. Er hat uns einen Deal vorgeschlagen und meinte, uns nicht auffliegen zu lassen, wenn wir hier und da etwas für ihn tun würden. Wir willigten ein. Zunächst waren es die Drohbriefe, die wir dir schreiben sollten, am Ende der Zettel, auf dem stand, dass Jonas mit dir Schluss macht. Auch der Ring kam von Herrn Smaragd. Er hat uns gedroht, dass er uns und unsere Familie umbringt!«

Dahlia kamen die Tränen, das war zu viel für sie. All die merkwürdigen Vorkommnisse im Internat machten auf verquere Weise nun Sinn. Das abweisende Verhalten von Jonas in all den Wochen, ganz anders als noch vor den Sommerferien. Er hatte nie Zeit für sie gehabt und ständig die Basketballmeisterschaft vorgeschoben. Und Selina hatte sich ebenfalls zurückgezogen. Sie waren auf Abstand zu ihr gegangen und taten alles, was der Direktor ihnen auftrug, aus Angst, dass ihnen oder ihrer Familie etwas geschehen könnte.

Aber sie hätte ihnen doch geholfen! Warum waren sie denn mit ihren Problemen nicht zu ihr gekommen? Dahlia hätte es schon verkraftet, wenn Selina ihr gebeichtet hätte, was zwischen ihr und Jonas lief. Stattdessen hatten sie sich hinter ihrem Rücken heimlich getroffen und sie zum Narren gehalten. Dieser Gedanke machte Dahlia erneut wütend, war aber unter den gegebenen Umständen beinahe nebensächlich.

Selina schluchzte. »Ich wollte das wirklich nicht, Dahlia!«

Wieder schlug ihr Herr Smaragd heftig ins Gesicht und dieses Mal sackte sie bewusstlos zu Boden.

Dahlia erschrak über die Brutalität des Direktors. Wie konnte er nur so grausam sein? Offensichtlich hatte sie ihn die ganze Zeit falsch eingeschätzt.

Selina lag reglos am Boden und Jonas sah völlig fertig aus. Bei dem Gedanken daran, was ihre Freunde bereits alles durchmachen mussten, schnürte es Dahlia die Kehle zu. Sie hatte alle Mühe, weiter zu atmen.

»Ach, wie mich das immer wieder berührt«, sagte Herr Smaragd mit einem hämischen Grinsen. »All diese Dramatik und die verzweifelten Worte. Das ist das Allerbeste an meinem Job, mal abgesehen von dem Foltern natürlich.«

Was war nur mit ihrem Direktor los? Wie konnte er so etwas von sich geben, ohne auch nur mit der Wimper zu zucken? Dahlia konnte es nicht fassen.

»Also, falls du deine Freunde je wiedersehen willst, kommst du heute Abend ins Tal. Ich erwarte dich bei der alten Eiche vor dem Dorf Thumarello. Alleine, versteht sich – denn ansonsten sind deine Freunde schneller Futter für meine Elgogs, als dir lieb ist! Mein Meister freut sich schon darauf, deine Bekanntschaft zu machen, Dahlia Behrensen!«

Das Bild erlosch abrupt und die kleine Kugel hörte auf zu leuchten.

Dahlia sank in die Knie. Alles um sie herum schien sich zu drehen.

Kapitel 38

Eine kühle Brise löste sie aus ihrer Starre. Dahlia wusste nicht, wie lange sie schon so dasaß, mit der glitzernden Kugel in ihrer Hand. Sie fröstelte, die Sonne war schon beinahe untergegangen. Die letzten Strahlen kämpften sich durch die Baumwipfel und tauchten den Wald und die Lichtung in ein sanftes Rot.

Langsam begann sich Dahlia wieder aufzurichten. Ihre Knie schmerzten und sie hatte alle Mühe, nicht umzufallen, weil ihre Beine eingeschlafen waren. Das Kribbeln fühlte sich wie kleine Nadelstiche an.

Wie sollte sie das soeben Gesehene verarbeiten? Der Verrat ihres Direktors, dem sie vor nicht allzu langer Zeit noch ihr Leben anvertraut hätte, saß besonders tief. Wie konnte man sich in einem Menschen so täuschen?

Es half nichts, weiter darüber zu grübeln, sie musste ihren Freunden helfen. Nur wie sollte sie diese Eiche finden, von der er gesprochen hatte? Wo lag dieses Thumarello? Fragen konnte sie hier niemanden danach, denn jeder würde sofort Verdacht schöpfen. Und der Direktor hatte ausdrücklich gesagt, sie solle allein kommen.

Nachdenklich drehte sie die Kugel in ihren Händen und lief dann zurück zum Versteck.

Vor ihrem Zimmer angekommen merkte sie, dass die Türe nur angelehnt war. Dahlia öffnete sie vorsichtig.

»Luca?«, sagte sie verblüfft, als sie ihn am Fenster stehen sah.

Erschrocken fuhr er herum.

»Dahlia. Hallo.«

»Was machst du hier?«, fragte sie perplex und verbarg schnell die Kugel in ihrer Hand, damit er sie nicht sah.

»Ich war auf der Suche nach dir, keiner konnte mir sagen, wo du bist. Nach langem Hin und Her dachte ich mir: Egal, wo du bist, spätestens wenn es dunkel wird, wirst du wieder in deinem Zimmer sein. Und so war es auch«, antwortete Luca.

»Ich brauchte Abstand vom Training und allem, ich habe den Tag auf der Lichtung verbracht«, meinte Dahlia.

»Verstehe. Und was genau hast du da in deiner Hand?«, fragte Luca mit hochgezogenen Augenbrauen.

Dahlia fühlte sich ertappt und wurde rot. Wie machte er das bloß?

»Nichts. Nur eine kleine Kugel, die ich dort fand. Es kam mir seltsam vor, dass sie einfach so im Wald herumliegt, und da habe ich sie mitgenommen.«

Sie war immer noch verblüfft darüber, wie leicht ihr neuerdings das Lügen fiel.

»Zeig mal her«, forderte Luca sie auf.

Behutsam gab sie ihm die Kugel, und als sich ihre Hände berührten, lief ein Schauer durch Dahlias Körper. Was war das nur zwischen ihnen?

»Das ist kein gutes Zeichen, Dahlia. Weißt du denn, was das ist?«

Sie tat, als hätte sie keine Ahnung, und schüttelte den Kopf.

»Das ist eine *Ragin-Kugel*. Sie zeigt nur demjenigen, für den sie bestimmt ist, welche Nachricht sich in ihr verbirgt. Im *Agil Wig* haben sie meist Gideons Gefolgsleute benutzt, um Drohungen und Angst zu verbreiten, denn wer eine solche Kugel erhielt, lebte oft nicht mehr lange.«

Er machte eine kurze Pause und sah Dahlia durchdringend an. Sie versuchte, seinem Blick standzuhalten.

»Dahlia, hat die Kugel dir etwas gezeigt?«

»Nein, hat sie nicht«, sagte sie schnell. »Ich habe sie, wie gesagt, nur dort liegen gesehen und mitgenommen, mehr nicht.«

Ganz überzeugt schien Luca nicht zu sein, denn sein

Blick war mehr als skeptisch, aber er fragte nicht genauer nach.

»Gut. Aber ich muss es trotzdem mit Eliah besprechen, denn für irgendjemanden war sie gedacht, und derjenige ist vermutlich in Gefahr. Wenn du mich entschuldigst, wir sehen uns dann morgen früh zum Training.«

Mit diesen Worten verließ Luca ihr Zimmer, mit der Kugel in der Hand.

Laut seufzend warf sie sich auf ihr Bett. Wo sollte das nur alles enden?

Dahlia war sich zwar bewusst, dass es vermutlich schlauer gewesen wäre, Luca einzuweihen. Aber die Gefahr war einfach zu groß. Sie durfte nicht riskieren, dass ihre Freunde noch mehr Schmerzen ertragen mussten. Schließlich hatte Herr Smaragd sie gefunden, trotz der Vorsichtsmaßnahmen, von denen Eliah gesprochen hatte. Und womöglich hörte er sie auch ab.

Apropos – wo war noch mal ihr Rucksack? Sie konzentrierte sich und kurz darauf tauchte er vor ihr auf.

Hastig fasste sie in eines der vordersten Fächer und fand, was sie suchte. Den Ring von Jonas. Luca hatte sie schon damals gewarnt, dass er ihr schaden wollte. Wie naiv sie doch gewesen war. Aber wer hörte schon auf seinen Verstand, wenn er verliebt war?

Dahlia schüttelte den Kopf. Sie hätte Luca mehr trauen sollen. Und vor allem auf ihr Amulett hören. Heute hatte sie es abermals ignoriert, obwohl es heftig an ihrem Hals gepocht hatte.

Behutsam nahm sie es ab und legte es in ihre Hand.

Ich weiß, es ist nicht sonderlich klug, und ob ich lebend aus dieser Sache wieder rauskomme, ist auch ungewiss, aber ich muss es wenigstens versuchen, oder? Dahlia atmete tief aus und betrachtete das Amulett, als ob es ihr eine Antwort auf ihre Frage geben könnte. Aber es geschah nichts.

Sie musste Jonas' Ring zerstören. Nur wie? Ihr Blick wanderte durch das Zimmer, auf der Suche nach einem Hammer oder Ähnlichem. In einem Regal wurde sie fündig: Ein großer lila Stein lag dort, er hatte dieselben Muster und Farben wie ihr Amulett, jedoch noch im Rohzustand und nicht geschliffen.

Dahlia nahm ihn in die Hand und legte den Ring vor sich auf den Boden. Sie holte kräftig aus und schlug mit aller Wucht darauf. Er zerbarst in tausend kleine Teile und eine Rauchwolke entstieg ihm. Reflexartig hielt sie ihre Hände schützend vor ihre Augen.

Pah, was für ein Chaos! Na toll, das konnte sie jetzt alles sauber machen.

Aber das war es wert, sie fühlte sich deutlich wohler in dem Wissen, nicht mehr ausspioniert zu werden.

Als sie fertig war, schlich sie sich in den großen Saal mit den Bücherregalen bis zur Decke. Sie hoffte, hier zu erfahren, welchen Weg sie nehmen musste, damit sie zum vereinbarten Treffpunkt fand.

Dahlia schloss die schwere, hölzerne Tür hinter sich und war erneut von der Fülle der Bücher beeindruckt. Glücklicherweise waren sie nach dem Alphabet geordnet.

Sie ging die Regale ab und fand endlich ein Buch mit dem Titel »Thumarello«. Es war das hinterste seiner Reihe und sah schon sehr mitgenommen aus, lederne Fetzen hingen von allen Seiten davon ab. Dahlia bemühte sich, das Buch so vorsichtig wie möglich zu öffnen, um es nicht weiter zu beschädigen.

Sie fand gleich auf der ersten Seite eine Umgebungskarte des Dorfes und auf der nächsten die Abbildung einer großen Eiche. Thumarello war anscheinend eine kleine Waldstadt mit rund hundert Einwohnern. Durch seine Lage mitten im Wald, war es seit mehreren Jahren bekannt dafür, dass sich dort Leute trafen, um mit seltenen Gegenständen zu handeln oder unbemerkt Treffen abzuhalten, von denen niemand etwas erfahren durfte. *Der perfekte Ort, um unbehelligt eine Geiselübergabe durchzuführen*, dachte sie sich grimmig.

Ganz in der Nähe befand sich eine Lichtung und Dahlia vermutete, dass es die ihr bekannte sein musste.

Sie versuchte, sich den Weg ins Tal einzuprägen. Es schien nicht sehr weit zu sein, maximal zehn Minuten zu Fuß.

Plötzlich schwang die große Holztür knarrend auf. Erschrocken klappte Dahlia das Buch zu und schob es zurück ins Regal.

»Dahlia?«, hörte sie eine bekannte Stimme sagen.

Es war Luca, der suchend ums Eck schaute.

»Ach, da bist du ja. Einer der Pjoras hat dich hier rein gehen sehen. Ich wollte dich gerade zum Abendessen abholen, kommst du mit?«

»Nein, danke, ich habe gerade keinen Hunger. Ich gehe heute lieber etwas früher schlafen, um für morgen fit zu sein. Sag den anderen einen Gruß von mir, ja?«

»Kann ich machen. Alles in Ordn…«, Luca stoppte abrupt, als ihm Dahlia völlig überraschend um den Hals fiel.

»Ich bin so froh, dass du wieder gut hier angekommen bist«, meinte Dahlia. Dann löste sie sich von ihm und ging zur Tür. »Wir sehen uns morgen früh!«, sagte sie zum Abschied.

»Bis dann!«, hörte sie Luca noch sagen, bevor sie die Tür hinter sich schloss.

Dahlia wusste nicht, was bei dem heutigen Treffen passieren würde. Ob sie Luca je wiedersehen würde? Sie wollte sich das gar nicht vorstellen. Nein, sie musste nun einen klaren Kopf bewahren.

Entschlossen wischte sie sich eine Träne aus ihrem Gesicht und ging zu ihrem Zimmer.

Da sich alle im Saal zum Abendessen einfanden, war die Gelegenheit günstig, um ungesehen aus dem Versteck zu schleichen.

Dahlia hatte sich den schwarzen Umhang angezogen, eine Wasserflasche an ihren Gürtel gebunden und ihr Amulett unter ihrer Robe versteckt. Mit ihm fühlte sie sich sicher und stark, es gab ihr ein gutes Gefühl, und das brauchte sie jetzt mehr denn je.

Den Weg nach draußen fand sie mittlerweile, ohne sich zu verlaufen. In jedem Gang schaute sie zuerst leicht um die Ecke, um sicherzugehen, dass sie niemandem begegnete.

Bald hatte sie die Lichtung erreicht und schlug den Pfad ein, der ins Tal führte.

Kapitel 39

Dahlia musste nicht lange nach der großen Eiche Ausschau halten, es war der einzige Baum in der Mitte eines gepflasterten Platzes vor dem Eingang des Dorfes. Es war fast dunkel und sie konnte nur von Weitem die kleinen Lichter der Häuser sehen.

Dahlia wusste nicht, ob sie zu früh oder zu spät war. So ganz ohne Uhr fragte sie sich oft, wie sich die Leute hier überhaupt verabredeten.

Kaum hatte sie diesen Gedanken zu Ende gedacht, schmerzte das Mal auf ihrer Schulter kurz und sie spürte die Hitze auf ihrer Haut, die von dem Amulett ausging. Dahlia drehte sich angespannt in alle Richtungen um, sodass sie keiner von hinten angreifen konnte.

»Ah, sehr pünktlich und, wie ich sehe, auch alleine. Vorbildlich!«, hörte sie die Stimme ihres Direktors, der wie aus dem Nichts plötzlich vor ihr stand.

»Wo sind meine Freunde?«, fragte Dahlia angespannt.

»Sie sind hier«, antwortete der Direktor. »Ihnen geht es gut. Wobei, das ist wohl Ansichtssache. Hahaha!« Grimmig lachend zeigte er auf die Eiche, hinter der die beiden Bärengestalten hervortraten, zwischen ihnen Selina und Jonas.

Ihre Freunde waren noch immer gefesselt und wirkten sehr geschwächt. Dahlia wollte sofort auf sie zulaufen, doch der Direktor versperrte ihr den Weg.

»Na, na, na, nicht so eilig, junge Dame.«

»Wie konnten Sie das tun, Herr Smaragd? Es sind Ihre Schüler! Wie konnte ich mich nur so in Ihnen täuschen?«

»Ha, wie einfach sich die Menschen doch blenden lassen«, meinte er hämisch grinsend.

Plötzlich verzerrten sich seine Gesichtszüge. Sie schienen zu schmelzen und sich blubbernd zu verändern. Dahlia wich einen Schritt zurück.

Nun stand ein großer, bärtiger Mann anstelle des Direktors vor ihr. Seine runde Narbe auf der Stirn stach trotz seines von Narben übersäten Gesichts hervor. Seine Kleidung bestand aus bunten, zusammengenähten Stofffetzen.

»Ah, viel besser. Dein Direktor hat einen gewöhnungsbedürftigen Kleidungsstil«, sagte der Mann.

»Wer bist du? Und wo ist Herr Smaragd?«, fragte Dahlia noch immer verblüfft von dem, was sie gerade sah.

»Mein Name ist Mike.«

Dahlia erschrak. Mike, der treue Diener von Gideon!

»Deinem Direktor geht es gut, denke ich. Es sei denn, mein Meister wurde seiner mittlerweile überdrüssig.« Er stieß ein markerschütterndes Lachen aus.

»Aber nun zum Geschäft! Du kommst im Austausch für deine Freunde mit zu meinem Meister«, fuhr er fort.

Dahlia straffte sich. »Zuerst meine Freunde!«, antwortete Dahlia fordernd.

Mike wiegte grinsend seinen Kopf hin und her.

»Na gut, lasst sie laufen«, befahl er den Elgogs mit einem Fingerzeig.

Die Bärengestalten banden die Fesseln los und die beiden humpelten, so schnell sie konnten, zu Dahlia. Die drei fielen sich glücklich in die Arme.

»Es tut mir so leid, Dahlia. Alles!«, sagte Jonas und löste sich wieder von ihr, während Selina sie noch immer schluchzend umarmte.

»Das ist jetzt nicht so wichtig. Hauptsache, es geht euch gut und ihr seid wieder frei. Ich bin so froh, dass ich euch wiederhabe!«

»Und wir erst!« Selina drückte sie noch einmal und ließ sie dann los.

Dahlia überlegte, wie es nun weitergehen würde.

Plötzlich schrie Selina auf und hielt sich die Hand vor den Bauch. Blut floss aus ihrem Mund.

»Selina!«, rief Dahlia, als ihre Freundin vor ihr in die Knie sank. Sofort beugte sie sich zu ihr hinunter und sah, was passiert war.

In Selinas Rücken steckte ein Dolch.

Dahlia hörte Mike finster lachen: »Dachtest du, es würde wirklich so ablaufen?«

»Nein! Selina!«, schrie Dahlia und kniete sich zu ihrer Freundin, welche unter Schmerzen hervorbrachte: »Ich habe ... Angst, Dahlia ...«

»Alles wird gut, Selina, bleib nur bei mir, ja? Hörst du? Bitte bleib bei mir!«, sagte sie unter Tränen. Sie versuchte verzweifelt, die Blutung mit ihren Händen zu stoppen, aber es hörte einfach nicht auf.

Dahlia sah, dass Jonas wütend auf Mike zurannte. Doch Mike bewegte nur seine Hand und Jonas prallte mit enormer Wucht gegen den Stamm der Eiche, wo er bewusstlos zu Boden fiel.

Einer der Elgogs fasste Dahlia unsanft an den Schultern und zerrte sie von ihrer sterbenden Freundin weg.

»Nein, lasst mich los! Nein!«, wehrte sich Dahlia mit Händen und Füßen.

Selinas Brustkorb hob und senkte sich mehrmals, ihr Körper zuckte und blieb schließlich regungslos liegen.

Der Elgog ließ Dahlia unvermittelt los und sie fiel zu Boden. Sofort kroch sie zu Selina und nahm sie weinend in den Arm.

Aus dem Augenwinkel sah sie, dass aus der Dunkelheit eine Gestalt auftauchte, die in einen Umhang gehüllt war. Der Unbekannte lief direkt auf Jonas zu und murmelte unverständliche Worte. Einen Moment später war Jonas weg. Er war einfach verschwunden.

Dahlia strich ihrer Freundin zitternd über das blutverschmierte Gesicht.

»Selina«, flüsterte sie, doch Selina bewegte sich nicht mehr. Es schien fast so, als ob sie schlafen würde, aber das tat sie nicht. Das würde sie nie wieder tun. Dahlia würde sie nie wieder lachen hören, nie wieder schöne Momente mit ihr teilen können – ihre Freundin war tot.

»Ach, komm schon. Sie hat dich verraten und du trauerst um sie?«, drang Mikes höhnische Stimme wie aus der Ferne an ihr Ohr. »Ich werde euch nie verstehen. Was für eine Schwäche …«

Sie schaute zu ihm auf, ihr Gesicht war aufgequollen und verschmutzt, in ihrem Blick lag eine Mischung aus Trauer und unbändiger Wut.

Dahlia spürte, wie es in ihr zu brodeln anfing, und ihre Kette brannte wie Feuer auf ihrer Haut. Das Wasser in ihrer Flasche begann zu blubbern.

Jetzt sah sie, dass einer der Elgogs der vermummten Gestalt ein Messer an die Kehle hielt. Er musste den Unbekannten von hinten überrascht haben.

»Na komm, oder willst du etwa auch, dass wir deinen Freund hier ins Jenseits befördern?«, sagte Mike drohend und der Elgog riss der Gestalt die Mütze vom Kopf.

Dahlia blickte erschrocken in Lucas Gesicht. Er versuchte, sich aus dem Griff des Elgos zu befreien, aber seine Bemühungen gegen diesen Riesen waren umsonst. Es gelang ihm aber, Dahlia eine bernsteinfarbene Kette zuzuwerfen.

»Leg sie Selina an, schnell!«, rief er.

Dahlia ließ ihre Freundin sanft zu Boden gleiten, gab ihr einen Kuss auf die Stirn und legte ihr die Bernsteinkette um den Hals. Kurz darauf war auch Selina verschwunden.

Dahlia stand auf und wandte sich Mike zu.

»Nein!«, schrie Luca verzweifelt. »Dahlia, bitte tu das nicht! Er wird dich zu Gideon bringen und all unsere Arbeit wäre umsonst gewesen. Lass mich zurück und lauf!«

Sie drehte sich zu Luca. »Nein. Heute wird keiner mehr für mich sterben. Ich gehe mit ihm«, sagte Dahlia entschlossen und wandte sich wieder Mike zu.

»Kluges Kind«, meinte Mike und packte sie an ihrem Arm.

Luca starrte sie ungläubig an.

Dahlia wusste nicht, was nun passieren würde, aber sie war sich noch nie einer Sache so sicher gewesen. Gideon musste für all das bezahlen.

Ende Teil 1